Barbara Pym

Das Täubchen

W0355721

SERIE PIPER
Band 1940

Zu diesem Buch

Eine ganz und gar britische Comédie humaine: Bei einer Auktion lernt Leonora Eyre, eine wohlhabende Dame Ende Vierzig, den Antiquitätenhändler Humphrey Boyce und dessen gutaussehenden Neffen James kennen. Beide sind von der distinguierten Leonora angezogen. Sie scheint jedoch das beharrliche Werben Humphreys kaum zu bemerken, denn sie hat nur Augen für den 24jährigen Neffen. Doch als sie von der Existenz eines jungen Mädchens erfährt, mit dem James eine kurze Affäre hatte, und er von einer Studienreise dann noch mit einem homosexuellen Freund zurückkehrt, beginnt sie an ihrer Attraktivität zu zweifeln...

Barbara Pym, geboren 1913 in Oswestry/England, gestorben 1980 in Finstock/England. Studium der englischen Sprache und Literatur in Oxford. 1941 Kriegsdienstverpflichtung. Ab 1958 bis zu ihrer Pensionierung 1974 Assistant Editor im International African Institute/London. Veröffentlichte zwölf Romane. Im Piper Verlag erschienen »Vortreffliche Frauen« (1988), »Tee und blauer Samt« (1990), »Quartett im Herbst« (1991) und »Die Frau des Professors« (1991).

Barbara Pym

Das Täubchen

Roman

Aus dem Englischen
von Dora Winkler

Piper
München Zürich

Von Barbara Pym liegen in der Serie Piper außerdem vor:
Vortreffliche Frauen (1288)
Die Frau des Professors (1447)
Tee und blauer Samt (1549)

Die Originalausgabe erschien 1978 unter dem Titel
»The Sweet Dove Died« bei Macmillan Ltd. in London.

ISBN 3-492-11940-9
Deutsche Erstausgabe
Juli 1994
© Barbara Pym 1978
Deutsche Ausgabe:
© R. Piper GmbH & Co. KG, München 1994
Umschlag: Federico Luci,
unter Verwendung des Gemäldes »A Lady in Black«
von F. C. B. Cadell
© Glasgow Museums & Art Galleries
Photo Umschlagrückseite: Andrew Whittuck
Satz: Kösel, Kempten
Druck und Bindung: Clausen & Bosse, Leck
Printed in Germany

Für R.

I had a dove, and the sweet dove died;
  And I have thought it died of grieving;
O, what could it grieve for? its feet were tied
  With a single thread of my own hand's weaving...

John Keats

Ich hatte ein Täubchen, und jetzt ist es tot;
Und ich glaube, es ist mir vor Gram hingeschwunden;
Oh, was konnte es grämen? Warum litt es Not?
Ich selbst hatt' das Füßchen ihm angebunden . . .

I

»Ein Auktionssaal ist kein Ort für eine Frau«, erklärte Humphrey Boyce, als er und sein Neffe James mit der attraktiven Unbekannten, der sie eine halbe Stunde zuvor in einem Auktionshaus an der Bond Street begegnet waren, beim Lunch saßen.

»Nun zanken Sie mich aus«, sagte Leonora mit gespielter Zerknirschtheit. »Ich weiß, es war dumm von mir, aber vermutlich war es die Aufregung, mitzubieten – zum ersten Mal in meinem Leben – und dann dieses süße kleine Buch zu bekommen. Das war einfach überwältigend!«

»Und es war so heiß in dem Saal«, meinte James in dem Versuch, auch etwas zu dem Gespräch beizutragen, denn schließlich war er es gewesen, der gesehen hatte, wie die Frau in Schwarz in dem Augenblick ihres Triumphs, als sie das ziemlich gelangweilte »Zwanzig Pfund zum dritten?« des Auktionärs mit dem Ruf »Fünfundzwanzig!« überbot, seitwärts schwankte und fast umgesunken wäre. James und Humphrey hatten sie in die Mitte genommen und aus dem Auktionsraum geführt, und danach war es den dreien ganz natürlich vorgekommen, miteinander Mittag essen zu gehen.

Ansonsten war es eine höchst langweilige Auktion gewesen, dachte James. Er interessierte sich nicht für Bücher und hatte seine Zeit damit zugebracht, müßig die Händler zu beobachten, wie sie sich in ihren schäbigen Kleidern über den Tisch beugten und mit hochgezogenen Augenbrauen oder kaum wahrnehmbaren Zeichen mit der Hand oder dem Katalog ihre Gebote machten.

Die anderen Bieter oder Zuschauer, meistenteils Männer, saßen in engen Reihen auf kleinen Stühlen oder standen in den Ecken. Ein großer Mann von leicht schmierigem Aussehen, der an der Wand lehnte, hatte seinen Blick auf James geheftet und starrte ihn jedesmal an, wenn James zufällig in seine Richtung sah. James schlug die Augen nieder und kam sich dabei albern vor, fühlte sich aber auch ein bißchen geschmeichelt. Er war nicht ganz sicher, ob ihm diese Art von Bewunderung angenehm war, und ertappte sich jetzt bei der Frage, ob die Ablenkung durch Leonoras Beinahe-Zusammenbruch ihn nicht vielleicht vor dem Verderben bewahrt habe.

»Meine liebe Miss Eyre«, sagte Humphrey gerade, »ein Angestellter des Auktionshauses hätte doch für Sie bieten können, oder ich selbst hätte mich glücklich geschätzt, das für Sie zu übernehmen, wenn ich gewußt hätte ...«

»Wie äußerst freundlich von Ihnen – ich werde ein andermal daran denken. Führen Sie Bücher in Ihrem Antiquitätengeschäft?« erkundigte sich Leonora.

»Nein. Wir sind auf Porzellan, Bronzen und kleinere Gegenstände spezialisiert – Sie wissen, was ich meine.«

»Objets d'art et de vertu«, murmelte sie mit bezauberndem Akzent.

»Genau.« Humphrey beugte sich bewundernd zu ihr hinüber, um ihr noch einmal von dem Rheinwein einzuschenken, den er als den diesem Anlaß speziell angemessenen gewählt hatte. Der Gedanke, daß dieses exquisite Geschöpf sich um eines unbedeutenden viktorianischen Blumenbüchleins willen der beschmutzenden Gegenwart der Händler ausgesetzt hatte, war kaum zu fassen und erfüllte ihn mit Entsetzen. Eine *Bücher*auktion war wirklich kein Ort für eine Frau; ja, wenn es eine Bilder- oder Porzellanversteigerung gewesen wäre, bei der bombastische Preise erzielt wurden, die Schlagzeilen machten, oder eine Auktion am Abend – womöglich im Beisein des Fernsehens –, zu der man eine Dame, nachdem man sie anständig zum Essen ausgeführt hatte, hätte begleiten können, wäre es etwas anderes gewesen.

»Und *Sie* ...« Leonora wandte ihren Blick James zu. »Sie helfen Ihrem Onkel in seinem Geschäft?«

»Ich versuche, es zu lernen«, sagte James.

»Ja, ich dachte, eine Bücherauktion wäre vielleicht eine nützliche Erfahrung für ihn«, erklärte Humphrey. »Man findet ja immer mal Bücher bei Landhausversteigerungen. Was für ein glücklicher Zufall, daß wir heute hergekommen sind!«

James fand, daß sein Onkel sich ziemlich lächerlich machte. Allerdings war Miss Eyre für Humphrey fraglos im passenden Heiratsalter, falls es das war, was er wollte. Obwohl, er war jetzt schon so lange Witwer, daß er an den Lebensumständen, in denen er es sich so behaglich eingerichtet hatte, wohl kaum noch etwas zu verbessern wünschte – ganz zu schweigen von einem so drastischen Schritt wie einer Heirat. Bei dieser ersten Begegnung bewunderte James Leonora sehr, vor allem die ungewöhnliche und altmodische Eleganz ihres breitrandigen Hutes, der faszinierende Schatten auf ein Gesicht warf, das vermutlich anfing, so einen schmeichelnden Rahmen brauchen zu können. Er fühlte sich von ihr angezogen, wie ein junger Mann eben manchmal von einer Frau angezogen wird, die alt genug ist, um seine Mutter zu sein.

»Sie müssen kommen und sich den Laden ansehen«, schlug er vor. »Er ist ganz in der Nähe vom Sloane Square.«

»Ja, wirklich, ja, wenn Sie einmal zufällig in die Gegend kommen«, schloß sich Humphrey an, »und eigentlich kommt man doch öfter dort vorbei, finden Sie nicht auch?«

»Sicher«, sagte Leonora lächelnd. »Man versucht ja, sich seine Tage so einzurichten, daß man an so viele angenehme Orte wie möglich kommt und die, die man nicht mag, meidet.«

James staunte über diese Bemerkung und fragte sich, wie sie es wohl schaffte, sich ihre Tage so »einzurichten«, wo doch die meisten Leute, die er kannte, zu arbeiten hatten oder ein langweiliges, ans Haus gebundenes Leben führten. Vielleicht hatte sie Geld oder wurde auf altmodische Weise »ausgehalten«, wie eine edwardianische Mätresse in St. John's Wood. In der Tat könnte das gut sein, dachte er, als er hörte, wie sie Humphrey ihre Adresse gab.

»Es ist ein ganz nettes kleines Haus«, sagte sie. »Ich hoffe, Sie und Ihr Neffe kommen einmal zum Abendessen, damit ich mich für Ihre Freundlichkeit und diesen köstlichen Lunch revanchieren kann.«

Sie setzten sie in ein Taxi – »gleich nach Hause, um mich an meinem entzückenden Büchlein zu weiden« – und schlugen dann den Weg zurück in den Antiquitätenladen ein.

»Tja, also«, sagte Humphrey onkelhaft, da er nicht recht wußte, wie er seinem Neffen gegenüber über eine Frau sprechen sollte, die sie beide anzuziehen schien. »Diese Auktion hat sich als interessanter herausgestellt, als wir erwarteten.«

»Ja.« James lachte etwas verlegen. »Ob wir sie wohl je wiedersehen?«

»Oh, bestimmt.« Humphreys Ton war recht zuversichtlich. »Und jetzt«, sagte er und blieb am Rand des Bürgersteigs stehen – »ich denke, ich gehe heute nachmittag nicht mit dir in den Laden zurück. Du und Miss Caton könnt ausgezeichnet allein zurechtkommen. Das ist eine gute Übung für dich.«

James sagte nichts. Alles, was er nicht besonders gern

tat, wurde von Humphrey als »gute Übung« oder »Erfahrungsammeln« bezeichnet, aber da höchstwahrscheinlich keine Kunden kämen, würde er es vermutlich schon schaffen.

Humphrey drehte um und ging vor sich hin lächelnd in der entgegengesetzten Richtung davon. Er fühlte eine gewisse Verantwortung für James, der das einzige Kind seines im Krieg umgekommenen Bruders war und erst kürzlich auch seine Mutter verloren hatte. Es war etwas an der Vorstellung einer Waise, was in Humphrey die beste Seite hervorkehrte, was diesen Wunsch weckte, ohne allzu große persönliche Unannehmlichkeiten Gutes zu tun, der in den meisten von uns schlummert. Als James nach seinem Studium ohne große Auszeichnungen oder besondere Ambitionen aus Oxford gekommen war, war es Humphrey gar nicht schwergefallen, ihn in sein Antiquitätengeschäft zu nehmen und ihm anzubieten, ihn zu lehren, was er wußte. Humphreys Wissen war zwar nicht so besonders umfassend, aber es war mehr als die völlige Ignoranz seines Neffen. Außerdem waren James' gutes Aussehen und angenehme Umgangsformen von entschiedenem Vorteil, wenn es darum ging, Kunden in den Laden zu locken und schwierige Amerikanerinnen zum Kaufen zu überreden, und das Arrangement stellte sich als sehr befriedigend heraus. Humphrey hatte seine Wohnung in Kensington, während James bescheidener in Notting Hill Gate wohnte. In bezug auf ihren gesellschaftlichen Umgang hielten sie sich streng getrennt, denn ein Onkel, der auf die Sechzig zuging, hatte wenig mit einem Neffen von vierundzwanzig gemeinsam, und Humphrey empfand es als Erleichterung, daß er nicht zuviel von seiner Zeit mit James verbringen mußte. Jetzt, zum Beispiel, hatte er vor, zu einem kurzen Nickerchen in seine Wohnung zurückzukehren und sich danach zum Abendessen und Bridgespielen in seinen

Club aufzumachen. James, stellte er sich vor, würde das Geschäft um halb sechs verlassen, nachdem er sich vergewissert hatte, daß es gut abgeschlossen war – allerdings vermutete er, daß Miss Caton, die tüchtige, übereifrige Schreibkraft mittleren Alters, James nicht wirklich traute und lieber selbst als letzte ging – und dann würde er entweder nach Notting Hill Gate zurückfahren oder sich in die Szene von Chelsea stürzen, von der Humphrey nur unklare Vorstellungen hatte, denn es war einige Zeit her, seit er zum letzten Mal einen Fuß in die King's Road gesetzt hatte, so verändert wie sie jetzt war. Was James in seiner freien Zeit tat, war seine Sache, und Humphrey fühlte sich dafür nicht verantwortlich, außer daß er hoffte, James würde so vernünftig sein, nicht etwa ein Mädchen zu schwängern oder sich beim Haschischrauchen erwischen zu lassen. Als er seinen Club betrat, dachte er nicht mehr an James, aber er kam auf den Gedanken, sich zu fragen, wie wohl Leonora Eyre ihre Abende verbrachte. Ob sie gerne in die Oper oder ins Theater ging? überlegte er. Vielleicht könnte eine solche Einladung sein nächster Schachzug sein.

James' Nachmittag nahm den vorhersehbar langweiligen Verlauf. Es kam niemand, das Telephon klingelte einmal, aber es war Miss Catons Freundin, mit der sie ein kryptisches Gespräch führte, anscheinend darüber, was es nachher zum Abendbrot geben sollte. Um halb sechs ging James, da Miss Caton versprochen hatte zuzuschließen, und fuhr in seine Wohnung zurück, um sich für den Abend fertigzumachen. Er wollte zu einer Party, die zwei alte Schulfreunde von ihm in ihrer Wohnung in Camden Town gaben. Die Tür würde aufgehen, die Brandung aus Musik und Stimmen über ihm zusammenschlagen, und er würde sich in einer Ecke eingekeilt neben einem Mädchen finden, das nicht hören konnte, was er sagte. Nicht daß ihm bei diesen Gelegenheiten etwas besonders Interessantes zu sagen eingefallen wäre! Er war so viel mit seiner Mutter zusammengewesen, daß er es leichter fand, mit älteren Frauen zu sprechen. Er hatte noch keineswegs die Gewohnheit, mit Mädchen zu schlafen, und hatte nie Haschisch geraucht, Humphrey hätte sich also wirklich keine Sorgen zu machen brauchen. James wußte noch nicht genau, was er sich vom Leben wünschte, und hatte bis dahin eher dazu geneigt, Extreme jeder Art zu meiden.

2

Auch Leonora sollte an diesem Abend zu einer Party gehen, allerdings handelte es sich um eine Veranstaltung recht anderer Art als die, zu der James eingeladen worden war. Ihre war einfach ein Abendessen mit einer Frau, die sie aus den Tagen, als sie berufstätig gewesen war, kannte. Das einzig leicht Ungewöhnliche daran war, daß Megs junger Freund oder Schützling, Colin, dasein würde, wie fast immer seit der Zeit, als sie ihn unter ihre Fittiche genommen und ihm in all seinen vielen Schwierigkeiten beigestanden hatte. Heute abend sollte auch ein neuer Freund von Colin mit dabei sein, weshalb vielleicht Leonora eingeladen worden war, um das seltsame Vierergespann aus zwei Frauen, die auf die Fünfzig zugingen, und zwei jungen Männern in den Zwanzigern zu vervollständigen.

Der Freund hieß Harold und war von bulliger Statur, neben der der kleine Colin in seiner zarten Schönheit ganz zerbrechlich wirkte. Das Gespräch schleppte sich zunächst, als Meg noch in der Küche nach dem Essen sah, ziemlich zäh dahin. Es war deutlich, daß Harold nicht ihrer »Schicht« angehörte, aber Colin schwatzte für zwei, wobei er gelegentlich ein nur ihnen beiden verständliches Witzchen für Harold einflocht, der stumm vor Schüchternheit und offenbar unempfindlich für Leonoras Charme dasaß. Er schien etwas aufzutauen, als Meg, deren schlichtes, gutmütiges Gesicht vom Kochen gerötet war, wiederkam und sie zu Tisch bat. Er neckte sie damit, daß bekanntlich die Liebe eines Mannes durch den Magen gehe, und Meg schien sich darüber zu freuen. Lächerlich. Als ob hier so etwas überhaupt in Frage käme, dachte Leonora verächtlich. Aber Meg hing eben an Colin und mußte vermutlich seine Freunde mit in Kauf nehmen. Es waren im Lauf der Jahre eine ganze Anzahl gewesen – ein junger Mann aus der Werbebranche, ein Fernsehproduzent, ein Ministerialbeamter, ein Inder, einmal sogar ein Vikar. Leonora wußte nicht so recht, wo sie Harold hintun sollte, und fragte sich, was er wohl beruflich machte; zweifellos würde sie es im Lauf des Abends herausfinden. Wie verschieden war dieser Anlaß doch von ihrem interessanten Erlebnis bei der Bücherauktion und dem höchst angenehmen Lunch mit diesem reizenden Antiquitätenhändler und seinem Neffen! Sie würde dieser Tage bestimmt einmal in der Nähe des Sloane Square »vorbeikommen«. Aber nicht zu bald. Sie würde genau den richtigen Zeitpunkt abwarten, der ja bestimmt kommen würde.

»Was für ein netter Abend das war«, sagte sie gegen halb elf. »Ich habe mich so gut unterhalten. Ich hatte keine Ahnung, daß es schon so spät ist.«

»Wie kommst du denn jetzt nach Hause?« erkundigte sich Meg auf die vage Art, mit der Autofahrer das gegenüber Nichtautofahrern zu tun pflegen.

»Ach, das schaffe ich schon«, meinte Leonora mit einem rätselhaften Lächeln, als würde draußen ein fliegender Teppich auf sie warten.

Keiner der jungen Männer rührte sich, so daß Meg sich selber gezwungen sah, Leonora anzubieten, sie heimzufahren.

»Ich kann mir einfach nicht vorstellen, wie du das ohne Wagen machst«, sagte sie, vielleicht durch den Anblick Leonoras gereizt, die in ihrer dunklen Pelzjacke unter der Tür stand und ein aprikosenfarbenes Chiffontuch um den Kopf geschlungen hatte. Niemand konnte Kopftücher tragen wie Leonora.

Leonora zuckte die Achseln. Sie fuhr eben nicht Auto, das war alles, aber die andern waren immer so freundlich. Und es gab ja auch Taxis. »Es würde mir nicht im Traum einfallen, mich von dir heimfahren zu lassen«, sagte sie. »Ich finde doch einen Wagen am Taxistand.«

»Aber die fahren immer den längsten Weg und erwarten so enorme Trinkgelder«, jammerte Meg.

»Das habe ich nie gefunden«, sagte Leonora. »Taxifahrer sind gewöhnlich *reizende* kleine Männer.«

»Nun, wenn es dir wirklich nichts ausmacht ...« Es war Meg anzumerken, daß sie ihre Gäste nicht gerne verlassen würde. »Dann begleite ich dich schnell zum Taxistand hinunter, um sicherzugehen, daß eines da ist.«

Sie schloß sorgfältig die Wohnungstür hinter sich. Leonora sagte etwas über den Zitronenbaiserkuchen, der so köstlich gewesen sei.

»Es ist Colins Lieblingsnachtisch«, erklärte Meg.

Leonoras Lächeln war nicht ohne Mitleid. Sie stellte sich vor, wie Meg den Teig ausrollte, die Füllung zusammenrührte, das Eiweiß steifschlug, und alles für den albernen kleinen Colin.

»Wie denkst du über Harold?« fragte Meg.

»Ich habe mir eigentlich keine Meinung bilden können. Er ist nicht der übliche Typ von Colins Freunden, nicht wahr?«

»Nein.« Meg senkte die Stimme, obwohl sie jetzt auf der Straße unten waren. »Die meisten von Colins Liebhabern« – sie brachte tapfer das Wort heraus – »sind ziemlich anders gewesen. Er hat soviel Unglück gehabt, aber ich glaube, Harold wird gut für ihn sein. Er arbeitet als Praxishelfer bei einem Tierarzt.«

»Du lieber Himmel!« rief Leonora aus.

»Ja, wirklich. Hast du nicht seine starken, guten Hände bemerkt?«

Die Hände hatten tatsächlich rot und robust ausgesehen, erinnerte sich Leonora, vielleicht weil sie soviel in heißes Wasser und Desinfektionsmittel getaucht wurden.

»Und da *ist* ja ein Taxi«, sagte Meg. »Leb wohl, Liebe. Wir müssen einmal zusammen zu Mittag essen.«

Leonora hielt ihr die Wange hin. Sie ließ sich nicht besonders gerne von Frauen oder überhaupt von jemandem küssen. Es war gut, sich in die kühle Dunkelheit des Taxis zurücklehnen zu können. Der Fahrer, sah sie jetzt, war ein Farbiger, aber sie war sicher, er würde sich als so »reizend« erweisen, wie Taxifahrer gewöhnlich zu ihr waren.

Meg wohnte in einer etwas ausgefallenen Gegend, aber bald lagen die hohen, schäbigen, zum Teil in knalligen Farben gestrichenen Häuser hinter ihnen und machten diskret glänzenden cremefarbenen oder weißen Fassaden Platz, hinter einer von denen Leonora lebte. Der Taxifahrer lächelte erfreut über ihr großes Trinkgeld und wünschte ihr mit weicher, warmer Stimme gute Nacht, so daß sie sich vorstellen konnte, sie sei eine Südstaatenschönheit, die aus ihrer Kutsche gehoben wurde, oder eine weiße Siedlerin in jenen Tagen, als die eingeborenen Diener noch unterwürfig und anhänglich waren.

Sie öffnete ihre Haustür und empfand wie immer das Wohlbehagen, wieder zu Hause unter ihren hübschen viktorianischen Möbeln und Sachen zu sein, mit denen sie sich umgeben hatte. Sie bemitleidete Meg in ihrer weitläufigen, unordentlichen Wohnung mit diesen lästigen jungen Männern und fragte sich, ob sie wohl geblieben waren, um ihr beim Geschirrspülen zu helfen. Colin wohnte in Paddington, glaubte sie, und vermutlich lebte Harold mit ihm zusammen. Megs Wohnung würde verlassen wirken, nachdem sie gegangen waren; ganz anders als ihre eigene ruhige Einsamkeit.

Leonora liebte es, ihr Leben als »Ruhe im Gemüt, wenn alle Leidenschaft erloschen« oder, seltener, als ruhige Rückschau auf vergangene Emotionen zu sehen. Aber hatte es überhaupt je Leidenschaft oder auch nur Emotionen gegeben? Eine oder zwei tränenreiche Szenen im Bett – denn *das* hatte sie nie genossen –, und es war jetzt so eine Erleichterung, daß man sich darum keine Sorgen mehr zu machen brauchte. Ihre männlichen Freunde waren meistens ältere, gebildete Herren, die ihre Eleganz bewunderten und nicht mehr als den Genuß ihrer Gesellschaft verlangten. Eigentlich ganz genau Männer wie Humphrey Boyce.

Das breite Bett mit seiner neoviktorianischen Messingkopfleiste war angenehmen Gedanken förderlich, und Leonora richtete sich zum Schlafen ein. Keine Bibel, kein Andachtsbuch, kein Wecker störte den mondänen Charme ihres Nachttischs. Browning und Matthew Arnold – ihre Lieblingsdichter – hatten dort ihren Platz zwischen ihrem Eau de Toilette von Guerlain, einem Glas Riechsalz, weichen aquamarinfarbenen Papiertaschentüchern, einem Röhrchen bunter Pillen gegen Streß und Nervosität, und über alledem die verblichenen Photographien eines stattlichen Mannes und einer Frau mit lieblichem Gesicht in spätviktorianischer Kleidung. Leonora hatte schon vor langem entschieden, daß ihre Großeltern vornehmer aussahen als ihre Eltern, deren Photographien sie in einer Schublade hatte verschwinden lassen. Ihr Vater war im diplomatischen Dienst gewesen, und Leonoras Kindheit und Jugend hatte sich in verschiedenen europäischen Städten abgespielt, an die sie viele persönliche Erinnerungen bewahrt hatte. In der Tat machte das Aufzählen dieser Erinnerungen, romantischer Episoden und Begegnungen, das Gespräch mit ihr manchmal ein wenig weitschweifig, so daß die Leute, die sie kannten, Lissabon, Dresden oder Wien lieber nicht erwähnten, wenn es sich vermeiden ließ. Ihre Eltern hatten ihr genug Geld, um davon zu leben, hinterlassen, so daß sie nicht zu arbeiten brauchte, wenn sie nicht wollte. Eine Zeitlang nach dem Krieg hatte sie eine Stelle in demselben Verlag, in dem Meg arbeitete, angenommen, aber den Druck von Schulbüchern zu betreuen war keine ihrer würdige Beschäftigung, fand Leonora. Das einzige, was für das Arbeiten sprach, war, daß man weniger Zeit zum Brüten hatte, und für Frauen mittleren Alters wurde es für eine Befriedigung an sich gehalten. Aber eigentlich brütete man ja nicht besonders viel. Natürlich kam einem gelegentlich einmal der Gedanke an den Tod, aber man versuchte, sich vernünftig dazu zu verhalten, nicht in Panik zu geraten, ihn nicht beiseite zu schieben. Einen Augenblick lang verweilten Leonoras Gedanken bei Colins Freund Harold, bei der Vorstellung dieser starken Hände, die Tiere einschläferten. Nein, daran wollte sie jetzt wirklich nicht denken. Und doch gab es eigentlich keinen Grund dafür, warum ihr Tod nicht auf seine Weise einmal ebenso elegant wie ihr Leben sein könnte, und sie würde alles daran setzen, damit er so würde.

3

James war nicht immer so pünktlich im Geschäft, wie er sein sollte, aber dieses eine Mal sagte Humphrey nichts dazu. Er sah erfreut aus und ging in aufreizender Weise vor sich hin summend und lächelnd herum, als führe er etwas im Schilde, was er vor seinem Neffen verbergen wollte.

Schließlich konnte er es nicht mehr länger für sich behalten. »Ich werde heute nachmittag nicht da sein«, erklärte er, »aber ich bin sicher, du und Miss Caton schafft es prima.«

James mußte denken, sie könnten sich allmählich wirklich nicht über Mangel an Übung beklagen, aber er war von Natur nicht dreist und sagte es nicht laut.

»Ich führe Miss Eyre zum Lunch aus«, fuhr Humphrey fort, »und danach nehme ich sie zu dieser Ausstellung bei Agnew's mit, die ihr, glaube ich, gefallen wird. Das ist doch etwas für sie, könnte ich mir vorstellen.«

»Ja, bestimmt, denke ich«, sagte James leichthin. »Bringst du sie danach mit hierher? Sie sagte doch, sie würde gern den Laden sehen.«

»Vielleicht. Es kommt darauf an, wie es läuft.« Humphrey machte eine geheimnisvolle Miene, dann, falls James ihn etwa mißverstehen sollte, setzte er rasch hinzu: »Sie könnte zu müde sein, um noch mit zum Sloane Square herunterzukommen. Ich glaube, sie ist nicht sehr robust. Sie wird vielleicht nach Hause wollen.«

»Ja, natürlich«, sagte James, den das Thema nun langweilte. »Sag Miss Eyre, daß ich sie herzlich grüßen lasse, oder was immer du für passend hältst.«

»Das tu ich ganz gewiß«, versicherte Humphrey.

Humphreys Einladung zum Lunch und zu der Ausstellung hatte Leonora überrumpelt, bevor sie Zeit gefunden hatte, zufällig in der Nähe des Sloane Square »vorbeizukommen« und dem Laden einen Überraschungsbesuch abzustatten. Sie war ein bißchen pikiert darüber, daß ihr die Sache aus der Hand genommen wurde, und ganz lächerlich enttäuscht, als sie feststellen mußte, daß sie und Humphrey allein zusammen essen würden, ohne James. Sie hatte sich darauf gefreut, ihm wiederzubegegnen – man brauchte manchmal die Gesellschaft junger Menschen und die gutaussehender junger Männer war immer ganz besonders angenehm. Mit Humphrey zusammenzusein war eigentlich auch nicht anders als mit sonst irgendeinem ihrer älteren Bewunderer, die sie in teure Restaurants ausführten und mit Komplimenten überhäuften.

Die Ausstellung, Familienporträts aus großen Adelshäusern, war allerdings wirklich bezaubernd und sehr nach Leonoras Geschmack.

Tatsächlich genau ihre Schuhgröße, war Humphreys nicht gerade feinsinniger Gedanke, als er sie beobachtete, wie sie die Bilder bewunderte; es war eine gute Idee gewesen.

»Und auf Versteigerungen waren Sie nicht mehr, will ich hoffen«, erkundigte er sich launig.

»Nein, gewiß nicht!« sagte sie. »Dafür werde ich in Zukunft Sie anstellen. Sie oder James, meine ich. Ich hoffe doch, es geht ihm gut?«

James? Ob es ihm gut geht? Humphrey wirkte verdutzt, denn wieso sollte es seinem Neffen nicht gut gehen? »O ja, James ist ganz wohlauf, danke. Ich habe ihm heute nachmittag den Laden anvertraut.«

»Könnten wir ihn vielleicht dort überraschen? Ich werde so tun, als wäre ich eine Kundin.«

»Meine liebe Leonora« – sie hatten im Lauf des Mittagessens das Stadium der Vornamen erreicht –, »großartig, wenn Sie sicher sind, daß Sie nicht zu müde sind.«

»Ich könnte ein paar Weihnachtsgeschenke kaufen.«

»Meine Güte, ist denn schon bald Weihnachten?« rief Humphrey. »Frauen fangen vermutlich viel früher mit dem Einkaufen an als wir.« Er mußte unwürdigerweise an ein oder zwei Dinge in dem Laden denken, zu deren Kauf er Leonora vielleicht überreden könnte, falls sie wirklich nach Weihnachtsgeschenken suchte, aber davon schien dann, als sie dort waren, keine Rede mehr zu sein. Obwohl sie ein Paar chinesischer Wachteln bewunderte, vor einem Netsuke schauderte und in Entzücken über einen viktorianischen Briefbeschwerer ausbrach, erkundigte sie sich bei keinem Gegenstand nach dem Preis. Alles, was dabei herauskam, war, daß Humphrey sich im stillen merkte, ein solcher Briefbeschwerer, vielleicht ein etwas weniger teurer als der, den sie bewundert hatte, könnte ein annehmbares Weihnachtsgeschenk für sie sein.

Leonora sah auf ihre Uhr. »Ich sollte gehen«, sagte sie. »Man möchte ja nicht gerne in den Stoßverkehr kommen.«

»Ich fahre Sie heim«, sagte James, der sich bis dahin ziemlich im Hintergrund gehalten hatte.

»O nein, mein lieber Junge«, protestierte Humphrey. »Das ist nicht nötig. Mein Wagen ist gleich um die Ecke geparkt.«

»Meiner auch«, sagte James, »und ich fahre in Miss Eyres Richtung.«

Leonora stand lächelnd zwischen den beiden. Wie nett die Leute doch zu einem waren! »Sie müssen meinetwegen doch keinen Umweg machen«, sagte sie zu Humphrey. »Wenn James wirklich ungefähr in meine Richtung fährt ...«

In James' Wagen lehnte sie sich zurück und zog ihren Pelzkragen hoch um ihren Hals zusammen. Er fragte, ob es ihr vom offenen Fenster her ziehe.

»Nein, ich mag nur einfach das Gefühl von Pelz an meinem Gesicht.«

»Ja, das muß angenehm sein«, meinte James, der das noch nicht ausprobiert hatte. Er war ein bißchen verlegen, als wäre ihre Bemerkung zu intim für das frühe Stadium einer Bekanntschaft gewesen, und es fiel ihm nichts weiter ein, was er dazu hätte sagen können.

»Ihr Onkel wohnt in Kensington, nicht wahr?« fragte Leonora. »Ich hätte ihm nicht gern solche Umstände gemacht, vor allem, wo er sowieso schon so freundlich gewesen ist.«

»Ich bin sicher, in seinen Augen wären das keine Umstände gewesen«, sagte James. »Schließlich braucht man mit dem Wagen ja nicht lange.«

»Sie leben in Notting Hill Gate, glaube ich?«

»Ja, ich habe da eine Wohnung.«

»Dann wohnen Sie nicht bei Ihrer Familie? Nein, natürlich nicht.«

»Nun, ich habe keine Familie«, erklärte James verlegen. »Meine Eltern sind beide tot.«

»Sie armer Junge.« Leonora fürchtete, ihre Antwort hatte zu leicht und unaufrichtig geklungen, aber was sollte man sagen? Sie fuhren eine Weile, ohne zu sprechen, bis James anfing, sie zu fragen, wie man am besten zu ihrem Haus kam. Als sie dort hielten, stieg er aus und ging um den Wagen herum, um ihr die Tür zu öffnen.

»Möchten Sie hereinkommen und etwas trinken?« fragte Leonora in kühlem, fast gleichgültigem Ton.

James zögerte. War das jetzt reine Höflichkeit von ihr, fragte er sich. Und wollte er wirklich? Er war neugierig, die Inneneinrichtung ihres Hauses zu sehen, und er konnte sich ja immer noch auf eine spätere Verabredung herausreden, wenn es schwierig werden sollte, wieder wegzukommen.

»Sie haben sicher etwas vor«, sagte Leonora.

»Nein, ich würde gerne kommen. Ich dachte nur, ich könnte Sie stören.«

»Mein lieber James«, redete sie ihn zum erstenmal mit seinem Vornamen an, »würde ich Sie gebeten haben, wenn dem so wäre?«

Darauf gab es keine Antwort, und so folgte er ihr in das Wohnzimmer. Es war hübsch eingerichtet, mit kleinen frühviktorianischen Möbeln, Porzellan und Glassachen aus derselben Epoche. James bemerkte, daß das Blumenbuch, das sie auf der Auktion gekauft hatte, auf einem kleinen Tisch ausgelegt war.

»Ich schlage es jeden Tag auf einer anderen Seite auf«, sagte Leonora. »Es ist wirklich so reizend. Ich kann mich jetzt nicht erinnern, was ich für heute gewählt habe.«

»Rosa Winde«, sagte James nach einem Blick auf das Buch.

»Und das bedeutet« – Leonora trat zu ihm und tat, als wollte sie lesen, obwohl sie wußte, daß sie ohne ihre Brille nicht dazu imstande war.

»Wert, getragen durch zärtliche und umsichtige Zuneigung«, las James in leicht spöttischem Ton, denn er war nicht sicher, was das heißen sollte.

»Lassen Sie uns etwas trinken«, sagte Leonora, ging zu einem Schrank und holte eine Karaffe und Gläser heraus.

»Sie lieben offenbar viktorianische Sachen – Viktoriana sollte ich wohl sagen.«

»Ja, ich schwärme dafür. Irgendwie bin ich das, habe ich das Gefühl.«

James sah Leonora mit größerem Interesse an. Sie trug ein weiches, pflaumenfarbenes Kleid, das gut zu ihrem Teint und dem dunklen, wohlfrisierten Haar paßte. In dem schmeichelnderen Licht der elektrifizierten Petroleumlampen wirkte sie jünger als bei Tageslicht beziehungsweise vielleicht nicht gerade jung, sondern alterslos.

»Ich finde, Viktoriana stehen Ihnen«, sagte er, »Sie sehen in diesem Sessel genau richtig aus.«

Leonora senkte zum Dank für diesen Tribut den Kopf, sie war es gewohnt, Komplimente anmutig entgegenzunehmen.

»Ich glaube, Sie gehören zu einer früheren Epoche«, sagte sie sinnend. »Vielleicht achtzehntes Jahrhundert? Man könnte Sie sich an die Ruine einer Säule gelehnt porträtiert vorstellen.«

»Ich weiß nicht«, sagte James, der sich jetzt ein bißchen lächerlich vorkam und wünschte, er hätte ihr nicht dieses etwas alberne Kompliment gemacht.

»Sie sehen Ihrem Onkel überhaupt nicht ähnlich.«

»Nein, ich komme nach der Seite meiner Mutter.«

»Goldbraunes Haar und dunkle Augen – ziemlich ungewöhnlich.«

»Meine Mutter war Amerikanerin.«

»Wirklich? Erzählen Sie mir von ihr.« Leonoras Interesse schien echt zu sein, aber James war über diese Wendung, die ihr Gespräch nahm, nicht glücklich. Soviel Mitgefühl sie auch zeigte, war selbst er feinfühlig genug, um sich klarzumachen, daß Leonora wohl kaum den Abend damit verbringen wollte, über seine Mutter zu sprechen.

Und jetzt, fast als hätte sie seine Gedanken gelesen, wechselte Leonora behutsam und ganz unauffällig das Thema, und als sie meinte, er sei vielleicht hungrig, hatte er unversehens zugegeben, daß es so war.

»Dann werde ich mal sehen, ob ich etwas für uns zu essen finde.«

»Oh, aber ich hatte doch nicht erwartet...«, fing James an. »Und Sie haben sicher nichts da«, fügte er taktlos hinzu.

»*Irgend etwas* hat man doch immer da – Dosen und Abgepacktes und Eier, und irgendwas im Kühlschrank.«

»Sie haben wohl oft Besucher, die unangemeldet vorbeikommen.«

»Ja, natürlich.«

»Und es macht Ihnen also nichts aus, allein zu leben?«

»Nein – sonst täte ich es nicht.«

James sah ein, daß es so sein mußte. Es war nichts Mitleiderregendes an Leonora, und er war auch noch zu jung, um anzunehmen, daß eine alleinlebende Frau immer zu bedauern sei.

»Was für Nachbarn haben Sie hier?« fragte er.

»Ein junges Paar auf der einen Seite und meine Freundin Liz auf der andern.«

James schien zufriedengestellt. »Dann könnten die etwas für Sie besorgen, wenn Sie krank würden?«

»Ja, natürlich. Und was ist mit Ihnen, wenn Sie krank sind?«

»Es gibt eine mütterliche Seele in der Wohnung unter mir, die mich gerne betüttelt.«

Leonora verspürte einen leichten Stich des Verdrusses, enthielt sich aber einer Bemerkung. Sie hatte das Essen – Paté, Salat und ein Omelett – auf einem runden Tisch in der Küche angerichtet. James aß mit Appetit.

»Ich kann moderne, klinisch wirkende Küchen nicht ausstehen«, sagte sie, als er bemerkte, wie farbig der Raum sei. »Ich habe diese rote Tapete gewählt, damit es wärmer und wohnlicher ist.«

Nach dem Kaffee stand James auf. »Ich habe diesen Abend genossen«, sagte er, und das war wirklich wahr. Es war etwas bemerkenswert Einfühlsames an Leonora, auch wenn er noch nicht ganz sicher war, wie er mit ihr umgehen sollte. »Sie müssen einmal kommen und sich meine Wohnung ansehen und mich beraten, wie ich sie schöner machen kann.«

»Das würde mir Spaß machen«, meinte sie, »vor allem, Sie zu beraten.«

Sie standen miteinander auf der Türschwelle, als ein lauter, greller Schrei die Nachtluft zerriß.

»Meine Nachbarin Liz züchtet siamesische Katzen«, erklärte Leonora. »Ich hätte Sie vorbereiten müssen.«

»Wie seltsam – *meine* Nachbarin hat ebenfalls eine siamesische Katze.«

»Schöne Geschöpfe«, sagte sie, in dem Ton von jemand, der Tiere lieber aus der Entfernung bewundert. Als sie wieder ins Haus ging, empfand sie wie so oft Mitleid mit der armen Liz, deren Mann »so entsetzlich« zu ihr gewesen war, daß sie nun Tiere mehr liebte als Menschen.

Und nun hörte sie andere Geräusche – zu einem lauten Streit erhobene Männerstimmen. Doch das war kein Grund zur Besorgnis – es war das Radio von Miss Foxe, die im Obergeschoß des Hauses wohnte. Es war ständig zu laut, aber Leonora war diese heftige Auseinandersetzung immer noch lieber als das geistliche Morgenprogramm, das ihr mit seinen vielstimmig gesungenen Kirchenliedern und der Stimme des vorbetenden Pfarrers stets ein schlechtes Gewissen machte. Und doch war es schließlich nicht *ihre* Schuld, daß Miss Foxe schon in dem Haus war, als Leonora einzog, und daß sie eine verarmte Dame von guter Herkunft war. Man wollte eben einfach nur nicht, daß einem Leute wie Miss Foxe ins eigene Leben einbrachen: verständlich, daß sie James nicht von ihr erzählt hatte, als er sie nach ihren Nachbarn gefragt hatte.

4

Als Weihnachten näherrückte, war Leonora gespannt, ob Humphrey und James, vor allem der letztere, etwas tun würden, um den Anlaß zu würdigen. Sie hätten ja eine Karte schicken können, möglicherweise eine gedruckte aus dem Antiquitätengeschäft; das war das wenigste, was sie tun konnten, aber es gab andere, subtilere Abstufungen des Verhaltens, die sie vielleicht zu erwarten berechtigt war. Schließlich kam eine Karte von James – eine offensichtlich sorgfältig ausgesuchte spanische Madonna, die einfach mit »James« unterschrieben war. Dann kam Humphreys Karte an – eine große viktorianische Winterlandschaft, auf der innen sein Name und seine Privat- und die Geschäftsadresse gedruckt waren; aber »Humphrey Boyce« war durchgestrichen und darüber stand in Handschrift «Humphrey«. Zwei Tage vor Weihnachten wurde ein eingeschriebenes Päckchen gebracht, das einen Briefbeschwerer von Humphrey enthielt, vielleicht war es genau der eine, den sie an jenem Nachmittag in dem Laden bewundert hatte. Er sah reizend aus auf ihrem Sekretär unten im Wohnzimmer; aber es war James' Karte, die auf ihrem Nachttisch stand.

Der Weihnachtstag selbst ging auf die ziemlich mysteriöse Weise vorbei, in der Weihnachten bei Leuten mittleren Alters ohne Kinder gewöhnlich vorübergeht. Leonora glaubte, daß James die Ferien beim Skifahren in Österreich verbrachte; sie wußte nicht, was Humphrey tat, und war auch nicht besonders neugierig. Ihren Weihnachtstag beging sie mit einer Einladung zu einem eleganten Festessen für ihre Nachbarin Liz, das Liz allerdings kaum zu schätzen wußte, da sie so mit ihren Katzen beschäftigt war, daß sie immer wieder vom Tisch aufstehen mußte, um nachzusehen, ob ihnen die Truthahnleber, die sie für sie besorgt hatte, auch schmeckte.

Es war eine Erleichterung, wieder zum normalen Leben zurückzukehren und den Silvesterabend mit seinen melancholischen Gefühlen hinter sich zu haben. Die Tage fingen an, wieder länger zu werden, und die ersten Zeichen des Frühlings erschienen. Inzwischen hatte auch das gesellschaftliche Leben wieder begonnen, womit Leonora ihr »neues« gesellschaftliches Leben mit Humphrey und James meinte. Es gab Besuche von Auktionen und Ausstellungen, Theater-, Ballett- und Opernabende und Einladungen zum Lunch und zum Abendessen in Humphreys Wohnung oder Leonoras Haus. Dann fuhr Humphrey geschäftlich vierzehn Tage ins Ausland und mußte bei seiner Rückkehr entdecken, daß James und Leonora sich fast jeden Tag getroffen hatten und eine merkwürdig intime Beziehung zwischen ihnen entstanden war. Er war wie ein Sohn für sie, dachte Humphrey, und da James seine Mutter verloren hatte, erschien die Situation nicht unpassend, obwohl es auf der anderen Seite wieder war, als zeigte Leonora, indem sie ihre Aufmerksamkeit dem jungen Neffen zuwandte statt dem verwitweten Onkel, der eigentlich für sie in Frage kam, von neuem diese Neigung zum Ungehörigen, die sie dazu verführt hatte, bei der Bücherauktion selbst mitzubieten. Früher oder später, tröstete sich Humphrey, würde sie der Neuheit von James' Jugend überdrüssig werden und die dauerhafteren Qualitäten – fast waren sie Tugenden zu nennen – eines ihr im Alter näher stehenden Mannes anerkennen, der groß und stattlich war und sich seine Figur erhalten hatte und nur auf die diskreteste Art ein bißchen Glatze zeigte.

James sah in Leonora eher eine Vertraute als eine Mutter, jemand, dem er rückhaltlos seine Hoffnungen und Ambitionen offenbaren konnte und das meiste, was ihm im täglichen Leben so geschah. Natürlich konnte er ihr nicht ganz und gar alles erzählen, und sie liebte es, ihn mit den Partys, auf die er ging, und den Leuten, die er dort treffen mußte, zu necken – »dein Geheimleben« nannte sie es, als könnte sie sich dadurch, daß sie darüber scherzte, dagegen absichern, daß er sie je betrügen würde. »Wir müssen ein nettes Mädchen für dich finden«, sagte sie manchmal, ganz, als meinte sie das wirklich.

Eines Abends saß Leonora allein am Kamin und las einen Roman von Elizabeth Bowen, als es an der Haustür klingelte. Sie wußte, es konnte nicht James sein, denn er hatte ihr erzählt, daß er an diesem Abend auf eine Party mußte, von der er sich nicht viel Spaß versprach. Es war tröstlich zu wissen, daß sie nur hätte anzudeuten brauchen, sie könnte sich einsam fühlen, damit er bei ihr geblieben wäre, aber sie hatte ihn natürlich beschworen zu gehen, hatte ihm zugeredet wie einem Kind und gesagt, sie sei sicher, es würde ihm gefallen, wenn er erst einmal dort wäre. Natürlich wollte sie ganz und gar nicht, daß er sich so besonders amüsierte, und bei diesem Gedanken wurde ihr nachgerade innerlich warm, als sie so mit ihrem Buch dasaß und ab und zu ins Feuer sah. Sie war ärgerlich über die Unterbrechung und stand unwillig auf, um an die Tür zu gehen.

Meg stand auf der Schwelle. Sie war äußerst aufgeregt. »Hast *du* Colin irgendwo gesehen?« rief sie fast unter Tränen. »Ich versuche es bei allen, die ihn kennen, einfach in der *Hoffnung* ...«

»Warum in aller Welt sollte *ich* Colin gesehen haben?« fragte Leonora kühl und zog Meg ins Haus hinein. »Du solltest besser hereinkommen und dich aufwärmen, und laß mich dir etwas zu trinken holen oder so.«

Meg ließ sich ans Feuer führen und in einen Sessel setzen. Leonora nahm ihre alte Schaffelljacke, sie auf Armeslänge von sich haltend, als wäre sie der Balg eines nicht besonders sauberen Tieres, und hing sie in der Diele auf. Meg sah verboten aus, dachte sie sachlich. Sie hatte einen staubigen schwarzen Pullover an und ausgebeulte grüne Kordhosen, ihr Haar stand buschig zu Berge, und ihr Gesicht war rot und geschwollen und von Tränenspuren gestreift. Leonora wandte ihren Blick ab, als sie ihr ein Glas Whisky reichte – wie konnte sie es ertragen, in einem solchen Zustand gesehen zu werden? »Du siehst furchtbar aus«, sagte sie. »Was ist passiert?«

Eine konfuse Geschichte kam heraus. Anscheinend hatte Colin sie über Weihnachten nicht besucht, war nicht einmal gekommen, um sein Geschenk abzuholen, und als sie ihn angerufen hatte, war er ihr kalt und ausweichend erschienen. Das war vor Wochen gewesen, und seitdem hatte sie kein Wort mehr von ihm gehört. Das Telephon in seiner Wohnung wurde nicht abgenommen, und er hatte zwei Briefe, die sie geschrieben hatte, ignoriert.

»Er ist vermutlich mit seinem Freund irgendwohin verreist«, sagte Leonora besänftigend. »Harold«, erinnerte sie sich, aber sie legte sich nicht auf den Namen fest, falls der Freund gewechselt haben sollte.

»Nun, ja, er *könnte* mit Harold bei dessen Mutter in Gidea Park sein«, stimmte Meg ein bißchen unsicher zu.

Leonora mußte bei der Vorstellung von Gidea Park, wo immer das auch sein mochte, ein Lächeln unterdrükken.

»Aber Harolds Mutter hat kein Telephon, ich weiß also nicht, was ich tun soll.«

»Ist so etwas denn nicht schon früher einmal vorgekommen?« fragte Leonora vorsichtig.

»Ja, doch, aber nie so *lange* wie diesmal. Ich fange an zu

denken, daß ihm etwas zugestoßen sein muß. Allerdings ist Harold sehr eifersüchtig, das weiß ich.«

»Ich würde mir keine Sorgen machen«, meinte Leonora. »Du machst viel zuviel Getue um Colin, weißt du.«

»Aber er ist doch alles, was ich habe«, schrie Meg mit brechender Stimme.

Leonora wandte sich voll Widerwillen ab. Gleich würde Meg sagen, daß sie sich immer nach einem Kind gesehnt habe, und im nächsten Augenblick sagte sie es tatsächlich. Leonora bedauerte es, ihr Whisky angeboten zu haben; starker Kaffee, allerdings umständlicher zu machen, hätte es auch getan.

»Colin ist ein sehr selbstsüchtiger junger Mann«, sagte sie, ein wenig selbstgefällig, vielleicht im Gedanken an James, obwohl es da eigentlich wirklich keinen Vergleich gab. »Er wird sich melden, sobald er dich wieder braucht.«

Megs verwüstetes Gesicht leuchtete auf. »Meinst du?« fragte sie töricht hoffnungsvoll. »Ja, das denke ich auch. Aber es ist so schrecklich, diese Ungewißheit...«

Sie schien drauf und dran, wieder in Tränen auszubrechen, daher versuchte Leonora das Thema zu wechseln oder wenigstens zu einem anderen Aspekt davon überzugehen. »Warum gehst du nicht morgen zum Friseur und läßt dir das Haar machen?« schlug sie vor. »Dann siehst du schick aus, wenn er wieder auftaucht.«

Meg lächelte, vielleicht bei dem Gedanken, daß sie je »schick« sein könnte, und faßte sich mit einer Hand an den Kopf. »Ja, ich muß. Ich weiß, ich sehe schrecklich aus, aber Colin achtet nie auf so etwas. Ich habe eine Flasche jugoslawischen Riesling im Kühlschrank«, setzte sie hinzu, »das ist sein Lieblingswein.«

Wenigstens hatte er keine teuren Vorlieben, dachte Leonora. »Laß uns einmal zusammen Mittag essen«, sagte sie. »Ich bin sicher, bald ist alles wieder in Ordnung. Rufst du mich an?«

Meg versprach, das zu tun, und fuhr, anscheinend getröstet, weg. Leonora hatte das Gefühl, etwas Gutes getan zu haben, eine ungewöhnliche Empfindung für sie, die sie nicht ungern mochte. Sie setzte sich wieder mit ihrem Buch hin, aber ihre Lesestimmung war ihr vergangen. Es war angenehmer, darüber nachzudenken, wie furchtbar die arme Meg ausgesehen hatte, und sie wegen ihrer unglücklichen Lage zu bemitleiden.

James' Abend war besser verlaufen, als er erwartet hatte, obwohl er wenig vielversprechend begonnen hatte. Nachdem er auf der Party angekommen war und sich durch eine dichte Menschenmasse durchgekämpft hatte, geriet er an einen Tisch, auf dem ein paar Gläser Rotwein standen. Er nahm sich eins davon und trank es etwas zu schnell halb aus, dann sah er auf und fand sich von einem Mädchen beobachtet, dessen gleichgültiger Blick ihn in Verlegenheit brachte. Er lächelte ihr zu, denn es war offensichtlich, daß sie beide niemanden hatten, mit dem sie sprechen konnten. Ihr Glas war leer, und er benutzte die Gelegenheit, sich ihr zu nähern, und schenkte ihr aus einer durch kein besonderes Etikett ausgewiesenen Flasche wieder ein. Der Partylärm machte eine Unterhaltung schwierig, und er war nicht sicher, verstanden zu haben, was sie als erstes zu ihm sagte.

»Ich bin im Antiquitätenhandel«, erklärte er auf gut Glück, im Gefühl, sie habe ihn vermutlich gefragt, was er mache, aber daß es auch ganz gut als Eröffnung gehen konnte, falls dem nicht so war.

Sie war ziemlich groß und ernst; er verstand soviel, daß sie Phoebe hieß und daß sie gerade an einer Universität, deren Namen er nicht mitbekam, einen Abschluß in Englisch gemacht hatte. Ihre Schüchternheit verwirrte ihn, obwohl er sie weniger furchterregend fand als die hübscheren Mädchen, bei denen er sich immer unbehaglich und unzulänglich fühlte. Diese glänzenden spöttischen Augen, die da zwischen pelzigen Schichten falscher Wimpern hervorblitzten, was mochten die von ihm erwarten? Phoebes Augen waren braun und ließen eher an einen Hund denken; zweifellos erwarteten sie auch etwas, aber es war weniger deutlich, was.

Phoebe konnte sich nicht vorstellen, wieso James sich mit ihr unterhielt, wo doch so viele attraktivere Mädchen da waren; dann wurde ihr bewußt, daß sie in einer Ecke eingekeilt waren und er gar nicht entkommen konnte, selbst wenn er gewollt hätte. Diese Erkenntnis deprimierte sie, und sie gab ihre Versuche zu plaudern auf, wandte ihr Gesicht von ihm ab und blickte trübsinnig im Raum herum.

James fragte sich, ob er etwas gesagt hatte, was sie beleidigt oder bestürzt haben konnte, aber er kam nicht darauf, was es gewesen sein könnte. Er fand sie auf eine kuriose Weise anziehend und wollte mehr über sie wissen. Kühn schlug er vor, die Party zu verlassen und zusammen zu Abend zu essen. Er erinnerte sich, in einer der Sonntagszeitungen von einer neuen griechischen »Taverna« gelesen zu haben, und dort in einem mit künstlichen Weinblättern dekorierten und mit Kerzen beleuchteten Kellerraum setzten sie sich dann unter wenig vielversprechendem Schweigen an einen Tisch. Es wäre besser gewesen, wurde James nun klar, wenn sie länger auf der Party geblieben und ein bißchen beschwipst geworden wären.

Eine Flasche Wein erleichterte die Dinge, und als das Essen kam, machte sich Phoebe mit offensichtlichem Genuß darüber her, wobei sie überraschenderweise gestand, daß sie seit dem Morgen nichts mehr gegessen hatte.

James, der immer noch in der Welt der regelmäßigen, zu relativ normalen Zeiten eingenommenen Mahlzeiten lebte, fragte verwundert, warum.

»Ich arbeite auf dem Land«, erklärte sie, »und irgendwie habe ich es nicht geschafft, mich zu organisieren.«

James erkundigte sich, was für eine Arbeit sie mache, und sie erklärte, daß sie eine Anzeige in *The Times* gelesen habe, wo ein Akademiker für die Herausgabe eines »literarischen Nachlasses« gesucht wurde.

»Jemand Berühmtes?« fragte James.

»Nein – die verstorbene Tochter einer reichen Familie aus dem Ort. Sie hat ein paar Gedichte und ein Tagebuch geschrieben, und ihre Eltern wollen einen Verleger bezahlen, der einen kleinen Band herausbringen soll.«

»Ist es interessant?« fragte James.

»Eigentlich nicht. Sie war unglücklich in einen Mann verliebt – du kennst ja solche Geschichten.«

»Ja, natürlich«, sagte James verlegen. »Ist das Dorf nett?«

»Nicht schlecht, aber es ist alles so bedrückend grün, und es sind einfach zu viele Bäume da. Und alle Leute sind älter und platzen dauernd unangemeldet herein.«

Die Vorstellung vom Land beschwor in James ein übertrieben romantisches Bild herauf; er stellte sich Abgeschiedenheit und Ferne vor, bis Phoebe erklärte, daß das Dorf ganz leicht von London aus mit dem Zug oder dem Green-Line-Bus zu erreichen sei.

Beinahe hätte James gesagt, er wolle einmal kommen und sie besuchen, aber seine natürliche Vorsichtigkeit hielt ihn zurück. Er konnte sich vorstellen, daß er dann vielleicht doch keine Lust haben würde, im Winter aufs Land zu fahren, aber er fand Phoebe interessant und schlug vor, sie könnten sich zukünftig ja irgendwann einmal wieder treffen. Er gab ihr die Telephonnummer des Antiquitätenladens, nicht die seiner Wohnung. Man wußte ja nie. Aus demselben Grund küßte er sie nicht zum Abschied, bot ihr aber an, sie nach Hause zu fahren, wo immer sie auch untergebracht war. Doch sie lehnte sein Angebot mit der Erklärung, sie übernachte bei einer Freundin in West Hampstead, brüsk ab und ging in der Dunkelheit davon, so daß James mit dem Gefühl zurückblieb, sich irgendwie unritterlich benommen zu haben. Trotzdem spürte er, daß er auf das Mädchen Eindruck gemacht hatte, und er sah diese Begegnung als etwas an, was ihm gehörte, als etwas Privates, von dem weder Leonora noch sein Onkel etwas zu wissen brauchten.

5

Humphrey und Leonora hatten zusammen zu Mittag gegessen, und nun, da es ein schöner Nachmittag war, schlug er vor, aufs Land hinauszufahren.

»Ich werde es um so mehr genießen, weil ich mich etwas schuldig fühle, es der armen Miss Caton überlassen zu müssen, mit eventuellen Kunden fertigzuwerden«, erklärte er, »aber wer könnte an so einem Nachmittag arbeiten?«

»Was ist mit James?« fragte Leonora. »Arbeitet er nicht?«

»Nicht eigentlich – ich habe ihn aufs Land geschickt, damit er sich dort in ein paar Antiquitätenläden umsieht. Es wird eine gute Übung für ihn sein, die Sachen anderer Händler zu sehen.«

»Ich nehme an, er reist inkognito«, sagte Leonora liebevoll, »oder sogar richtig verkleidet.«

»Ach, das wird nicht nötig sein – es kennt ihn noch keiner in der Branche«, sagte Humphrey. Er hoffte, sie würden jetzt nicht die ganze Zeit von James sprechen. Er hatte nämlich diesen Nachmittag ausgesucht, weil er Leonora für sich haben wollte – es war doch viel passender, daß sie ihre Zeit mit ihm verbrachte als mit James. Als sie an einer Ampel warteten, lehnte er sich zu ihr hinüber und wollte ihr gerade eine Hand auf den Arm legen, als es Grün wurde und er gezwungen war, sich aufs Fahren zu konzentrieren.

»Wohin fahren wir?« fragte Leonora, und rückte gerade nur einen winzigen Zentimeter von ihm ab. »An einen interessanten und abgeschiedenen Ort?«

»Abgeschieden ist es nicht«, gab Humphrey zu. »Interessant schon auf seine Art – ein Ort, wo du noch nie gewesen bist.«

»Das könnte fast überall sein«, spottete Leonora. »Surbiton oder Slough oder andere solche Vorstädte, wo Pendler leben.«

»Nun, ich denke schon, daß jemand von da, wo wir hinfahren, pendeln könnte und es vermutlich auch tut. Aber ich sage dir nichts, bis wir da sind.«

Leonora lehnte sich in angenehmer Erwartung zurück. Humphreys Wagen war sehr bequem, und das gute Mittagessen hatte sie ein bißchen schläfrig gemacht, aber natürlich ging es nicht an, einzuschlafen. Man durfte sich einfach nicht erlauben, einzunicken...

Plötzlich – hatte sie vielleicht doch eine Sekunde lang geschlummert? – bog der Wagen ab, und sie waren unter Bäumen.

Humphrey sah sie verstohlen von der Seite an, um ihre Reaktion zu beobachten. Immer wieder während des Mittagessens hatten sich seine Lippen zu einem heimlichen Lächeln verzogen, wenn er sich Leonoras freudige Überraschung über Virginia Water vorstellte, ihre entzückten Ausrufe über die Bäume, das Wasser und die Ruinen.

»Wie schön!« Sie schlug mit einer Geste der Begeisterung die Hände zusammen. »Und so still und friedlich.«

»Ja, natürlich könnte man nicht am Wochenende hierherkommen – es wäre unerträglich voll und vulgär. Aber unter der Woche an einem Arbeitstag...«, dröhnte er unter den jungen Buchen.

»An einem *Arbeitstag*«, spottete Leonora, die denken mußte, wie steif und aufgeblasen der gute alte Humphrey doch war und wieviel angenehmer es gewesen wäre, wenn James ihr Gefährte an diesem romantischen

Schauplatz hätte sein können. »Ein halbverstecktes Tempelchen in der Ferne – vielleicht ein *verfallenes* Tempelchen – zwischen Bäumen über stillem Wasser«, sann sie laut, »ich glaube, das ist wirklich eine meiner Lieblingsszenerien.«

Die gute Leonora, dachte Humphrey, sie war so feinfühlend und stand so außerhalb des praktischen Lebens. Er fragte sich, wie oft sie wohl schon so eine Szenerie gesehen hatte, um zu dem Schluß zu kommen, daß es eine ihrer Lieblingsszenerien war. Plötzlich – vermutlich war es der Kontrast, der ihn darauf brachte – mußte er an seine verstorbene Frau denken, wie sie in ihrer Luftwaffenhelferinnenuniform während des Kriegs gewesen war, als sie mit ihm unter diesen selben Bäumen spazierengegangen war.

Als sie den Weg entlangschlenderten, wobei Leonora sich in einem Strom bewundernder Bemerkungen über den lieblichen Ort ergoß, kamen sie unversehens zu einem riesigen Totempfahl, der störend in die friedliche Schönheit der Landschaft hineinragte.

Was für ein scheußliches Phallussymbol, dachte Leonora, aber natürlich sprach man das nicht aus, sondern eilte einfach mit abgewandtem Kopf daran vorüber. Zudem tapsten auch noch Leute darum herum, lärmend und rufend, ein Mann und zwei kleine Jungen in Begleitung von Mami und vielleicht Omi in weißen Orlonstrickjacken, unter denen das knallige Blumenmuster ihrer Kleider durchschien. Woher nahmen solche Leute wochentags die Zeit zu einem Ausflug? fragte sich Leonora.

»Die sind vermutlich in den Ferien«, murmelte sie, als sie vorüberwanderten. Sie fühlte sich jetzt ein bißchen müde – vielleicht wäre es möglich, sich irgendwo hinzusetzen, doch als sie das erwähnte, meinte Humphrey, das Gras sei sicher feucht – es hatte gestern abend stark geregnet –, und schlug vor, daß sie irgendwohin zum Teetrinken fahren sollten.

Es wäre vielleicht tiefer im Inneren des Waldes nicht so feucht gewesen, dachte er bedauernd, und stellte sich vor, wie er mit Leonora auf ein Bett aus Tannennadeln sank. Aber gleich verwarf er das Bild als unmöglich und lächerlich. Eine Wald-Verführungsszene zwischen zwei Hauptdarstellern mittleren Alters konnte nur in einer Katastrophe enden.

»Tee«, sagte er entschlossen und stellte sich Leonoras dunkle Schönheit vor einem Hintergrund aus Chintz und hausgebackenen *scones* vor.

Später, als sie in dem Café saßen, an das er sich erinnert hatte, erzählte er ihr, daß das der Ort sei, an dem er und Chloe sich manchmal getroffen hatten.

»Deine Frau«, sagte sie in ehrfürchtigem Ton, um ihre Langeweile zu verbergen. Sie sah es als einen leichten Ausrutscher in bezug auf den guten Geschmack an, daß er es fertigbrachte, an eine andere Frau zu denken, auch an eine längst verstorbene, wenn er mit ihr zusammen war.

»Es gab hier tolle Sachen zum Tee, selbst damals«, sagte er munter. »Du weißt ja, wie verrückt nach Essen man im Krieg gewesen ist.«

»Ach, der Krieg.« Leonora seufzte, als sie an ihre »Geheimtätigkeit« irgendwo im Süden Englands vor der Invasion der Normandie dachte. Es war Frühling gewesen – Kamelien, Azaleen und Rhododendron, und Brigadekommandeure, die ihr unter diesen üppig blühenden Büschen Anträge, sogar ehrbare Heiratsanträge, machten. Oh, wie oft sie hätte heiraten können, glänzend heiraten können ... Freilich war James zu dieser Zeit erst vier oder fünf Jahre alt und in Amerika bei seiner Mutter während dieser ersten Kinderjahre. »Und James war damals noch ein Baby«, sagte sie laut, »nicht wahr?«

»Gewiß, James war noch ein ganz kleines Kind«, bestätigte Humphrey in desinteressiertem Ton. »Er war bei seiner Mutter in den Vereinigten Staaten. Sein Vater ist im Krieg gefallen, wie du vermutlich weißt.«

Natürlich hatte Leonora das gewußt. »Und dann ist seine Mutter gestorben«, sagte sie leise.

»Ja, aber das war später. Dieser Dattelwalnußkuchen ist sehr gut«, sagte Humphrey in der Hoffnung, Leonora abzulenken, »willst du nicht ein Stück probieren?«

Leonora schüttelte den Kopf. James' trauriges Schicksal hatte ihr den Appetit genommen. Wirklich, man konnte doch, wenn man daran dachte, nicht essen. Dieser arme Junge, und dennoch, wenn seine Mutter *nicht* gestorben wäre ... »Was für ein schöner Nachmittag das für mich ist«, sagte sie, sich wieder an ihre Pflicht Humphrey gegenüber erinnernd. James würde ja zum Abendessen zu ihr kommen; sie konnte es sich leisten, großzügig zu sein.

James näherte sich vorsichtig dem Dorfgemeindehaus, nachdem er zuerst aus der Entfernung die Lage gepeilt hatte. Es war natürlich lächerlich, sich vorzustellen, man könnte bei einem dörflichen Wohltätigkeitsbasar auf etwas Wertvolles stoßen, aber man wußte ja nie, und es war einen Versuch wert. Es würde bestimmt interessanter sein, als die ländlichen Antiquitätenläden aufzusuchen, die Sachen anderer Händler zu sehen, wie Humphrey es ausgedrückt hatte, denn das hier war das Dorf, wo Phoebe wohnte, und er hatte vor, sie zu besuchen. Obwohl sie so brüsk auseinandergegangen waren, hatte sie ihm doch äußerst sorgfältig ihre Adresse aufgeschrieben, fast wie Eva, die Adam den Apfel reicht.

Der erste wilde Ansturm auf den Basar war vorüber, als James das Gemeindehaus betrat und sein Eintrittsgeld bezahlte, und er fühlte, daß er als Fremder auffiel. Es war ja ganz natürlich, daß die Leute ihn anstarrten, aber er wünschte, er hätte an irgendeine Art von Verhüllung gedacht, so daß sein Kopf und Gesicht nicht so nackt ihren neugierigen Blicken ausgesetzt gewesen wären. Doch wenn er, sagen wir, einen Panamahut und eine dunkle Brille getragen hätte, wäre er dann nicht sogar noch mehr aufgefallen? Freilich sprang in der Menge der Frauen, von denen die meisten ohne Figur, dick und älter zu sein schienen, schon die Tatsache ins Auge, daß er ein Mann war. Dies war offenbar keine Veranstaltung, auf die Männer gingen, außer vielleicht die Geistlichkeit, aber kein Geistlicher war zu sehen, nur der Führer einer Pfadfindergruppe mit ein paar kleineren und größeren Jungen.

Hier war es offenbar, wo man für Sixpence eine Chelseafigur auftun konnte, dachte James und ging auf einen rohen Holztisch zu, auf dem ein paar einzelne Porzellanstücke und Nippsachen standen. Der erste Gegenstand, der ihm ins Auge fiel, war ein Pfeffer-und-Salzstreuerset in Form zweier Katzen mit den entsprechenden Löchern in ihren Köpfen auf einem kleinen Ständer.

»Das ist hübsch«, sagte die Frau hinter dem Stand, aber ohne große Überzeugung und keineswegs, als erwartete sie wirklich, daß James es kaufen würde.

»Nicht ganz das, was ich suche«, sagte er, während seine Blicke über weitere scheußliche Kleingegenstände schweiften. Würde eine Zeit kommen, da selbst diese von Sammlern gesucht werden würden? fragte er sich. Es wäre vielleicht fast der Mühe wert, sie zu kaufen und einen eigenen Antiquitäten-»Supermarkt« aufzumachen – das wäre ziemlich amüsant, aber natürlich würde sein Onkel darüber die Nase rümpfen.

Offensichtlich gab es hier nichts für ihn, doch aus Höflichkeit kaufte er ein kleines Porzellanschloß, obwohl es angeschlagen war, denn er wußte nicht, daß man bei so einem Basar nicht höflich zu sein brauchte. Er war unschlüssig, ob er sich nach dem Weg zum Vine Cottage erkundigen sollte – er war sicher, jeder der Helfer auf dem Wohltätigkeitsbasar hätte ihm nur allzu gern Auskunft gegeben –, aber er entschied sich dagegen. Als er es nach einer Weile fand, blieb er noch einen Augenblick im Auto sitzen, bevor er zur Tür hinaufging.

Das große dünne Mädchen in Jeans, das auf sein Klopfen hin erschien, war eine nur gerade noch schwach als Phoebe wiedererkennbare Fremde, obwohl er sich an das lange mausfarbene, durch ein Band zurückgehaltene Haar erinnerte. Aber war es dieses blasse, spitze und nur allzu natürlich wirkende Gesicht gewesen, das ihm in dem kerzenbeleuchteten Restaurant so faszinierend erschienen war?

Auch sie wirkte enttäuscht, als entspräche er ihren Erwartungen nicht, was immer diese auch gewesen sein mochten.

»Das ist also das Cottage«, sagte er und schaute sich in dem kleinen Raum um. Er schien mit seinen kleinen Fenstern recht dunkel zu sein.

»Das Zimmer bräuchte mehr Möblierung«, meinte sie. »Ich habe ein paar Sachen von mir hergebracht.«

Er fragte sich, welche es wohl waren.

»Diese Lampe«, sagte sie nervös.

Er blickte auf die ummontierte Weinflasche, als wäre sie jenseits allen Kommentars. »Du könntest dir leicht ein paar Stücke besorgen, es sind hier in der Gegend eine Menge Versteigerungen«, schlug er vor.

»Dann hätte ich vielleicht auf einmal ein Glasschränkchen voller ausgestopfter Vögel auf dem Hals.«

»Was doch sehr hübsch wäre«, erwiderte er, leicht in der Defensive. »Viktoriana sind immer noch ganz reizvoll.«

Nach dieser ziemlich steifen Erklärung trat Schweigen ein. Vielleicht in dem Gefühl, daß er sie nicht einmal so reizvoll fand wie ein Glasschränkchen voller ausgestopfter Vögel, begann Phoebe verzweifelt, ihm Kaffee oder sonst etwas zu trinken anzubieten, aber er lehnte ab. »Würdest du vielleicht gern den Garten sehen?« fragte sie schließlich.

Sie schlenderten in den überwachsenen Garten hinaus. James machte eine Bemerkung über den Wein, der sich über die Rückseite des Häuschens rankte.

»Ja, deswegen heißt es Vine Cottage, denke ich, meinst du, es ist in Ordnung, daß er diese wolligen grauen Knospen hat?«

»Natürlich – kennst du nicht das Gedicht über das Grau, das sich in Rot verwandelt?«

»Nein«, sagte sie barsch, offenbar in dem Gefühl, daß sie es hätte kennen müssen.

»Es ist Browning, aber vielleicht wird es heute nicht mehr besonders geschätzt.« James wollte gerade die Verse rezitieren, als ihm wieder einfiel, daß es eines von Leonoras Lieblingsgedichten war – daher kannte er es –, und etwas wie ein natürliches Zartgefühl hielt ihn zurück.

»Verstehst du etwas von Gartenarbeit?« fragte sie.

»Nein«, antwortete er schnell, da er sich schon zum Rasenmähen verdonnert sah, »aber meine Mutter war eine große Gärtnerin.«

Zweifellos war seine Mutter tot, dachte Phoebe, und damit hatte er unfairerweise etwas vor ihr mit einer lebenden Mutter in Putney voraus.

Der Gang einmal durch den ganzen Garten dauerte nicht lange, und bald waren sie wieder zurück im Cottage.

»Du hast mein Schlafzimmer noch nicht gesehen«, sagte Phoebe und ging die steile, schmale Treppe hinauf voraus.

Als sie in dem kleinen Zimmer standen, das eine

schräge Decke hatte und mit einem Glyzinienmuster tapeziert war, legte James ihr den Arm um die Schultern, wobei er sie ein klein bißchen zu groß für sich fand. Er küßte sie, und nach ein paar gemurmelten Koseworten passierte es so schnell, daß er nachher nicht mehr hätte sagen können, wer die Initiative ergriffen hatte. James hatte gewiß nicht die Absicht gehabt, so weit zu gehen, aber sie war so begierig gewesen. Sie hatte sich ihm regelrecht »an den Hals geworfen«, wie jemand einer älteren Generation – Leonora natürlich – gesagt hätte. Bei dem Gedanken an Leonora zog ein Schatten über sein Gesicht. Er wandte sich von Phoebe ab und betrachtete den Stapel Bücher auf dem Fußboden neben ihrem Bett. Wie unordentlich sie war! Er mußte ihr einen kleinen Bücherschrank oder einen Tisch besorgen – er selbst hatte einen, der sehr hübsch passen würde.

Phoebe, die spürte, daß er sich von ihr abkehrte, richtete sich auf einem Ellbogen auf, um durch das Fenster zu sehen.

»Was ist los?« fragte James. »Kommt jemand?« Er setzte sich nervös auf. Einen verrückten Augenblick lang stellte er sich vor, sein Onkel käme ins Zimmer herein. »Ah, James, lieber Junge ...«

»Es ist in Ordnung, es war die Haushälterin des Pfarrers. Auf ihrem Weg, um die Fischstäbchen für das Abendessen zu holen, vermutlich. Jedenfalls ist sie jetzt vorbeigegangen. Was siehst du dir da an?«

»Dieses Fenster ist ja fast ganz zugewachsen – könntest du nicht jemanden kommen lassen, der das wegschneidet? Es kann nicht gesund sein«, sagte er pedantisch. »Da kommen doch Insekten herein, während du schläfst.«

»Ach, ich bin ein hoffnungsloser Fall in bezug auf solche Erledigungen«, sagte Phoebe. »Ich nehme an, jetzt wirst du sagen, wie unordentlich das Zimmer ist.«

»Nun, du könntest etwas brauchen, wo du diese Bücher hinstellst. Ich könnte dir wahrscheinlich etwas überlassen.«

»Du?«

»Ja, der Mietvertrag für meine Wohnung läuft bald aus, und ich werde ein paar meiner Sachen einlagern müssen, während ich für meinen Onkel ins Ausland fahre.«

»Was für Möbel könntest du mir denn leihen?«

»Ach, einen Nachttisch und einen kleinen viktorianischen Sessel mit olivgrünem Samtbezug – der würde dir gefallen, glaube ich.«

»Reizvolle Viktoriana – nicht ganz mein Stil, aber immerhin.«

»Dann ist da noch ein Spiegel mit Amoretten, Kirschbaumholz – der ist wirklich hübsch.« Leonora hatte ihn immer außerordentlich bewundert; vielleicht war es unklug von ihm, ihn erwähnt zu haben. »Ich sollte jetzt gehen«, sagte er.

»Ich nehme an, du hast eine Verabredung für heute abend.«

»Ja, gewissermaßen.« Abendessen mit Leonora zählte eigentlich nicht genau als »Verabredung«.

»Ich könnte dir eine Tasse Tee machen.«

»Das wäre nett, aber solltest du nicht besser...?« Er blickte zweifelnd auf ihre nackten Schultern. »Es könnte doch jemand kommen.«

»Das wäre durchaus möglich. Dieses Dorf schwärmt für unangemeldetes Vorbeischauen. Ich denke, dieses Leintuch könnte als Sarong gehen, aber ich bin scheint's nicht imstande, es richtig zu wickeln.« Phoebe zwängte sich wieder in ihre Jeans und zog ein zerknittertes weißes Baumwollhemd über. »Ist das besser?« Er mußte immer noch zweifelnd dreingeschaut haben, denn sie sagte ziemlich pampig: »Ach, meine Güte, zum Teekochen wird es doch gehen«, und tappte barfuß die Treppe hinunter.

James wartete beklommen im Wohnzimmer. Es kam ihm der Gedanke, daß er sich höchst unklug verhalten hatte. Warum nur hatte er sich so mit Phoebe eingelassen? Aber was bedeutete »sich eingelassen haben«? Bestimmt brauchte er sich doch nicht einem Mädchen gegenüber irgendwie verpflichtet zu fühlen, das sich ihm an den Hals geworfen hatte?

»Wirst du wiederkommen?« fragte sie offen. »Oder lädst du mich vielleicht einmal in deine Wohnung ein?«

»Ja, das werde ich – wir könnten zusammen Abend essen. Ich rufe dich an.«

»Dann kann ich mir die Möbel ansehen!« Sie lachte. »Wie praktisch ich doch bin. Soll ich mit dir zum Wagen rauskommen?«

»Nicht mit deinen nackten Füßen.«

»Schon gut. Dann kriegst du eben hier einen Abschiedskuß. Ach James, was haben wir getan?«

Ja, was? fragte er sich, als er nach London zurückfuhr. Er hoffte, er würde nicht in Staus kommen, denn Leonora erwartete von ihm, daß er pünktlich war. Sie haßte es, wenn er sich verspätete. Das war das Schlimmste, wenn man mit einer älteren Frau liiert war, obwohl »das Schlimmste« sicher das falsche Wort war, wenn man es in bezug auf jemand so Bezauberndes wie Leonora gebrauchte.

6

In der Nähe von Leonoras Haus war ein kleiner Park, und dort wollte sie sich mit James treffen, damit sie vor dem Abendessen noch einen Spaziergang machen konnten. Er hatte nicht besonders gern zugesagt und fühlte sich jetzt nach den Strapazen seiner Landpartie wirklich müde und hätte viel lieber mit einem Glas neben sich in einem Sessel gesessen, statt durch diesen deprimierenden Park mit seinen steifen Blumenbeeten zu schlendern, von der kleinen Statue mit dem boshaften Gesicht – einer Art heruntergekommenem Peter Pan – am einen Ende bis zu dem staubigen Gras und den Bäumen am andern. War es nicht eine leichte Affektiertheit von Leonora, das alles so »angenehm« und die Statue so »reizvoll« zu finden?

»Da bist du ja, Liebling – und ein klein wenig verspätet. Hat dich der Verkehr aufgehalten oder sonst etwas? Man weiß ja, wie es um diese Zeit ist.«

James beugte den Kopf hinunter, um sie zu küssen. Ein zarter Hauch von Heliotrop – Leonoras bevorzugtes *L'Heure bleue* – wehte ihm entgegen. Er fragte sich, ob sie ihm eine Veränderung anmerkte; falls ihm noch eine Spur von Phoebes Parfüm anhaften sollte, würde sie sicher Verdacht schöpfen. Dann wurde ihm bewußt, daß Phoebe kein Parfüm benutzte und daß er sich umgezogen und gebadet hatte; seine Vorstellungen waren altmodisch und lächerlich wie ein Roman aus den dreißiger Jahren.

»Nun ja, es war natürlich Verkehr«, fing er voll Schuldbewußtsein an und versuchte, sich zu erinnern, was er getan hatte, nachdem er von Phoebe weggegangen war. Er war direkt nach Hause gefahren und hatte sich für das Treffen mit Leonora vorbereitet, dachte er mit leicht zynisch gefärbter Tugendhaftigkeit. Es war nicht einmal mehr Zeit gewesen, etwas zu trinken. »Du siehst wunderbar aus in dieser Farbe« sagte er, und trat etwas zurück, um das amethystfarbene Kleid zu bewundern, das sie trug. »Es ist irgendwie so herbstlich.«

»Meinst du, ich sehe alt aus? ... daß ich im Herbst des Lebens bin?«

»Du weißt, daß ich das nicht meine! Und jedenfalls ist der Herbst eine viel behaglichere Jahreszeit als der Frühling oder der Sommer, viel viel *angenehmer.*« Er lächelte, als er so eines ihrer Lieblingswörter gebrauchte.

Leonora sah liebevoll zu ihm hinauf. »Hat es Spaß gemacht, heute durch die Antiquitätenläden auf dem Land zu ziehen?« fragte sie.

»Ja, ziemlich. Ich hätte vielleicht etwas kaufen sollen, aber ich habe einfach nur die Sachen auf ihren Wert hin angesehen, und dann bin ich durch ein Dorf gekommen, wo gerade ein Wohltätigkeitsbasar veranstaltet wurde, und da bin ich hingegangen.« James hielt inne, da er fürchtete, sich zu verplappern.

»Und hast du eine seltene Kostbarkeit aufgestöbert?«

»Nur ein kleines Porzellanschloß, und das hat einen Sprung.« Ein bißchen wie Phoebe, vielleicht. Und was war Leonora? Ein fehlerloses Stück Meißen? Es wäre ein amüsantes Spiel, seine Freunde und Bekannten als Antiquitäten zu beschreiben.

»*Davon* wird Humphrey wohl nicht gerade begeistert sein«, meinte Leonora. »Ich bin sicher, er meint nicht, daß du auf *Wohltätigkeitsbasare* gehen sollst, mein Herz.«

»Ich weiß – ich bin irgendwie in den da hineingeraten. Aber darauf kannst du wetten, wenn Humphrey da hingegangen wäre, hätte er etwas Besonderes gefunden.

Er hat immer mehr Glück als ich«, sagte James trübsinnig.

»Das kannst du doch nicht sagen – schließlich habt ihr beide ja *mich* gefunden, nicht wahr?«

»Ja, natürlich, damals bei Sotheby's. Wie war dein Ausflug mit Humphrey heute nachmittag?«

»Schön! Wir sind nach Virginia Water gefahren. Alle diese Bäume und Ruinen in der Ferne, das ist so sehr meine Welt.«

»Ich wünschte, wir würden jetzt in einem schönen Garten spazierengehen«, seufzte James.

»Ja, ein *giardino* oder *jardin* – vielleicht der Estufa Fria in Lissabon.« Leonora lächelte. »Dieser komische alte Professor – hab' ich dir je von ihm erzählt?«

Leonora hatte in praktisch allen berühmten Gärten Europas romantische Erlebnisse gehabt, angefangen mit dem Großen Garten in Dresden, wo sie vor dem Krieg als Schulmädchen von einem weißrussischen Fürsten angesprochen worden war. Und doch war aus allen diesen Begegnungen nichts geworden; sie war unverheiratet geblieben, ja, man konnte fast sagen, unberührt. Das alles war so himmelweit entfernt von dem staubigen Park, in dem sie und James jetzt herumschlenderten.

»Und dann die Isola Bella – dieser Baum mit den großen Blättern – *Elefantenohren* ...« Sie brach über eine Erinnerung, die James nicht teilen konnte, in Lachen aus.

Er sah zu den uninteressanten Bäumen ringsum hinauf. »Sind wir jetzt nicht lange genug gegangen? Es wird dunkel – pfeift da nicht jemand? Es sieht aus, als ob der Mann da die Tore schließen will. Wir wollen doch nicht eingeschlossen werden, oder?«

»Mach dir keine Sorgen, er ist ein reizender kleiner Mann und hat schon oft das Tor für mich wieder aufgemacht. Wir brauchen uns nicht zu beeilen.«

Trotzdem fand James dann, daß der Mann nicht besonders erfreut wirkte, als er das Tor für sie wieder aufschließen mußte. Offenbar war er nur zu Leonora »reizend«.

»Wie hübsch dein Haus aussieht«, sagte James, als sie sich ihm näherten.

»Ja, nicht wahr – und weißt du, ich glaube, ich kann es jetzt bald kaufen, dann ist es *richtig* meins, und ich kann damit tun, was ich will.«

»Wirst du Miss Foxe mitkaufen müssen?«

»Ja, aber ich hoffe, *die* wird man doch schnell los.«

Leonora sagte das so brutal, daß James sie erschrocken ansah.

»Da ist sie«, flüsterte sie rauh, als sie durch die Haustür kamen.

James sah eine weißhaarige, zerbrechlich wirkende Frau um die Siebzig in einem grauen Kleid und mit einer vielleicht echten Perlenkette, die sich offensichtlich abmühte, einen Heizölkanister die Treppe hinaufzuschleppen.

James stürzte vor. »Lassen Sie mich das für Sie tragen«, sagte er.

»Oh, wie freundlich! Es ist wirklich schwerer, als ich dachte.« Sie hatte eine sanfte, kultivierte Stimme.

»Viel zu schwer für Sie zu tragen«, sagte James galant. »Sie sollte das nicht machen müssen«, bemerkte er nachher zu Leonora.

»Liebster, du bist so fürsorglich, und man muß dich dafür lieben«, sagte Leonora in ihrem kühlsten Ton, »aber was für ein Getue. Es war nur ein Zehnliterkanister, und der kann doch nicht so schwer gewesen sein. Und außerdem, was will sie nur mit Heizöl um diese Jahreszeit?«

»Nun, ich denke, es ist billiger als Strom oder Gas, und die Abende sind immer noch ziemlich kühl«, meinte er.

»Oh, sehr kühl«, neckte ihn Leonora. »Ich finde, es ist

irgendwie entwürdigend, überhaupt Heizöl zu benutzen – das, was Schwarze machen, die Ölöfen umschmeißen und die Wohnung in Brand setzen. Wirklich, es macht mir ziemlich Angst, an sie da oben zu denken – deswegen muß ich sie einfach loswerden, wenn ihr Mietvertrag ausläuft.«

James murmelte einen leisen Einspruch. Eines Tages, wenn Leonora selbst alt sein würde..., aber natürlich wäre das nicht dasselbe.

»Man muß festbleiben bei alten Leuten«, fuhr Leonora fort, »das ist die einzige Möglichkeit – sonst kennen die keine Grenzen.«

»Ach, laß uns nicht davon reden«, sagte James voll Unbehagen. »Ich finde, ich habe etwas zu trinken verdient.«

Ein paar Minuten später saß er entspannt mit einem Glas Gin Tonic da und genoß Leonoras Geplauder, das aus der Küche zu ihm herüberdrang, wo sie letzte Hand an das Essen legte. Sie waren übereingekommen, sich einander entweder bei einem Treffen oder am Telephon die Ereignisse des Tages zu erzählen, doch James konnte in bezug auf seinen Tag heute nicht so offen sein wie gewöhnlich und war es zufrieden, Leonoras detaillierter Beschreibung ihres Ausflugs mit Humphrey nach Virginia Water zu lauschen. Er wollte wirklich nicht viel mehr über den Dorfbasar sagen und hoffte, eine oder zwei amüsante Beobachtungen würden genügen und er würde in Ruhe seinen Gin trinken und den Blick in Leonoras hübschem Zimmer herumwandern lassen können.

Es war ein reizvoller Rahmen für sie, mit blaßgrünen Wänden und sich üppig rankenden Pflanzen – denn natürlich hatte Leonora »Glück« mit Zimmerpflanzen. Einige Stücke der Einrichtung waren von Humphrey, aber auch James hatte ein paar Sächelchen oder »Liebespfänder«, wie sie sie nannte, beigesteuert, und das waren sie ja wohl, auch wenn *sie* sie so bezeichnet hatte. Ihre Liebe für kleine viktorianische Gegenstände machte es James leicht, passende Kleinigkeiten zu finden, die seiner Anhänglichkeit Ausdruck verleihen sollten.

»Spargel!« rief er aus, als sie mit einer Schüssel aus der Küche kam. »Der erste in diesem Jahr.«

»Dann mußt du dir etwas wünschen.«

James war verlegen, wie man es gewöhnlich ist, wenn man aufgefordert wird, einen Wunsch zu formulieren.

»Einen geheimen Wunsch natürlich, Liebster«, beruhigte ihn Leonora.

Ich habe keine Geheimnisse vor dir, wollte er sagen, aber die ungezwungenen Worte wollten nicht heraus. Wie wohl ein Essen bei Phoebe wäre, fragte er sich, als Leonora den nächsten Gang hereinbrachte, Hühnchen mit Estragon.

»Du siehst heute abend besonders schön aus«, neckte sie ihn. »Wer weiß, wie viele Leute sich heute in dich verliebt haben!«

Eine Person mindestens, dachte er voll Unbehagen. Zu seinem Kummer fühlte er, wie er rot wurde, und dabei war er doch inzwischen an diese besondere Art Leonoras, ihn aufzuziehen, gewöhnt. Manchmal wollte es fast so scheinen, als hätte sie ihn selbst geschaffen – den schönen jungen Mann, in den sich die Leute immer verliebten und der doch unerklärlicherweise und unverbrüchlich ihr zugetan blieb, einer Frau, die so viel älter war als er. James war damit zufrieden gewesen, diese Rolle zu spielen, und natürlich gab es keinen Zweifel an seiner Zuneigung zu Leonora. Aber jetzt gab es Phoebe – oder gab es sie überhaupt? Es war gewiß nicht in Leonoras Plänen für ihn vorgesehen, falls sie welche hatte, daß er sich einer jüngeren Frau zuwenden sollte. Aber irgendwie schien das Wort »Zuwendung« nicht auf das, was sich an diesem Nachmittag in Phoebes Cottage zugetragen hatte, anwendbar.

James war erleichtert, als Leonora mit einer Schokoladenmousse aus der Küche zurückkam, einer Lieblingsspeise, die sie oft für ihn machte. Das war jetzt wirklich nicht der Augenblick, um über Phoebe nachzudenken. Danach würde es Kaffee geben und vielleicht Musik, oder sie würden einfach nur plaudern. Manchmal erzählte James ihr von seiner Kindheit in Amerika oder las Gedichte vor, während sie mit einem Stück Teppichstikkerei herumspielte und ihre schönen dunklen Augen über den Rand ihrer Brille zu ihm aufsahen. Die Brille war ein Anlaß zu Witzeleien zwischen ihnen geworden – »ältere Menschen sehen eben nicht mehr so gut«.

Heute abend hatte James einen Katalog von Sotheby's mitgebracht, in dem eine demnächst stattfindende Möbelauktion beschrieben wurde, von der er dachte, daß sie Leonora interessieren könnte. Die Lektüre von Auktionskatalogen war eine weitere Lieblingsunterhaltung von ihnen, und Leonora mochte nichts lieber, als James' angenehme Stimme die verführerischen Beschreibungen vorlesen zu hören, die ihr die schönen Stücke vor Augen führten – schmale Kreuzbandleisten aus Rosenholz, Palmenmotive und Adlerbekrönung ... die Poesie der Sätze wogte in einer köstlichen Konfusion über sie hin, so daß sie kaum wußte, was eigentlich beschrieben wurde, nur daß es etwas exquisit Begehrenswertes sein mußte und daß dies wieder einer ihrer »schönen Abende« war.

7

Leonora konnte wenig mit der »Gemütlichkeit« von Frauenfreundschaften anfangen, sondern betrachtete ihre Freundinnen eher als Folie für sich selbst, vor allem wenn sie, wie gewöhnlich der Fall, weniger attraktiv und elegant waren als sie. Als Meg anrief, um sich mit ihr zum Mittagessen zu verabreden, war ihre erste Regung, unter einem Vorwand abzusagen, doch seit sie mit James befreundet war, war sie doch immer neugieriger in bezug auf Megs Beziehung zu Colin geworden. Außerdem hatten sie sich seit dem Abend, als Meg sie in solcher Verzweiflung aufgesucht hatte, nicht mehr gesehen. Vermutlich war Colin nun »zurückgekommen«, oder wie immer man das ausdrücken wollte, und jedenfalls hörte sich Meg glücklich, ja fast überschäumend an, als sie Leonora bat, sie um Viertel vor eins in einer Snackbar in Knightsbridge zu treffen.

Leonora kam ihre üblichen paar Minuten zu spät, allerdings nicht so spät, wie wenn sie mit einem Mann verabredet gewesen wäre. Meg war eine der Frauen, die immer zu früh dran sind und die man dann draußen vor Swan und Edgar's stehen sehen kann, wie sie mit ängstlichen Gesichtern in die Gegend spähen, bereit zum Aufstrahlen, wenn die erwartete Person endlich auftaucht.

»Da bist du ja!« rief sie, als Leonora gelassen auf sie zukam.

Leonora begrüßte sie, entschuldigte sich aber nicht. Meg sah gepflegter aus als bei ihrer letzten Begegnung. Sie trug einen leichten Frühlingsmantel in einem Grünton, der ihr nicht besonders gut stand, aber ihr Haar war frisch gewellt, und – so schien es Leonora jedenfalls – die grauen Strähnen waren mit einer braunen Tönung kaschiert.

»Du wirst nie erraten, warum ich vorgeschlagen habe, daß wir uns *hier* treffen«, sagte Meg.

»Nun, es ist in der Nähe von Harrods, und da muß man doch oft hin.«

Meg sah sie verständnislos an. Offenbar bedeutete ihr Harrods nichts. »Es ist wegen Colin«, erklärte sie. »Er hat hier eine Arbeit gefunden.«

Leonora drückte Überraschung aus; vielleicht hätte sie auch gratulieren sollen, aber das würde sie zurückhalten, bis sie die näheren Umstände kannte.

»Wir müssen nach unten«, sagte Meg, »wo es die Salate gibt. Macht es dir etwas aus? Du nimmst ein Tablett und suchst dir an der Theke aus, was du möchtest.«

Leonora folgte ihr hinunter in ein schummrig beleuchtetes Souterrain mit orange- und purpurroten Wänden, an denen abstrakte Gemälde hingen. Hinter der Theke konnte sie undeutlich zwei Gestalten erkennen, ein langhaariges Mädchen mit einer runden, getönten Brille – wie schaffte sie es nur, etwas zu sehen? – und Colin. Beide teilten sie aus einer Anzahl von Schüsseln Rohkostsalate aus.

»Hallo, Leonora«, sagte Colin geschäftig. »Was möchtest du essen?«

»Ich weiß nicht – was gibt es denn? Etwas Paté vielleicht, und was meinst du, würde am besten dazu passen? Du mußt mir aussuchen helfen.« Leonora war so freundlich, wie sie nur konnte, aber in dem Dämmerlicht war es kaum möglich, zu sehen, was die Schüsseln enthielten. Auch Colin war äußerst freundlich, und Meg strahlte vor Stolz bei seinem Anblick, er war so tüchtig und so charmant in seinem rosageblümten Hemd.

»Ein Freund von Harold hat ihm die Stelle besorgt«, erklärte sie, als sie sich an einem in eine Ecke gezwängten Tischchen niedergelassen hatten. »Er scheint es prima zu machen und es *gefällt* ihm, und das ist doch so wichtig.«

»Allerdings wohl kaum etwas, um daraus eine Berufskarriere zu machen«, sagte Leonora und sah sich in dem Lokal um. Das war ganz entschieden nicht *ihre* Szene – stellte sie fest – alle waren so jung, die Mädchen nach ihren Maßstäben entsetzlich schlecht angezogen, alle redeten zu laut, um die Popmusik im Hintergrund zu übertönen. »Du kommst doch sicher nicht oft hierher?« fragte sie.

»Nun, es ist ein bißchen weit vom Büro«, gab Meg zu, »daher komme ich nicht *jeden* Tag. Aber als Colin mit der Arbeit angefangen hat, hat es ihm, glaube ich, Sicherheit gegeben, zu wissen, daß ich hier war. Und natürlich tut es einem so *gut,* all das da« – sie wies auf den roh gehobelten Kohl auf ihrem Teller.

Leonora hatte den Eindruck, auch wenn es Gras gewesen wäre, was sie da aßen, hätte sie dasselbe gesagt. »Ich schließe also, daß es wieder besser geht«, sagte sie taktvoll.

»Oh, *viel* besser. Wirklich nur ein Mißverständnis, das war alles. Man muß dem andern seine Freiheit lassen«, sagte Meg auf die tapfere Art, in der sie von Colins »Liebhabern« gesprochen hatte, »dann ist viel größere Nähe möglich.«

Leonora lächelte, sagte aber nichts.

»Gestern abend sind wir ins Theater gegangen«, fuhr Meg fort. »Colin und ich und Harold und seine Mutter.«

»Das muß ja ein seltsames Grüppchen gewesen sein.«

»Ja, vermutlich schon, wenn man es sich so überlegt. Und das Stück war eigentlich nicht, was ich gewählt hätte«, sie nannte ein Musical, das schon über ein Jahr lief, »aber es war ein interessantes Erlebnis.«

»Will man wirklich noch ›interessante Erlebnisse‹ in unserem Alter?« fragte Leonora. »Ich bin nicht sicher, ob ich das möchte.«

»Oh, bei dir ist das etwas anderes. Du hast bestimmt schon so viel erlebt, du hast im Ausland gelebt und hattest immer so viele Verehrer«, sagte Meg großzügig.

Leonora lächelte wieder, wärmer diesmal, obwohl sie dann weniger erfreut war, als Meg weitersprach und meinte, sie denke an Leonora nicht als an jemanden, der jetzt noch »Erlebnisse« habe.

»Wie denkst du denn dann von mir?« fragte Leonora.

»Ich denke, du wohnst einfach in deinem vollkommenen Haus und führst ein harmonisches und elegantes Leben«, sagte Meg. »Es ist schwierig zu erklären«, setzte sie hinzu, da sie einen Schatten von Unmut über Leonoras Gesicht ziehen sah.

»Das klingt ja, als wäre ich fast nicht mehr menschlich, wie eine Art Fossil«, protestierte Leonora.

»Das wollte ich nicht sagen – es ist nur so, daß ich mir dich nie zerzaust oder über irgend etwas aufgeregt vorstellen kann. Nicht wie ich – was mußt du nur an diesem fürchterlichen Abend, als ich bei dir hereingeplatzt bin, gedacht haben!«

»Nicht alle Menschen reagieren gleich. Wenn man keine Gefühle zeigt, bedeutet das nicht notwendig, daß man keine *hat.*«

»Ich hole uns jetzt Kaffee.«

Während Megs Abwesenheit überdachte Leonora, was sie gesagt hatte. Sie war nicht sicher, ob sie das Bild mochte, das da von ihr entworfen worden war. Natürlich war sie überhaupt nicht so, so kalt und verknöchert. Sie wollte eben nur, daß alle ihre Beziehungen auf ihre Art perfekt waren. Sie würde sich nie auf so etwas Unbefriedigendes wie zum Beispiel Colins Betragen eingelassen haben.

»*Nicht* der beste Kaffee in London«, sagte Meg entschuldigend, als sie mit zwei Tassen zurückkam. »Ich fand es klüger, ihn schwarz zu nehmen. Schau, wie beschäftigt sie jetzt sind – Colin sagt, zwischen eins und zwei ist der Betrieb mörderisch.«

»Wie gut, daß wir früh gekommen sind. Dies ist wirklich ein ›interessantes Erlebnis‹ für mich gewesen.« Leonora strich über ihr tadellos frisiertes Haar und zog ihre Handschuhe an.

Sie trennten sich draußen vor der Snackbar – Meg, um in ihr Büro zurückzukehren, Leonora, um einen Rundgang durch Harrods zu machen. Sie war versucht, da sie sich so in der Nähe befand, James einen Überraschungsbesuch im Antiquitätenladen abzustatten, aber sie hielt sich zurück und wurde beim Nachhausekommen durch einen Anruf von ihm belohnt, mit dem er sich für den nächsten Tag mit ihr zum Lunch in »ihrem« kleinen Restaurant in der Nähe des Ladens verabredete.

Diesen Abend war Leonora bei ihrer Nachbarin Liz zum Essen eingeladen. Es schien, als hätte sie heute ihren ganzen Tag mit Frauen verbracht, die weniger Glück im Leben hatten als sie. Daran dachte sie, als sie in Liz' hinterem Zimmer saß und die Katzen in ihrem Verschlag im Garten schreien und jammern hörte.

Erst würde es eine von Liz' langen Trinkereien geben, bevor irgendeine Aussicht auf etwas zu essen bestand. Leonora wußte es aus Erfahrung. Die Katzen würden rein und raus laufen, und Leonora würde zu verhindern suchen, daß eine auf ihren Schoß sprang und mit ihren Krallen auf ihrem Rock herumzupfte. Liz' Kleider waren natürlich so von den Katzen zerkratzt, daß die herausgezupften Fäden allem, was sie trug, einen fast boucléartigen Effekt verliehen. Schließlich würde Liz wieder mit dem Thema ihrer unglücklichen Ehe anfangen. »Die ganze Liebe, *für die Katz*«, würde sie sagen. Das war eine der seltenen Situationen, denen Leonora sich nicht gewachsen fühlte, da sie keine eigene Erfahrung besaß, die sie hätte anführen können. Sie war nie von einem Mann schlecht behandelt oder verschmäht worden – vielleicht hatte sie nie einen anderen Menschen heftig genug geliebt, damit so etwas möglich gewesen wäre – jedenfalls, was immer auch der Grund war, würde sie dazu schweigen und nur bemerken, daß vielleicht Liebe nie verschwendet war – so hieß es doch wenigstens. Liz würde sich ihrerseits genauso langweilen, wenn Leonora wieder ihre Erinnerungen an ihre Mädchenzeit auf dem Kontinent auskramte und geheimnisvoll auf ihre späteren Lieben anspielte, aus denen doch nie etwas geworden zu sein schien. Dennoch würden am Ende des Abends beide Frauen eine Art Befriedigung empfinden, als wäre mehr angeboten und genossen worden als nur Essen und Trinken.

8

James hätte kaum zu sagen gewußt, ob sein Besuch bei Phoebe ein Erfolg gewesen war oder nicht. Der unbeholfene Liebesakt in dem Cottage-Schlafzimmer schien der Welt von Humphrey und Leonora so fern, und obwohl er nicht besonders begierig war, das Experiment zu wiederholen, dachte er doch gerne, daß er könnte, wenn er wollte. Es gab ihm Selbstvertrauen, sich in dem Gefühl zu wiegen, daß er auf dem Land versteckt ein Mädchen hatte, von dem niemand etwas wußte. Humphrey förderte das sogar noch, indem er ihn auf ländliche Versteigerungen, die er selbst langweilig fand, schickte, um zu sehen, ob es irgend etwas Lohnendes zu kaufen gab.

Eines Nachmittags hatte er Phoebe abgeholt, um sie auf eine Auktion mitzunehmen, und sie gingen in ein Haus hinein, um das Inventar zu besichtigen.

»Es kommt mir so schrecklich vor«, sagte sie, »alle diese Leute, wie sie da mit ihren schmutzigen Schuhen durch die Diele trampeln!«

James sah sie voll Überraschung an. Das war eine Bemerkung, wie sie Leonora mit ihrer Empfindsamkeit und ihrer Sensibilität für Atmosphäre hätte machen können. Er hätte sich bei der Unordnung, ja fast Verwahrlosung ihres Cottage nie vorgestellt, daß Phoebe imstande sein könnte, schmutzige Fußspuren auf Fliesenböden zu beachten. Ein unheimliches Gefühl beschlich ihn, als verschmölzen plötzlich auf irgendeine seltsame Art die beiden Frauen in seinem Leben.

Er erklärte Phoebe, daß das Haus einer alten, jetzt

verstorbenen Dame gehört habe, so daß nichts Persönliches mehr dabei sei.

»Trotzdem, es könnte ein Verwandter herumschleichen«, sagte sie. »Man weiß nie.«

James bewegte sie dazu, sich ein paar Porzellansachen anzusehen – es waren gute Stücke Coalport und Worcester da und etwas, was vielleicht Dresden sein konnte, aber sie fand ein grobes Paar Staffordshire-Hunde am schönsten.

James untersuchte gerade eine Figur, als ein Mann und eine Frau herzutraten und ihn grüßten.

»Hallo, James, was suchst du denn hier?« fragte der Mann.

»Ach, mein Onkel meinte, es könnte vielleicht etwas dabei sein«, murmelte James.

»Aber du verrätst nicht, was es ist«, sagte die Frau mit heller, hoher Stimme.

»Diese geblümten Schlafzimmergarnituren dürften ganz interessant sein«, sagte der Mann und wies auf einen Krug, Waschschüssel und Nachttopf mit purpurfarbenem Irismuster.

James sah sich verstohlen um. Phoebe stand in einiger Entfernung, als hätte sie sich absichtlich zurückgezogen. Vielleicht würde es nicht nötig sein, sie vorzustellen. James hoffte das, denn sie sah – wie so oft – in einem sehr kurzen Baumwollkleidchen und Sandalen seiner ziemlich unwürdig aus. Das Paar – Richard und Joan Murray – war mit Leonora befreundet und verkaufte Viktoriana in seinem Laden in der King's Road, daher vielleicht Richards zur Schau getragenes Interesse für Schlafzimmerporzellan. James war froh zu hören, daß sie nur mal kurz zum Reinschauen vorbeigekommen waren und nicht vorhatten, bis zur Versteigerung zu bleiben.

Phoebe hatte so getan, als untersuchte sie ein paar

zusammengebundene alte Bücher, während sie James beim Sprechen beobachtete. Eifersucht stieg in ihr hoch, als ihr bewußt wurde, wie wenig sie von seiner Welt kannte.

»Ist da etwas, was du magst?« fragte James verlegen, als er zu ihr zurückkam.

»Ich meine immer, ich hätte ein Faible für alte Bücher«, sagte Phoebe, »aber wenn ich sie dann aufschlage, finde ich sie abstoßend.«

James fragte sich, ob vielleicht ein kleines Blumenbuch dabei war, das er für Leonora erstehen könnte, aber es war keine Zeit mehr, das Bündel näher zu untersuchen, denn die Versteigerung begann. Der Auktionator bestieg das Podium und fing mit offenkundigem Vergnügen an, seine Rolle zu spielen.

Die größeren Sachen, die Gartenausstattung und die meisten Möbel, waren bereits am Vormittag verkauft worden, und jetzt kamen die interessanteren kleineren Posten wie Glas und Porzellan, Bücher und anderer Krimskrams an die Reihe. James fing an, bei einem Coalport-Blumenkorb mitzubieten, aber er hatte zwei andere Händler gegen sich und verlor den Mut. Schließlich ersteigerte er einen Satz Teller, doch der verhältnismäßige Mangel an Rivalen beunruhigte ihn in bezug auf die Kommentare seines Onkels, für den Fall, daß etwas mit ihnen »nicht ganz in Ordnung« war.

»Sollen wir jetzt gehen?« flüsterte er Phoebe zu. »Vielleicht finden wir etwas, wo wir Tee trinken können.«

In dem Dorf stand ein Trust House, nur ein paar Schritte neben der Hauptstraße, aber aus irgendeinem unerfindlichen Grund schlug James nicht vor, da hineinzugehen. Doch so unerfindlich war der Grund gar nicht, denn das schien ihm genau die Art Lokal zu sein, wo die Murrays hätten einkehren können, und er wollte keine weitere Begegnung riskieren. Zum Glück sagte auch Phoebe nichts, und erst als sie die nächste kleine Stadt erreichten, rief sie aus: »Das könnte doch gehen – wenn du hier parken kannst.«

»Du meinst die Leopard-Dining-Rooms?« fragte James unsicher.

»Ja, das sieht doch ganz danach aus, als könntest du da einen starken Tee kriegen, der dich nach dieser ganzen Bieterei wieder aufmöbelt.«

»Also gut – es scheint ja sonst nichts anderes zu geben.«

»Oh, das ist großartig«, sagte Phoebe mit für sie ganz uncharakteristischer Begeisterung. »Sollen wir uns ans Fenster setzen?«

Es waren noch ein paar andere Leute in dem Café, einige mit ziemlich unglücklichen Mienen, als bereuten sie es, nicht in das Trust House gegangen zu sein.

Wenigstens wirkte es einigermaßen sauber, dachte James. War das der richtige Rahmen für Phoebe – Plastiktischtücher, künstliche Blumen und Soßenflaschen? fragte er sich, denn sie wirkte glücklich und entspannt. Für Leonora wäre es keinesfalls der Rahmen gewesen.

Als der Tee kam, war er so stark und dunkel, daß er mehr an Fleischextrakt erinnerte als an einen zartduftenden Aufguß von Blättern aus Indien oder Ceylon. James nippte vorsichtig an seiner Tasse, als fürchtete er, vergiftet zu werden.

»Ich glaube, wir hätten auch Fisch und Chips bestellen sollen wie die Leute dort an dem Tisch in der Ecke«, flüsterte Phoebe, als sie ihm den Teller mit den dicken Brotscheiben und der Butter reichte.

»Hättest du das denn gerne gehabt?« fragte er, nicht ganz sicher, ob sie scherzte.

»Nein, natürlich nicht. Willst du nicht mal einen von diesen Op-Art-Kuchen versuchen?«

James lehnte ab und kam sich dabei kleinlich und zickig vor angesichts ihres anscheinenden Spaßes an dem Ganzen hier. Er nahm ihr das fast übel, denn während sie ihn einerseits »aufzog«, zog sie ihn auch durch ihre willige Hinnahme des Lokals herunter. Irgendwie amüsierte es ihn ja auch, aber er konnte so etwas nur lustig finden, solange es dauerte. Danach würde er sich bei der Erinnerung genieren, mit ihr in den Leopard-Dining-Rooms Tee getrunken zu haben.

»Bist du glücklich?« fragte sie mit verwirrender Plötzlichkeit, als sie zum Cottage zurückfuhren.

»Was für eine Frage!« sagte er in der Hoffnung, sie würde seine Antwort so auslegen, wie es ihr am liebsten war.

»Ich geh' und richte etwas zu trinken«, rief sie und rannte voraus.

»Du hast ja ein paar neue Kissen«, stellte James fest, als er ihr ins Zimmer nachkam. Sie waren knallig bunt, ganz und gar nicht die Art, wie einer von seinen Bekannten sie ausgesucht haben würde, doch Phoebe sah fast exotisch aus, als sie sich zwischen ihnen zurücklehnte, wie ein Vamp aus einem alten Film mit schwerem Augen-Make-up und einladendem Ausdruck. Mit ihr zu schlafen, war wie ein amüsantes, unwirkliches Spiel, so fern seinem täglichen Leben, daß er nicht einmal sein gewöhnliches schlechtes Gewissen hatte.

Als Phoebe sich nach einer Weile aufsetzte und mit ziemlich betrüblicher Entschlußlosigkeit meinte: »Ich nehme an, wir sollten vielleicht irgendwas essen«, kehrte Leonoras Bild zurück und noch mehr das der immer bereiten oder im Nu gezauberten köstlichen »Häppchen«, die sie unweigerlich anbot, wann immer man sie auch besuchte.

James fand ein Stück kalten Braten, das auf dem Tisch am offenen Fenster stand, herumstreunenden Tieren wehrlos ausgesetzt, und er hatte draußen eine Katze herumstreichen sehen. Es war auch eine Schüssel mit Salat da, aus der er heimlich ein paar ungenießbar aussehende Blätter entfernte, an denen Erde zu kleben schien. Das Kochen war offenbar nicht Phoebes starke Seite. Es war ein Fehler zu meinen, das müsse bei allen Frauen so sein. Auch die Küche selbst war nicht besonders sauber. Das schmutzige Geschirr vom Mittagessen oder Frühstück oder von beidem stand herum, zwei ungewaschene Milchflaschen, Eierschalen und Pfotenspuren zierten den Spülstein, und Katzenhaare wehten durch die Luft. James fand allmählich, daß er doch nicht so großen Hunger hatte.

Trotzdem schaffte er es zu essen, was da war. Phoebes billiger Rotwein half es hinunterspülen – und danach lag er glücklich mit ihr auf den knalligen Kissen. Er überlegte, ob er die Nacht über bleiben sollte, dann erinnerte er sich an die Begegnung mit den Murrays auf der Auktion, und ein unbehagliches Gefühl beschlich ihn. Am nächsten Morgen in der komfortlosen Boheme des Cottage aufzuwachen wäre sicher nicht angenehm, entschied er.

Als sie nach seinem Weggehen wieder ins Zimmer kam, unternahm Phoebe ein paar wirkungslose Anstrengungen, es aufzuräumen und sogar die Küche zu putzen, denn sie hatte sein Mißfallen gespürt, aber bald verlor sie die Lust daran. Eine der Dorfkatzen war hereingekommen und auf den großen, altmodischen Radioapparat gesprungen, den Phoebe anstellte, so daß sie Musik und das Tier Wärme hatte. Es wurde eine Symphonie gespielt, und als Phoebe dalag und die Katze beobachtete, hatte sie den phantastischen Eindruck, der breit ausgestreckte Tierkörper sei wie ein Weinschlauch oder eine Blase mit Mendelssohn gefüllt. Sie fing an, sich ein Gedicht für James auszudenken.

Es war schade, daß er Leonora nicht von der mit Musik gefüllten Katze erzählen konnte, fand James, als er über das Gedicht, das Phoebe ihm geschickt hatte, lächeln mußte. Das war das einzige darin, was er wirklich verstand, und es hätte sogar gut für diesen Nachmittag gepaßt, da er versprochen hatte, Leonora zu einer Katzenschau zu begleiten, wo Liz ein paar Siamesenjunge ausstellte. Obwohl er keine besondere Lust dazu hatte – es gab so viele amüsantere Arten, den Nachmittag zu verbringen, fand er –, kam es ihm doch sehr gelegen, um sein Gewissen zu beruhigen, da er Leonora die Lüge aufgetischt hatte, er sei nach der Versteigerung gleich nach Hause gefahren und habe den Abend mit einem seiner nützlichen alten Schulfreunde verbracht.

»Nur Katzenjunge und kastrierte Katzen«, sagte Leonora, als sie das Programm las, »das klingt so gemütlich, nicht wahr?«

»Soll ich da etwa das einzige erwachsene männliche Exemplar sein?« fragte James, nicht ganz nur im Spaß.

»Wahrscheinlich, Liebster – obwohl man bei dir eigentlich nicht an männlich denkt. Du trägst keine Tweedanzüge, rauchst nicht Pfeife, machst keine Tischlerarbeiten am Wochenende.«

»Nein...« James sah die Richtigkeit ihrer Unterscheidung ein, aber es gab schließlich auch andere, attraktivere Aspekte von Männlichkeit, die Leonora hätte erwähnen können.

Die Halle, wo die Schau stattfand, war heiß, voller Menschen und Lärm. James sah sich bei der Aussicht, den Nachmittag hier verbringen zu müssen, voll Bestürzung um. Es ist eine inzwischen allgemein anerkannte Wahrheit, daß Tierhalter mit der Zeit ihren Lieblingen immer ähnlicher sehen, und davon konnte er sich nun überzeugen, als Leonora und er sich auf ihrer Suche nach Liz und ihrem Wurf Siamesen durch die Leute drängten, die um die Käfige herum standen.

»Da bist du ja, Liz, meine Liebe!« Leonora hielt der kleinen dunklen Frau, die mit einem Tablett Katzenstreu in den Händen vor ihnen stand, ihre Wange hin. »Ich habe James mitgebracht, wie du siehst.«

Sie hätte es andersherum ausdrücken können, fand James, da schließlich er *sie* in seinem Wagen hergefahren hatte. Er spürte Liz' kritischen Blick auf sich gerichtet und fragte sich, wie immer, was sie wohl dachte. Er fühlte sich immer ein bißchen unbehaglich in ihrer Gegenwart, vielleicht weil sie, als geschiedene Frau, für ihre Geringschätzung und Abneigung Männern gegenüber bekannt war. Doch wenn er, wie ihm wieder einfiel, gar nicht als männlich galt, brauchte er ja nichts zu befürchten.

»Schön, dich zu sehen, James«, sagte sie, »und was hältst du von meinen Babys?«

Zwei Würfe Kätzchen, zehn im ganzen, lagen schlafend in dem Käfig zu einem großen sahnefarbenen und braunen Knäuel zusammengerollt, in dem da und dort wie ein Juwel ein blaues Auge hervorleuchtete.

»Sehr hübsch«, sagte James. »Sind die Richter schon durchgekommen?«

»Sie sind unterwegs.« Liz zeigte auf zwei untersetzte Frauen in weißen Mänteln, denen eine junge Gehilfin folgte, die eine gelbe Plastikschüssel mit einer milchigen Desinfektionsflüssigkeit trug. »Ich bin recht siegesgewiß bei diesen hier. Möchtest du nicht eins kaufen?«

»Ja, James, du solltest eine Katze haben«, redete Leonora ihm zu.

»Ich glaube nicht, daß das ginge«, sagte James schwach und stellte sich sein Leben unter dem Regiment des bösartigen Geschöpfs vor, zu dem das Kätzchen sich womöglich entwickeln würde. »Außerdem fahre ich bald weg.«

»James macht eine Einkaufsreise durch Spanien und Portugal«, erklärte Leonora, als wäre er ein Kind. «Humphrey dachte, es wäre gut für ihn, sich einmal die Antiquitäten auf dem Kontinent anzusehen.«

»Oh, da fällt mir ein«, sagte Liz, »Joan Murray ist hier. Du weißt, sie *schwärmt* für Katzen. Sie hat sich von Dickie herbringen lassen, aber er ist nicht geblieben.«

Sehr vernünftig von Dickie, fand James, und fragte sich, ob er erwähnen sollte, daß er die Murrays auf der ländlichen Versteigerung getroffen hatte. Es wäre vielleicht leichter, etwas zu sagen, bevor Joan es tat.

»Leonora! Wie himmlisch, dich zu sehen – und *James* auch!« Joan Murray stürmte auf sie zu, bevor er seinen sorgfältig beiläufigen Satz hatte anbringen können. »Sag bloß nicht, daß Humphrey auch da ist! Nein – Männer müssen natürlich arbeiten – Dickie hat mich nur eben abgesetzt und ist geflohen.«

James sah zu Boden, er fühlte sich noch weniger männlich als zuvor.

»War das nicht lustig, daß wir James bei der Auktion getroffen haben?« sagte Joan.

»Davon hast du mir ja gar nichts erzählt«, wunderte sich Leonora mit einer Andeutung von Vorwurf im Ton.

»Nein, ich muß es vergessen haben«, sagte James lahm.

»Nun, das ist ja schmeichelhaft«, protestierte Joan. »Ich habe offenbar keinen großen Eindruck gemacht.«

James stimmte unsicher in das allgemeine Gelächter ein. Hatte sie ihn mit Phoebe gesehen? fragte er sich. So weit er sich erinnern konnte, hatte Phoebe in einiger Entfernung gestanden, als Joan und Richard zu ihm getreten waren. Zu seiner Erleichterung ließ Joan nun das Thema fallen. Anscheinend war da noch eine Auktion mit amüsanteren Sachen gewesen.

»Dickie hat eine wunderbare, mit Blumen bemalte

alte Kloschüssel gefunden«, schwatzte sie weiter. »Die stellen wir ins Fenster und füllen sie mit Binsen und Pampasgras.«

Leonora versprach, bei ihnen im Laden vorbeizukommen, obwohl sie, wie sie später zugab, Joan und Dickie ziemlich lästig und albern fand. »Du hast mir nie erzählt, daß du sie getroffen hast«, sagte sie abermals zu James, als sie einen Rundgang durch die Ausstellung machten, und diesmal schwang vielleicht mehr als eine Andeutung von Vorwurf in ihrem Ton mit, es war so heiß und laut, und ihre Füße taten ihr ein bißchen weh.

»Ich fürchte, Joan hatte recht – es hat eben einfach keinen großen Eindruck gemacht«, sagte James etwas verärgert.

Sie waren vor einem Käfig stehengeblieben, in dem eine katzenähnliche, mit einem Tuch verhüllte Form im Tiefschlaf lag. Wieviel klüger war es doch, dachte James, sich einfach ganz abzusetzen, wie dieses Geschöpf es offenbar gemacht hatte. Oder gleichmütig, ungerührt durch die Kommentare der Vorübergehenden, in seiner Wanne mit Katzenstreu zu hocken. Aber viel zu oft strich man eben, wie einige der exotischeren Zuchtrassen, unbehaglich in seinem Käfig herum und stieß laute, klagende Schreie aus.

Leonora blickte ängstlich zu James hinauf und sah, daß er die Stirn runzelte. Dieses charakteristische Zeichen von Unmut bei ihm machte ihr bewußt, daß sie zu weit gegangen war. Es war ein Fehler gewesen, ihren Vorwurf zu wiederholen: natürlich konnte sie nicht von James erwarten, daß er ihr jede Einzelheit aus seinem Leben erzählte, und insgeheim freute es sie, daß die Begegnung mit Joan so wenig Eindruck auf ihn gemacht hatte. »Meinst du, Liz wäre beleidigt, wenn wir uns davonschlichen?« fragte sie.

»Nein – laß uns gehen. Ich lade dich bei mir zum Tee ein.«

»Das wäre fein. Und dann könnten wir deine Sachen aussortieren.«

»Bist du sicher, daß du dir das alles zumuten willst?« fragte James, als sie Tee tranken. »Mrs. Jelly hat sich angeboten, weißt du, und sie wohnt im Haus.«

»Aber Liebster, sie kennt doch deine Sachen nicht wie ich, und außerdem ist sie viel zu beschäftigt.« Leonora lächelte bei der Erinnerung, daß sie einmal fast eifersüchtig auf die Frau in der Wohnung unter James gewesen war, bis sie die vortreffliche Mrs. Jelly kennengelernt hatte, die sich bei all ihrer Gutmütigkeit und Mütterlichkeit als gänzlich unattraktiv und sehr von ihrer Arbeit als Miederwareneinkäuferin bei einem der großen Kaufhäuser in Beschlag genommen entpuppt hatte.

»Nun, natürlich wäre es mir viel lieber, daß du es machst, wenn du wirklich meinst, es ist dir nicht zuviel«, sagte James. »Ich nehme meine persönlichen Sachen mit oder lasse sie bei Humphrey.«

Leonoras Blick schweifte zu der Photographie seiner Mutter hinüber und verweilte dort ein bißchen. Zweifellos würde er *diese* mitnehmen. Es beunruhigte sie immer, zu denken, daß diese junge Frau mit der lockigen Frisur und dem dunklen Lippenstift der frühen fünfziger Jahre, an die sich Leonora selbst noch so gut erinnerte, James Mutter sein sollte. Sie hatten zu Beginn ihrer Freundschaft über sie gesprochen, als James ihr von seiner engen Beziehung zu ihr und von ihrer plötzlichen tragischen Krankheit und ihrem Tod erzählt hatte, aber jetzt war sie eine Selbstverständlichkeit geworden und erregte nicht mehr Interesse als die eher gelangweilte Pietät, die man Humphreys toter Frau Chloe in ihrer Luftwaffenhelferinnenuniform zugestand. Trotzdem, wie jung und frisch sie nun aussah, während Leonora die Auswirkungen eines erschöpfenden Nachmittags zu spüren begann!

»Ich bin etwas müde, Liebster«, sagte sie. »Bitte, James, würdest du mich nach Hause bringen?«

»Aber natürlich«, erklärte er, »wir gehen sofort.« Das Herumwandern auf der Katzenausstellung war offenbar zuviel für sie gewesen, und er sah ihr an, daß sie müde war. Er bemerkte zum ersten Mal ein paar neue Falten an ihrem schönen Hals, und er nahm ihren Arm so behutsam, als wäre sie ein alter, zerbrechlicher Gegenstand, mit dem man ganz vorsichtig umgehen mußte.

9

Als James ein paar Tage morgens im Laden ankam, fand er seinen Onkel und Miss Caton in einem Zustand beträchtlicher Aufregung vor. Wie sich herausgestellt hatte, war in der Nacht eingebrochen und eine Anzahl von Dingen gestohlen worden.

Humphrey rang die Hände, als er auf einem Heppelwhite-Stuhl im Hinterzimmer des Geschäfts saß und in klagendem Ton die Verluste aufzählte.

»Die Wachteln«, stöhnte er, »ach, die Wachteln!«

»Du meinst doch nicht etwa...«

»Doch, mein lieber Junge, genau die meine ich... die *Wachteln.*«

Sie waren chinesisch und ziemlich wertvoll, erinnerte sich James. Ihre genaue Herkunft war ihm nicht mehr gegenwärtig, er war überhaupt unsicher, wenn es um ihre chinesischen Stücke ging, da er nicht viel davon verstand und sie eigentlich nicht mochte, obwohl er nie gewagt hatte, das seinem Onkel zu gestehen.

»Ich habe gerade Tee aufgebrüht«, sagte Miss Caton, die sich am Gasring zu schaffen machte. »Das wird Ihnen guttun – eine Tasse starker Tee mit viel Zucker. Ich habe das gelernt, als ich im Krieg bei der Ersten Hilfe war – Behandlung bei Schock.«

Humphrey blickte angewidert auf die lohfarbene Flüssigkeit in der dicken weißen Tasse und winkte ab. »Nein danke, Miss Caton – ich könnte das wirklich nicht trinken –, und woher haben Sie nur diese *grauenhafte* Tasse?«

»Es ist die, aus der ich jeden Tag zum zweiten Frühstück und am Nachmittag meinen Tee trinke«, sagte sie munter.

Humphrey nahm seinen Kaffee am Vormittag anderswo ein, wenn er nicht auf einer Auktion war, und war auch am Nachmittag selten im Laden, daher hatte er wahrscheinlich nie bemerkt, wie seine Schreibkraft aus der dicken, soliden Tasse trank.

»Also, Miss Caton«, erklärte er, »ich kann nur hoffen, daß niemand sie je beim Trinken aus einer solchen Ungeheuerlichkeit gesehen hat. Das wäre wahrhaftig keine gute Reklame, nicht wahr?«

»Ich trinke meinen Tee im Hinterzimmer«, verteidigte sie sich, »daher kann mich kein Kunde gesehen haben.«

»Und du, James – trinkst du auch aus einer solchen Tasse?« fragte sein Onkel streng.

»Ich weiß nicht«, murmelte James. »Es kann schon sein, daß ich es gelegentlich getan habe.«

Humphrey schrie voll Abscheu auf.

»Vielleicht eine Tasse *chinesischen* Tee?«, drängte Miss Caton unbeirrt weiter, »allerdings hätte der nicht die gleiche wiederbelebende Wirkung und wäre ohne Milch und Zucker vielleicht in Ihrem gegenwärtigen Zustand nicht so gut für Ihren Magen.«

James fand, daß sie Zeit verschwendeten, obwohl er nicht wußte, was sie tun sollten. Er fühlte sich unnütz und schuldig, weil er erst nach den anderen zur Stelle gewesen war, als hätte er den Diebstahl verhindern können, wenn er zehn Minuten früher gekommen wäre. Jetzt drängte Miss Caton ihm die verschmähte Tasse starken Tee auf, und er trank sie fast als Strafe aus. Der Tee war gar nicht gut und inzwischen nicht einmal mehr heiß. Da war der in den Leopard-Dining-Rooms noch besser gewesen.

»Sollte man nicht die Polizei rufen?« schlug er vor.

»Oh, das habe ich alles schon erledigt«, sagte Miss Caton. »Ich habe ja den Diebstahl gleich entdeckt, als ich gekommen bin. Um Viertel nach acht«, setzte sie ein wenig selbstgefällig hinzu. »Die Kripo war sofort da, als ich 999 angerufen habe. Zwei äußerst nette Männer, in Zivil natürlich. Sie haben gesagt, daß ich es *ganz richtig* gemacht habe, nichts anzurühren. Es ist so schrecklich, sich vorzustellen, wie diese Einbrecher unsere schönen Sachen mit ihren schmutzigen, groben Händen betatscht haben.«

»Höchstwahrscheinlich hatten die Diebe Geschmack«, sagte Humphrey, »oder kannten sich wenigstens aus. Sie haben den allerbesten Netsuke genommen, weißt du. Den Schafbock...« Er stöhnte wieder. »Sie hatten daher vermutlich keine groben Hände.«

»Vielleicht hat Miss Caton das nicht wörtlich gemeint«, gab James zu bedenken.

»Gut, nein, vielleicht nicht im wörtlichen Sinn von Arbeitern, die mit ihren Händen arbeiten. Jedenfalls hatten sie bestimmt Handschuhe an – mit so empfindlichen Stücken wie den Wachteln muß man höchst vorsichtig umgehen.«

Aus dem Laden rief es: »Jemand da?«

»Meine Güte, ist die Tür offen?« fragte Humphrey. »Geh und sieh nach, wer es ist, James, inzwischen mache ich mit diesem Inventar weiter. Miss Caton, wollen Sie bitte ein Diktat in die Maschine tippen?«

James eilte mit schlechtem Gewissen in den Laden, denn er war es gewesen, der bei seiner Ankunft vergessen hatte, die Tür zu schließen. Der Botenjunge eines Blumengeschäfts stand da und starrte mit offenem Mund auf eine Bronzeskulptur zweier nackter menschlicher Figuren in einer verwickelten Umarmung. Ein Strauß weißer Rosen und Nelken mit einer malvenfarbenen Bandschleife war auf einem intarsierten Rosenholztisch abgelegt. Hastig nahm James sie hoch. »Sind die für uns?« fragte er. »Bist du sicher, daß du die richtige Adresse hast?«

»So steht's da«, sagte der Junge, schon auf dem Weg hinaus.

James sah, daß die Blumen in der Tat an seinen Onkel adressiert waren. Diesmal dachte er daran, die Tür abzuschließen, und ging dann mit ihnen nach hinten.

»Wie exquisit!« sagte Humphrey, als er eine Karte aus dem an den Strauß gehefteten kleinen Umschlag zog. »Das sieht unserer lieben Leonora ähnlich – wer außer ihr wäre darauf gekommen, in einem solchen Moment Blumen zu schicken? Sie muß es sofort getan haben, nachdem ich sie mit der schrecklichen Nachricht angerufen hatte.«

»Was hat sie auf der Karte geschrieben?« wollte James wissen.

»Mit lieben Grüßen und tiefster Teilnahme an Deinen traurigen Verlusten«, las Humphrey vor. »Es ist irgendwie so *passend*.«

James mußte fast über die Worte lächeln, unterdrückte es aber. »Ungewöhnlich, Blumen zu schicken«, bemerkte er nur. Wer außer Leonora, in der Tat!

»Ich stelle sie in diese blau-weiße Vase«, erbot sich Miss Caton.

»Ach ja, die Worcester«, sagte Humphrey.

»Gehen Sie heute vormittag zu Sotheby's?« erkundigte sie sich.

»O nein – es gibt heute nur ›Wertvolle gedruckte Bücher‹«, er sprach das sehr verächtlich aus. »Es gibt hier viel zuviel zu erledigen.«

Trotzdem ging Humphrey zu einem frühen Lunch weg und erklärte, er werde nicht vor dem späten Nachmittag wieder zurück sein. Es erfüllte ihn mit Befriedigung, zu sehen, daß in den ersten Ausgaben der Abendzeitungen eine kurze Notiz über den Einbruch stand. Der Reporter hatte sogar seine Worte, daß die Diebe offenbar Geschmack hatten, zitiert.

»Glaubst du nicht, daß heute nachmittag eine Menge Leute kommen werden?« fragte James, als ihm klar wurde, daß er sich selbst überlassen werden sollte.

»Ich hoffe doch nicht, daß aus purer Neugier Leute kommen«, meinte Humphrey, »aber falls welche kommen, sind schließlich die Preise deutlich angegeben. Das Geschäft muß laufen wie immer«, fügte er hinzu, als er den Laden verließ.

Was bedeutete, daß er würde vorne sitzen müssen, auf dem Präsentierteller für Passanten, wurde James bewußt, denn wenn er nicht im Laden saß, mußte er sich hinten bei Miss Caton aufhalten und sich von ihrer Freundin berichten lassen, die sich im römisch-katholischen Glauben unterweisen ließ, das war ihr neuestes Gesprächsthema. (»Und dann hat sie den Priester gefragt: ›Ach nehmen wir einmal an, es ist Freitag, und ich habe einen Rest Leber übrig?‹ Das hat ihm die Sprache verschlagen, kann ich Ihnen sagen!«) Selbst bei der Lokkerung der Fastenregeln würde Miss Caton immer noch viel dazu zu sagen haben, daher beschloß James, sich in den Laden zu setzen.

Es war ein ziemlich heißer Nachmittag, ein Wetter, an dem einem eigentlich jegliche Art von Arbeit unangenehm ist. James war müde von den Ereignissen des Vormittags und von der Anstrengung, in seiner Wohnung die Sachen auszusortieren, die ins Depot gehen oder an Leonora oder Phoebe ausgeliehen werden sollten. Schläfrigkeit überkam ihn, und ein- oder zweimal nickte er sogar ein. Zwei Amerikanerinnen gingen am Schaufenster vorüber, und er konnte hören, wie sie Mutmaßungen über die Preise in Dollars anstellten. Als es auf vier Uhr zuging, überlegte er, ob er sich auf einen

Kaffee in die Patisserie an der Ecke davonschleichen sollte, statt Miss Catons Tee trinken zu müssen, beschloß aber, es lieber zu lassen. Nach einer Weile ging er zum Schaufenster und holte eine kleine Dose aus Schildpatt und Silber heraus, die er für Leonoras Geburtstag bestimmt hatte. Er trug sie zum Ladentisch zurück und fing an, sie genauer zu untersuchen. Bei näherer Betrachtung stellte sich heraus, daß sie nicht ganz so vollkommen war, wie er zuerst gedacht hatte; sie hatte eine kleine schadhafte Stelle, wo ein Stückchen Silber abgesprungen war. Sie wäre eigentlich mehr etwas für Phoebe. Leonora hatte die Sachen gern makellos, erwartete, daß sie es waren. Er fing an sich zu fragen, ob so eine exquisite Person wirklich imstande war, die Habseligkeiten in seiner Wohnung zusammenzupacken und mit den Umzugsleuten fertigzuwerden. War das nicht zuviel für sie? Aber er durfte nicht vergessen, daß sie angeboten hatte, es zu tun – und ganz von sich aus, ohne daß er die geringste Andeutung gemacht hätte. Sie würde ein oder zwei Stücke für sich selbst nehmen, und der Rest würde ins Möbeldepot gehen. Dann konnte Phoebe sich dort aussuchen, was sie wollte, neben den Sachen, die er ihr bereits vorgeschlagen hatte.

Der heiße Nachmittag schleppte sich dahin. Dann trat schnell, fast verstohlen, ein Mann in den Laden und fragte nach dem Preis eines Briefbeschwerers im Schaufenster. James erkannte ihn als denjenigen wieder, der ihn auf der Auktion, als er und Humphrey Leonora kennengelernt hatten, und bei verschiedenen anderen Gelegenheiten mit Blicken verfolgt hatte. Zum ersten Mal sahen sie sich jetzt aus der Nähe. Er nannte dem Mann den Preis des Gegenstands, und sie machten ein wenig nichtssagende Konversation. Dann machte der Mann einen Vorschlag, der eine nicht unkleidsame Röte in James' Wangen trieb, obwohl es nicht das erste Mal war, daß man ihm mit so etwas kam. Wäre sein Verehrer attraktiver gewesen und wäre in diesem Augenblick nicht Miss Caton hereingekommen, wer weiß, was passiert wäre. Aber so murmelte der Mann nur noch etwas von einem Freund, der sich für den Briefbeschwerer interessiere, und verließ den Laden so hastig, wie er ihn betreten hatte.

»Ach, dieser Kerl – der streicht hier immer herum«, sagte Miss Caton mit einer ärgerlichen Geste, als verjage sie ein Insekt. »Sie wollen doch mit solchen Leuten nichts zu tun haben.«

Obwohl er durchaus einer Meinung mit ihr war, verübelte James ihr diese gouvernantenhafte Haltung und den Tee in der dicken weißen Tasse, die sie ihm nun brachte. Er trank eilig in der jetzt besonders deutlichen Empfindung, wie wenig sie dieser Umgebung angemessen war.

Plötzlich, als hätte dieser Tag nicht schon genug zu bieten gehabt, sah er draußen vorm Schaufenster Phoebe stehen und sich offenbar Mut machen, um hineinzugehen.

Seine erste Reaktion war Panik. Ein Mann, der in einem Laden sitzt, und ganz besonders in einem Antiquitätenladen, ist in einer schutzlosen Lage. James wäre nie darauf gekommen, daß Phoebe uneingeladen in London auftauchen könnte. Er hatte sie in seiner Vorstellung immer auf dem Land gesehen, in den dunklen kleinen Cottageräumen oder unter dem Weinstock im Garten hinter dem Häuschen, nicht hier, in der Nähe vom Sloane Square, wo jeden Augenblick Leonora erscheinen konnte. Einen Augenblick lang malte er sich voll Grauen ihre Begegnung aus – Leonora, kühl, gelassen und exquisit gekleidet, Phoebe, schüchtern, voll Abwehr und in ihrem seltsamen Fummel, und er unglücklich dazwischen. Was würden sie nur zueinander sagen? Dazu durfte es einfach nicht kommen. Als Phoebe die Tür aufmachte und eintrat, erinnerte er sich erleichtert, daß Leonora an diesem Abend mit einem alten Verehrer zum Essen ausging, einem ihrer respektablen Herren, die sie in den berühmten Gärten Europas angesprochen hatten, daher war vorerst die Luft rein. Er konnte Phoebe in seine Wohnung mitnehmen und zum Essen ausführen und sie dann an der Waterloo Station in den Zug setzen.

Humphrey war nicht für »Damenbesuch«, daher wirkte James bei Phoebes Begrüßung etwas gezwungen. Er küßte sie nicht, nahm aber ihre Hand und murmelte etwas unbestimmt Freundliches.

»Was tust du hier?« erkundigte er sich.

»Oh, ich habe es auf dem Land und mit Anthea Wedges' Tagebuch nicht mehr ausgehalten, daher dachte ich, ich besuche dich mal und schlafe dann heute nacht bei meiner Mutter.«

In Putney, hatte sie ihm erzählt, erinnerte er sich, und er hatte damals denken müssen, daß das vielleicht nicht gerade der Ort sei, wo man gerne seine Mutter wohnen hätte.

Phoebe wirkte sogar noch dünner und schlaksiger als sonst in einem ziemlich unkleidsamen beigefarbenen Kreppkleid, das zwar der Mode dieses Sommers entsprach, ihn aber undeutlich an seine Mutter in einer nicht näher bestimmbaren frühen Zeit seines Lebens erinnerte. Das Kleid war offensichtlich neu, und er bemerkte, daß sie ihre Nägel silbern lackiert hatte. Ihre Erscheinung war rührend und brachte ihn durcheinander, und er stellte fest, daß er sich danach sehnte, mit ihr ins Bett zu gehen.

Es war fünf Uhr – Zeit, um den Laden zu schließen, aber zu früh zum Abendessen. Er beschloß, sie auf einen Drink in seine Wohnung mitzunehmen.

In seinem Wohnzimmer herrschte eine deprimierende

Unordnung mit Bücherstapeln und Haufen von Sachen auf dem Fußboden. Als sie hereinkamen, küßten sie sich linkisch, als wäre es das erste Mal.

»Dein Kleid gefällt mir«, sagte er, »sehr schick.«

Sie blickte ihn mißtrauisch an. »Aber die Farbe steht mir nicht.«

»Nicht?« Natürlich stand sie ihr nicht, oder sie hätte ein anderes Make-up gebraucht oder so etwas. Leonora wußte immer, was ihr stand, es war fast langweilig. James hätte es gefallen, eine Frau zu beraten, wie sie sich kleiden sollte, aber er wußte nicht, wo er bei Phoebe anfangen sollte.

Sie ging, offensichtlich verlegen, im Zimmer herum.

»Das ist hübsch«, sagte sie und nahm eine vergoldete Holzfigur aus einer spanischen Kirche in die Hand. »Kann ich mir die ausleihen?«

»Die will mein Onkel wahrscheinlich für den Laden«, log er, wissend, daß Leonora sie bei sich haben wollte, bis er wiederkam.

»Oh. Könnte ich nicht jetzt die Sachen, die ich haben möchte, aussuchen?«

»Nun, das ist ein bißchen kompliziert. Es macht dir doch nichts aus, sie beim Möbeldepot abzuholen, oder? Ich glaube, das müßte dir sogar Spaß machen«, setzte er hinzu, als er sie sich in der öden Umgebung dort vorstellte.

»Wie kannst du glauben, ich hätte an irgend etwas Spaß, wenn du nicht mehr da bist?«

»Ach, Phoebe, so lange bin ich doch nicht weg«, tröstete James sie, und wünschte, sie wäre nicht überschwenglich.

»Wird diese Frau, die unter dir wohnt, deine Sachen zusammenpacken?«

James antwortete nicht.

»Es ist so traurig, sich deine Wohnung leer und dich so weit weg zu denken«, insistierte sie.

»Die Wohnung wäre sowieso leer, weil der Mietvertrag abgelaufen ist«, meinte James pragmatisch, »ich muß mir eine andere suchen, wenn ich zurückkomme.«

»Und wo willst du hin, bis du eine gefunden hast?«

»Zu meinem Onkel – er hat jede Menge Platz.«

»Dann mußt du nicht über dem Laden wohnen?« fragte sie, plötzlich wieder zum Scherzen aufgelegt. »Oder bei Miss Caton?«

»Nein, das muß ich nicht.«

Phoebe hatte die Photographie von James' Mutter in die Hand genommen und studierte sie. »Ich kann es nicht glauben, daß das wirklich deine Mutter ist – sie sieht so jung aus.«

»Nun, das war sie – verhältnismäßig.«

»Dieser schwarze Lippenstift und der dazu passende Nagellack und diese vielfach geschlungene Perlenkette – das kommt einem heute ferner vor als das viktorianische Zeitalter. Armes Mädchen, es war ihr nicht vergönnt, dich erwachsen zu sehen.«

»Ich glaube, es ist Zeit, daß wir gehen und etwas essen«, sagte James, der, nicht zum ersten Mal, die Macht von Phoebes Einbildungskraft fürchtete. »Wohin wollen wir?«

»Ach, ganz gleich – entscheide du.«

Das Restaurant, das James aussuchte, war eine der vielen italienischen Trattorien, klein und voll, mit zu eng aneinandergestellten Tischen und mit Girlanden aus Chiantiflaschen dekoriert. Die jungen Kellner flitzten herum und antworteten mit bezaubernder Höflichkeit auf das holperige Ferienitalienisch, das einige der Gäste meinten anbringen zu müssen. Der warme Sommerabend wurde noch wärmer durch die Rechauds, die verschiedene Gerichte erhitzten, was dem Restaurant auch eine unechte Atmosphäre von Vornehmheit verlieh, als würden an den Tischen exotische Kompositionen kreiert, während es oft nur eine Portion Gefriererbsen war, die aufgewärmt wurde.

James nahm die Speisekarte. »Wonach ist dir?« fragte er.

»Eigentlich nach nichts«, sagte sie wenig hilfreich.

»Das ist ja nicht gerade toll«, sagte er und ließ den Blick die aufgeführten italienischen Spezialitäten hinunterwandern.

»Ich meinte, es ist einfach genug, mit dir zusammen zu sein.«

»Danke«, antwortete er freundlich und wünschte, er hätte daran gedacht, das zu sagen.

»Und ich kann nicht einmal erwarten, daß du dieses Gefühl teilst«, brach es, offen wie sie war, aus ihr heraus. »Alles, was ich wirklich will, ist ein Glas Wasser und ein Brötchen – es ist eben so ein Tag.«

James entschied im Rückblick auf seinen Tag, daß wenigstens dessen Ende besser werden konnte und er mehr verdiente, als bloß das. Danach machten sie Hand in Hand einen Spaziergang die Kensington Church Street hinunter und sahen sich die Schaufenster der Antiquitätengeschäfte an. In einem zeigte er ihr ein Paar Vasen, die er bewunderte und gerne besitzen würde.

»Vielleicht könnte ich sie dir schenken«, meinte sie.

»Sie kosten eine Menge Geld«, sagte er lachend, »ich bin schon hineingegangen und habe gefragt.«

»Irgend jemand könnte es sich doch wohl leisten, sie dir zu schenken«, sagte sie. »Vielleicht dein Onkel?«

»Zweifellos – aber ganz soviel bin ich ihm auch wieder nicht wert. Und jetzt, glaube ich, sollte ich dich nach Hause bringen.«

»Ich liebe deine altmodischen Manieren«, spottete

sie. »Du hast doch nicht etwa vor, den ganzen Weg nach Ostputney mitzukommen?«

»Aber natürlich«, sagte James ein wenig erschrocken und hielt ein Taxi an. Es wäre vielleicht besser gewesen, wenn sie zu seinem Auto zurückgegangen wären, aber eine enge Umarmung im Taxi würde es leichter machen, ihr zu sagen, daß das ihre letzte Begegnung vor seiner Abreise war. Doch natürlich war es nicht leichter, und sie kamen ans Ende der langen Fahrt, ohne daß etwas gesagt worden wäre. Wenigstens hatte er sie zu einem anständigen Abendessen eingeladen.

»Ich rufe dich an«, verabschiedete er sich mit der nützlichen Gute-Nacht-Formel.

Er hatte das Taxi warten lassen, da er sich den Luxus gönnen wollte, damit den ganzen Weg nach Hause zu fahren, und er blieb nur gerade so lange, um ihr einen letzten schnellen Kuß auf der Treppe vorm Haus zu geben, bevor die Tür des stillen Vorstadthauses aufging und eine grauhaarige Frau, die wirkte, als hätte sie auf diesen Augenblick gewartet, Phoebe hineinzog. Ein wenig die Stirn runzelnd, als wäre er irgendwie enttäuscht, lehnte sich James für die Rückfahrt in den Sitz zurück und beobachtete das Hüpfen der Zahlen auf dem Taxameter.

Im Bett hielt Leonora den Telephonhörer in der Hand und hörte James' Apparat klingeln und klingeln. Offenbar war er ausgegangen. Sie war gezwungen gewesen, ihre Verabredung zum Abendessen abzusagen, da sie ihre Kopfschmerzen kommen fühlte, eine Art Migräne, an der sie gelegentlich litt. Wahrscheinlich waren die Hitze und die Aussicht auf einen nicht besonders interessanten Abend schuld daran. Jetzt sehnte sie sich danach, daß James sie besuchen käme, um ruhig an ihrem Bett zu sitzen und vielleicht seine kühle Hand auf ihre Stirn zu legen oder ihr mit seiner schönen Stimme vorzulesen.

Sie legte enttäuscht und ein wenig verärgert den Hörer auf. Jetzt, da James bald abreiste, empfand sie das Bedürfnis, soviel Zeit wie möglich mit ihm zu verbringen. Sie hatte gedacht, daß auch er das wollte, dann fiel ihr wieder ein, daß sie ja für diesen Abend verabredet gewesen war und er nicht wissen konnte, daß sie abgesagt hatte. Vielleicht war er ins Kino gegangen, was sie sowieso nicht mochte, so daß alles »in Ordnung« war. Sie legte sich wieder hin und war fast eingeschlafen, als das Telephon klingelte. Sie riß den Hörer von der Gabel, aber es war nur Meg. Offensichtlich war sie auch allein, dachte Leonora, ohne sich klar zu machen, daß sie für einen Augenblick einen absurden Vergleich zwischen sich und James und Meg und Colin zog.

Meg suchte einfach nur einen Vorwand, um über Colin zu reden und was für harte Arbeit das für ihn in der Snackbar doch sei. Sie glaube wirklich, er müsse sie aufgeben, wenn es so weitergehe. Jetzt hätten sie Personalmangel in der Küche, und er müsse rohes Gemüse aufschneiden – »du solltest nur mal seine Hände sehen, ganz fleckig und braun, das ist wirklich ganz schlimm« – und wie gehe es Leonora? erkundigte sie sich verspätet.

Leonora hatte keine Lust, darauf einzugehen, und beendete das Gespräch. Sie war jetzt hellwach, und Miss Foxes Radio, das irgend etwas Unpassendes spielte, machte Schlaf unmöglich. Was für eine Erleichterung das sein würde, wenn ihr Mietvertrag ablief und sie sie loswerden konnte! Der Gedanke daran trug viel zur Linderung von Leonoras Kopfweh bei, und sie fühlte sich bald wieder wohl genug, um sich aufzusetzen und ihren Nagellack zu erneuern. Aber diese braunen Flecken auf *ihren* Händen, waren die nicht – anders als bei Colin – ein Zeichen des Alters? Das Kopfweh kam zurück, sie legte sich wieder hin, und langsam rannen die Tränen ihre Wangen hinunter.

10

James begab sich auf seine Rundreise durch Spanien und Portugal, eingedeckt mit Ratschlägen und Empfehlungsschreiben seines Onkels und Ermahnungen Leonoras, was er essen und trinken solle und was nicht. Als er endlich im Flugzeug saß, empfand er ein nicht unnatürliches Gefühl der Befreiung, ja fast der Erlösung, bei dem Gedanken, nun mehrere Wochen lang auf sich gestellt zu sein. Nichtsdestotrotz, denn so war er nun mal, schickte er als erstes bei seiner Ankunft in Spanien Ansichtskarten an Leonora und Phoebe; ersterer schrieb er, daß er gut angekommen und daß alles ganz wunderbar sei, aber daß er sie vermisse, der zweiten, daß alles ganz wunderbar sei und daß er dem Möbeldepot mitgeteilt habe, sie werde kommen und sich die Sachen aussuchen, die er ihr als Leihgabe für das Cottage versprochen habe. Daß er Phoebe vermisse, schrieb er nicht, in dem Gefühl, daß sie das nicht erwartete.

Mit der Wohnungseinrichtung eines Mannes zu tun zu haben, vor allem davon selbst etwas in wenn auch nur zeitweiligen Besitz zu nehmen, hebt beträchtlich das Prestige, was vielleicht der Grund dafür war, daß Phoebe ihre Freundin Jennifer gebeten hatte, mit ihr zum Depot zu gehen, das in Nordwestlondon, irgendwo hinter Cricklewood, lag.

Phoebe hatte eine ganze Menge von James und dem Antiquitätengeschäft und den schönen Sachen, die er in seiner Wohnung habe, erzählt, so daß Jennifer erwartete, es würde etwas ganz Besonderes zum Vorschein kommen, als eine Kiste für sie aufgemacht wurde und Phoebe anfing, darin zu kramen. Sie schien eine große Anzahl von in Zeitungspapier gewickelten Bündeln zu enthalten. Das erste, das sie aussuchte, war von unhandlicher, aber vielversprechender Form, als könnte eine Porzellanfigur oder eine kleine Statue oder auch ein sorgfältig abgepolsterter Glasgegenstand darin sein.

»Oh...« Das entfernte Zeitungspapier enthüllte ein paar alte Korkplatzdeckchen, einen Flaschenöffner mit einem lustigen Kopf und eine Anzahl Löffel und Gabeln, an denen die Versilberung abgegangen war. »Vielleicht das hier.« Phoebe nahm ein größeres Bündel heraus. Es stellte sich als eine Lampe mit einer portugiesischen Weinflasche als Fuß heraus. »Er hat meine immer so verachtet«, sagte sie verdutzt, »und jetzt sieht es so aus, als hätte er selbst eine gehabt. Ich kann mich nicht erinnern, sie gesehen zu haben.«

»Vermutlich hat er sie irgendwo versteckt gehabt. Sie hätte ja nicht zu all den schönen Antiquitäten gepaßt.«

»Ja, so war es wohl. Ich frage mich, was *das* ist?«

Es erwies sich als eine weitere Weinflaschenlampe, diesmal aus einer Flasche mit Strohkörbchen.

Jennifer unterdrückte ein Schmunzeln. James' wunderbare »Sachen« entsprachen nicht ganz den Erwartungen, so daß ihr jetzt auch Zweifel an anderen Aspekten der Affäre kamen, von denen Phoebe ihr erzählt hatte.

»Dieses Tablett«, fuhr Phoebe fort, »das ist doch *art nouveau,* nicht wahr?« Das war wenigstens ganz anständig. »Und hier ist ein kleiner Glasvogel.«

Touristensouvenir aus Italien, dachte Jennifer; sie hatte selbst so einen aus ihren Ferien in Venedig mitgebracht.

»Ich frage mich, wo seine anderen Sachen sind«, sagte Phoebe, als sie drei ganz gewöhnliche Aschenbecher auspackte. »Ich erinnere mich, alle möglichen Dinge gesehen zu haben, die anscheinend nicht hier sind.«

»Vielleicht hat seine Mutter sie«, meinte Jennifer in etwas bitterem Ton.

»Aber seine Mutter ist doch tot – er ist eine Waise.«

»Der arme James.«

»Er hat sehr an seiner Mutter gehangen.«

»Kann ich mir denken! Dann vielleicht ein anderer Verwandter – sein Onkel oder ein *Freund.*«

Unbehagliches Schweigen.

»Das halte ich für nicht sehr wahrscheinlich«, sagte Phoebe unsicher, denn woher wollte sie das wissen?

Nun kam ein Mann hinten vom Gang her auf sie zu, der ein paar kleine Möbelstücke trug.

Phoebes Gesicht hellte sich auf. »Oh, schau, da ist das Tischchen und der viktorianische Sessel – aber wo ist der Spiegel aus Kirschbaumholz mit den Cupidos? Den sollte ich doch bekommen.«

»Ich glaube, den hat Miss Eyre, Miss«, sagte der Mann gleichmütig.

»*Jane* Eyre?« fragte Jennifer. »Das hört sich aber nicht gut an.«

»Miss Leonora Eyre«, sagte der Mann. »Ungewöhnlich, dieser Name, nicht wahr, Leah-Norah.«

»Diese Leonorenouvertüren«, plapperte Jennifer lustig weiter. »Ich habe Beethoven nie gemocht. Die Mischung aus denen und Jane Eyre ist doch ziemlich beunruhigend, findest du nicht auch?«

»Ach, sei nicht albern. Es ist vermutlich die Frau, die in der Wohnung unter James wohnt – eine alte Schachtel um die Sechzig. Ich bin ihr einmal auf der Treppe begegnet. Sie hat ihn immer betüttelt, und wahrscheinlich dachte er, sie würde sich auch über etwas von ihm freuen. Trotzdem, ich hätte nicht gedacht, daß dieser Spiegel ihr Stil wäre. Ich wollte, ich könnte mich an ihren Namen erinnern«, setzte sie ein wenig verunsichert hinzu. »Ich glaube nicht, daß ich ihn überhaupt wußte.«

»Nun, da können wir jetzt nichts machen«, meinte Jennifer ungeduldig. »Du wirst es wohl früher oder später schon noch herausfinden.«

Phoebe machte mit dem Mann aus, daß die Möbel ihr in das Cottage geschickt werden sollten, und dann gingen die beiden Mädchen zum Teetrinken mit Jennifers Mutter in einen Teesalon in der Wigmore Street. Jennifer malte sich in ihrer Vorstellung aus, wie Jane Eyre Mr. Rochesters Möbel einpackte, und ging dann zu anderen Heroinen in ähnlichen Situationen über. Phoebe hörte nur mit halbem Ohr zu, denn der Gedanke an Leonora Eyre beschäftigte sie, und sie überlegte, wie sie wohl herausfinden könnte, wer das war.

11

Der Kirschbaumspiegel war natürlich sehr genau Leonoras Stil. Das Glas war ganz leicht trübe, und wenn sie ihn in ein gewisses Licht stellte, blickte ihr daraus das Gesicht einer Frau aus einem anderen Jahrhundert entgegen, faszinierend und alterslos. Es wäre vielleicht ein guter Gedanke, ihn zu benutzen, wenn sie sich schminkte, um sich ein paar der schmerzlichen Entdeckungen zu ersparen, die sie in letzter Zeit gemacht hatte – diese Falten, wo vorher keine gewesen waren, und dieses fortschreitende Erschlaffen und Absinken der Konturen, das an einem Frühlings- oder Sommermorgen so betrüblich war.

Heute mußte sie zu ihrem Zahnarzt, Mr. Lambe, einem alten Freund, der sie selbst unter den ungünstigen Umständen ihrer zweimal jährlich stattfindenden Begegnungen bewunderte. Er war ein hagerer, gutaussehender Mann, der Netsukes sammelte – vielleicht war etwas Zahnähnliches an den kleinen, blassen Elfenbeinschnitzereien, das erklärte, warum sie eine solche Anziehung auf ihn ausübten. Er sprach begeistert von seiner letzten Erwerbung, während er Leonoras Mund mit Watte auspolsterte und das Absaugröhrchen einhängte, um ihr eine Füllung zu machen.

»Eine Holzwespe in einer faulen Birne!« pries er das Stück. »So eine Beschreibung müßte doch jeden Sammler anziehen! Unglücklicherweise konnte ich nicht auf die Auktion – nun, wie fühlt sich das an? Beißen Sie einmal die Zähne zusammen, bitte, Miss Eyre – ist es ganz glatt? Und würden Sie das glauben, es ging für zwei-fünfzig weg! *Zweifünfzig!* Zum Glück konnte ich es dann von dem Händler, der es gekauft hatte, erwerben. War das nicht eine *Tragödie,* der Einbruch in das Antiquitätengeschäft! Der *arme* Mr. Boyce!«

Mr. Lambe behandelte auch Humphreys Zähne und war neulich von ihm aufgesucht worden, daher hatte er alles über den Verlust der Wachteln gehört. Leonora schloß die Augen, als er zu bohren anfing, um eine weitere kleine Füllung zu machen. Zwei Plomben bei einem Besuch – selbst ihre schönen Zähne gingen jetzt dahin. »Diese Wachteln«, hörte sie Mr. Lambe plappern, »so exquisite Stücke! Die Diebe müssen beträchtliche Sachkenntnis besessen haben. So ein Einbruch ist doch ein ganz anderes Kaliber als diese kleinen Diebereien, von denen man in den Vorstädten hört.« Mr. Lambe kam zwar selbst aus einer dieser Vorstädte, aber er sah sich nicht so.

»Ich glaube, ein Dieb mit Sachverstand könnte auch in Vorstädten Netsukes stehlen«, bemerkte Leonora, »ein kleiner Dieb allerdings würde ihren Wert nicht erkennen.«

»Nein, ein kleiner Verbrecher wäre nicht unbedingt von kleinen Gegenständen angezogen«, sagte Mr. Lambe. »Er würde viel wahrscheinlicher einen Fernsehapparat oder einen Besteckkasten stehlen.«

Leonora schloß wieder die Augen. Es war ein heißer Nachmittag, und von den Unannehmlichkeiten des Plombierens zusammen mit Mr. Lambes Reden war ihr etwas flau geworden. Als die Sprechstundenhilfe mit ihrem Schal und ihren Handschuhen erschien, konnte Leonora spüren, wie das Mädchen sie kritisch beobachtete, als sie sich sorgfältig den Schal um den Hals drapierte.

»Sie sehen ziemlich blaß aus, Miss Eyre«, sagte Mr. Lambe. »Ich würde jetzt einen Tee trinken gehen. Es gibt mehrere reizende Lokale in der Wigmore Street.«

Natürlich kannte Leonora mehrere solche Lokale, wo elegante Frauen wie sie und ein paar müßige ältere Herren eine Stunde verbringen und Tee oder Kaffee trinken und Kuchen essen konnten. Ein Glück, daß Mr. Lambe ihr nicht verboten hatte, etwas zu essen, so würde sie eines ihrer Lieblingstörtchen bestellen können, zarter Streusel aus Maronenpüree und Schlagsahne auf einer ganz mürben Unterlage. Sicher waren solche Köstlichkeiten eigens für solche Augenblicke geschaffen worden, sie war nämlich in etwas angeschlagener Verfassung nach dieser anstrengenden Zahnarztsitzung und ohne James, der sie zärtlich umsorgte. Während sie darauf wartete, daß ihr der Tee gebracht wurde, nahm sie die Ansichtskarte heraus, die er ihr geschickt hatte, er schrieb so liebevoll und zärtlich und daß er sie vermisse, bald wieder schreiben werde und sie mit *aller* seiner Liebe grüße.

»Das ist das Lokal«, sagte Jennifer, »und da ist Mutter ja. Sie sieht aus, als hätte sie schon eine *Ewigkeit* gewartet.«

»Es tut mir leid, daß wir uns verspätet haben«, entschuldigte sich Phoebe, die sich mißtrauisch umsah. Das war ganz und gar nicht ihre Szene, aber sie wurde wieder munterer, als die Bedienung mit einem Tablett voll Kuchen und gezückter Kuchenzange an ihren Tisch kam.

Leonora blickte ärgerlich aus ihrer Ecke herüber, denn sie war schon länger hier und hätte zuerst bedient werden sollen. Wenigstens hatte sie ihren Tee, und das war ein Trost.

»Ich möchte eines von diesen Maronentörtchen«, sagte Jennifer, »Oh, das scheint das einzige zu sein – hättest du es gern, Phoebe?«

»Nein, nimm du es. Ich möchte lieber ein Stück Erdbeertorte.«

Die Bedienung ging zu Leonoras Tisch hinüber. »Es tut mir leid, Madam«, antwortete sie auf deren Wunsch, »das letzte Maronentörtchen hat diese junge Dame dort drüben bekommen.«

»Ach, das ist aber wirklich zu ärgerlich«, beklagte sich Leonora gereizt. »Ich bin gerade beim Zahnarzt gewesen – ich darf nichts Hartes essen.«

»Keiner unserer Kuchen ist *hart,* Madam«, sagte die Bedienung vorwurfsvoll. »Sie sind heute alle frisch.«

»Nun, dann ein Mokkaéclair.« Leonora funkelte böse – selbst eine so hübsche und liebenswürdige Person wie Leonora konnte funkeln, wenn die Gelegenheit es gebot – in die Richtung des Tischs, an dem Phoebe und Jennifer und deren Mutter saßen. Doch die unauffällig aussehenden Frauen, die ältere von uneleganten Einkaufstaschen umgeben, die beiden jüngeren höchst unpassend für die Stadt angezogen und mit blumengemusterten Papiertragetaschen ausgerüstet, schienen ihr kaum der Beachtung wert, und sie vergaß sie schnell über dem Genuß des Éclairs, das fast so köstlich war, wie es das Maronentörtchen gewesen wäre.

Nur ein brasilianischer Diplomat im Ruhestand, ein Mann, der sich die Zeit für einen Nachmittagstee nehmen konnte und an einem Tisch zwischen den Protagonistinnen saß, bemerkte das kleine Drama, wenn es denn eines war. Nun, was habe ich gesehen? fragte er sich. War das überhaupt etwas oder war es nichts? Eine schöne Frau, die wegen eines Kuchens enttäuscht ist, eigentlich eine schiere Trivialität, und doch, wer konnte das wissen? ...

Leonora trank ihren Tee aus und nahm sich ein Taxi für die Heimfahrt. Als sie auf ihr Haus zuging, bemerkte sie mit Verdruß Miss Foxes schäbige Chintzvorhänge aus einem der oberen Fenster herauswehen. Wie wunderbar würde es sein, wenn sie erst das Haus ganz für sich haben würde!

Während sie sich ein leichtes Abendessen zubereitete, malte sie sich aus, was sie mit diesen zusätzlichen Räumen machen wollte. Dann klingelte das Telephon. Es war Humphrey, der fragte, ob er vorbeikommen und sie besuchen dürfe, da er fürchte, sie könne einsam sein.

Wie lieb doch die Leute waren, dachte Leonora, als sie ein Tablett mit Getränken richtete, um ihren Besucher zu empfangen. Kaffee und Brandy vielleicht? Sie selbst mochte lieber Crème de menthe; sie hatte sich umgezogen und trug nun ein grünes Chiffonkleid, das ihr Lust auf dieses Getränk machte.

Humphrey hatte ihr einen Porzellanteller mitgebracht – er hatte ihn vergangene Woche an einem Portobello-Stand gefunden –, nur eine Kleinigkeit, aber vielleicht würde er sie amüsieren, dachte er. Leonora war entzückt von der viktorianischen Szene von Damen unter einem Baum, es mußte eine Zeder sein, gewiß.

»Ach, damals gelebt zu haben«, seufzte sie.

»Meine liebe Leonora, das hättest du *äußerst* unangenehm gefunden«, sagte Humphrey überzeugt. »Du siehst die Vergangenheit unter einem romantischen Blickwinkel – und die Gegenwart auch«, setzte er hinzu.

»Ja, man findet das Leben wohl nur erträglich, wenn man es unter einem romantischen Blickwinkel sieht«, stimmte Leonora ihm zu. »In Wirklichkeit ist es doch schlimm, mit all dem Elend und so, aber man fühlt sich so hilflos – ich meine, was kann man machen? Man versucht ja, ein gutes Leben zu führen ...« Sie hielt, unzufrieden mit ihrem Satz, inne, denn irgendwie beschwor er das Bild von Miss Foxe herauf, wie sie in aller Frühe am Sonntagmorgen zur Kirche ging, und das hatte sie doch ganz und gar nicht gemeint. »Man hat Freude an der Kunst und spendet natürlich etwas für wohltätige

Zwecke, und« – hier senkte sie den Kopf über ihre Crème de menthe – »man versucht, so gut man eben kann, Menschen zu lieben...«

Humphrey ließ sie in der Pause, die darauf folgte, sein Glas wieder füllen. Er wußte nicht recht, wie er sagen sollte, was ihn beschäftigte. »Du meinst, du liebst James«, sagte er schließlich, was nicht ganz dem entsprach, wie er es hatte ausdrücken wollen.

»Ja, natürlich liebe ich den allerliebsten James«, stimmte sie ihm mit mehr Gefühl als sonst zu.

»Aber Liebste, diese Liebe zu James ist doch so unrealistisch. Du mußt doch wissen, daß nichts dabei herauskommen kann.«

»Ich erwarte doch nicht, daß etwas ›dabei herauskommt‹, wie du es ausdrückst.«

»Es ist eine so unnatürliche Beziehung«, fuhr Humphrey fort, »eine attraktive Frau deines Alters und James...« Er war nicht sicher, was er über seinen Neffen sagen sollte, dessen sexuelle Neigungen ihm nie ganz klar gewesen waren. »Soviel jünger als du« – das wenigstens war unbestreitbar –, »und eines Tages wird er zweifellos ein Mädchen seines Alters heiraten wollen, und was ist dann mit dir?«

»So weit in die Zukunft sieht man doch nicht«, meinte Leonora leise, »aber natürlich wäre ich die letzte, die James im Weg stünde, wenn er das je einmal wollte...«

»Aber *ich* will *jetzt*«, sagte Humphrey plötzlich. »Du weißt das.« Er rückte näher, seine massige Gestalt dräute über ihr.

Gleich küßt er mich, dachte Leonora in augenblicklicher Panik, Himmel hilf mir, daß es nicht noch mehr als das ist. Sie versuchte zu protestieren, sogar zu schreien, aber sie brachte keinen Laut heraus. Humphrey war breiter und stärker als sie, und sein Kuß sehr verschieden von der ehrerbietigen Berührung der Lippen, der Wange oder der Stirn, die alles war, was James zu verlangen schien. Man durfte natürlich nicht seine Würde verlieren, sagte Leonora sich, denn schließlich war man nicht mehr gerade ein junges Mädchen. Allmählich müßte man doch zum Ausgleich für sein fortgeschrittenes Alter und den traurigen Verfall seiner Schönheit vor so etwas sicher sein; man sollte wirklich nicht mehr gezwungen sein, sich die Leute vom Leib zu halten. Aber das war ein schwacher Trost in der gegenwärtigen Situation, und nun war Humphreys Hand, diese im Betasten von *objets d'art et de vertu* so kundige Hand, in den Halsausschnitt ihres Kleids geglitten und hätten gewiß den zarten Chiffon zerrissen, wenn nicht noch Schlimmeres angerichtet, hätte nicht ein leises Klopfen an der Tür ihren hastigen Rückzug verursacht.

Miss Foxes Art, so äußerst vornehm und sich gleichsam entschuldigend anzuklopfen, hatte Leonora in der Vergangenheit oft gereizt.

Und selbst jetzt, obwohl sie vor allem Erleichterung und Dankbarkeit wegen der – fast wie von Gott gesandten – Unterbrechung empfand, konnte sie doch nicht ganz ihren gewöhnlichen Ärger über Miss Foxes Dummheit unterdrücken. Denn sie mußte doch einfach gewußt haben, daß Leonora jemanden bei sich hatte, wo Humphreys Wagen so unübersehbar vor dem Haus stand und die Diele von dem Geruch seiner Zigarre erfüllt war.

Humphrey war vom Sofa aufgesprungen und stand am Fenster, als Leonora die Tür öffnete, so daß Miss Foxe ihn nicht sofort bemerkte. Als sie ihn sah, fing sie an sich wortreich zu entschuldigen – natürlich habe sie keine *Ahnung* gehabt –, was müsse Miss Eyre von ihr denken, daß sie so einfach hereinplatze, das sei ganz unverzeihlich, sie hätte doch nicht im Traum daran gedacht, sie jetzt zu stören...

»Kommen Sie herein, Miss Foxe«, sagte Leonora ungeduldig. »Kennen Sie Mr. Boyce schon? Humphrey, das ist Miss Foxe, sie wohnt oben im Haus. Ist irgend etwas nicht in Ordnung, Miss Foxe?«

»Nur, daß Wasser durch meine Decke kommt«, antwortete sie, »aber das ist ja nicht so schlimm, wirklich.«

»Ach, regnet es?« Leonora blickte zum Fenster. Die Schwüle des Tages hatte sich in einem Gewitter entladen, ohne daß sie es gemerkt hatte; soviel zur Macht der Liebe oder Lust, oder wie man es nennen wollte. »Ja, tatsächlich. Nun, also, was können wir tun?«

»Ich dachte, wenn Sie vielleicht einen Eimer hätten ...«, fing Miss Foxe an.

»Einen Eimer?« echote Leonora. Wirklich, sah sie aus wie jemand, der einen Eimer hat?

»Etwas, um das Wasser aufzufangen«, schlug Humphrey vor, den der Gedanke zweier eimerloser Damen amüsierte. »Gehen wir doch mal hinauf und sehen nach, wenn Miss Foxe nichts dagegen hat.«

Sie folgten ihr die Treppe hinauf und in ihr Wohnzimmer. Humphrey bemerkte ein oder zwei gute Möbelstücke und Porzellansachen und notierte sie sich im Geist. Der Regen tropfte in einer Ecke durch die Zimmerdecke in eine große chinesische Vase hinein.

»Meine liebe Miss Foxe, das ist ein ziemlich wertvolles Stück«, sagte er.

»Ach, ist die wertvoll?« fragte sie beiläufig. »Wir hatten zwei davon zu Hause – sie standen im Salon mit Potpourri darin. Ich glaube, ein Großonkel hatte sie aus dem Fernen Osten mitgebracht.«

»Sie haben da ein paar bezaubernde Sachen«, sagte Humphrey, durch die Glastür eines Eckschränkchens spähend. »Falls Sie je einmal in Verlegenheit kommen sollten, zu äh ...« Er wollte nicht gern weiter gehen.

»Mr. Boyce ist Antiquitätenhändler«, erklärte Leonora, »und würde Sie bestens beraten, wenn Sie einmal etwas verkaufen wollten.«

»Oh, ich hoffe, das werde ich nie müssen«, meinte Miss Foxe. »Ich habe so gerne meine Schätze um mich herum. Ah, es scheint jetzt nicht mehr so stark zu tropfen.«

»Nein, der Regen hat aufgehört«, sagte Humphrey. »Ich sage dir, was ich mache«, wandte er sich an Leonora. »Ich schicke dir morgen vormittag meinen Bauunternehmer vorbei. Er ist ein guter Mann und wird keinen unverschämten Preis von dir verlangen.«

»Ach, das wäre *so* freundlich«, bedankte sich Miss Foxe etwas zu überschwenglich in Anbetracht dessen, daß der Bauunternehmer ja eher für Leonora als für sie geschickt werden sollte.

Humphrey und Leonora gingen wieder in Leonoras Wohnung hinunter. Es war zwar noch ein wenig Brandy in seinem Glas, aber es war deutlich, daß der Abend zu Ende war. Es fiel kein Wort über die Szene, die Miss Foxe unterbrochen hatte, doch Humphrey bekam durch Leonoras fast übertrieben kühles und gezwungenes Verhalten den Eindruck, daß er sich ziemlich lächerlich gemacht hatte. Sie küßte ihn wie gewöhnlich auf die Wange, als sie sich gute Nacht wünschten, und er wiederholte sein Versprechen, am nächsten Morgen seinen Bauunternehmer vorbeizuschicken. Vielleicht war diese praktische Tat passender als irgendein sorgfältig ausgesuchter Gegenstand oder ein eher konventioneller Blumenstrauß. Und außerdem, was hatte er getan, daß er sich entschuldigen sollte? Er hatte nur gezeigt, daß er sie attraktiv fand, und gewiß schätzten doch alle Frauen gelegentlich so eine Demonstration.

Auch Leonora beschloß, sich keine Gedanken mehr über die Episode zu machen. Dieser verrückte alte Humphrey, es mußte der Brandy gewesen sein. So konnte es natürlich nicht mit ihm weitergehen. Als sie ihr Kleid untersuchte, stellte sie fest, daß der Stoff nicht zerrissen war, nur ein paar Stiche an der Schulternaht waren aufgegangen, und das ließ sich leicht reparieren.

12

Nicht lange nach ihrem Besuch im Möbeldepot hatte Phoebe wieder einen Anlaß, nach London zu fahren: sie brauchte Durchschlagpapier und ein neues Farbband für ihre Schreibmaschine, da das alte nach den Ergüssen im Tagebuch, an dessen Publikation sie arbeitete, nur noch ein blasses, kaum mehr zu entzifferndes Grau hinterließ. Als die Teezeit herankam, obwohl das keine Zeit war, die in Phoebes Bewußtsein verzeichnet war, befand sie sich in der Nähe vom Sloane Square auf dem Weg zu dem Antiquitätenladen. Sie hatte sich nämlich vorgenommen, mit jemandem ins Gespräch zu kommen – bis zu einer Vorstellung, wer das sein könnte, war der Plan allerdings noch nicht gediehen –, in der Hoffnung, neuere Nachrichten von James zu erhalten, als sie seiner letzten Postkarte hatte entnehmen können.

Es war niemand zu sehen, als sie auf das Schaufenster zutrat, doch dann bemerkte sie, daß eine Frau mit einer weißen Teetasse in der Hand aus dem Hinterzimmer herausspähte.

»Es tut mir so leid«, sagte sie, als Phoebe hereinkam. »Ich erwarte Mr. Boyce jede Minute zurück. Vielleicht kann ich Ihnen helfen?«

»Ich bin eine Freundin von Mr. Boyces Neffen«, erklärte Phoebe mutig.

»Oh, dann darf ich Ihnen vielleicht eine Tasse Tee anbieten«, sagte Miss Caton mit offensichtlicher Erleichterung. »Ich fürchtete schon, Sie wollten womöglich etwas kaufen.«

Phoebe nahm den Tee fast dankbar an, obwohl er schrecklich stark war, denn sie war müde vom vielen Herumlaufen. Miss Caton war ein liebes altes Ding und nur zu gerne zum Plaudern bereit. Es war daher für Phoebe die leichteste Sache der Welt, ganz beiläufig zu fragen, ob sie Miss Eyre kenne, die James Möbel für ihn zusammengepackt habe.

»Oh, Miss Eyre«, hauchte sie fast ehrfürchtig. »Sie ist eine *sehr* gute Freundin von Mr. Boyce. Erinnern Sie sich, als wir den Einbruch hatten? Da hat sie Blumen geschickt – war das nicht ein reizender Einfall? Und zufällig weiß ich auch«, hier machte sie eine fast neckische Pause, »Mr. Boyce hat sie für heute abend ins Covent Garden eingeladen.«

Miss Eyre war also eine Freundin von *Humphrey* – das erklärte alles. Was war natürlicher, als daß sie das Packen von James Möbeln beaufsichtigte? Sie mußte für James ja eine Art Tante sein. Doch bevor sie noch weitere Informationen einholen konnte, erschien Humphrey selbst im Laden, offensichtlich über irgend etwas verärgert. Phoebe bemerkte, daß Miss Caton ziemlich hastig die Teetassen verschwinden ließ, fast als dürfe er sie nicht sehen.

»Das ist zu dumm!« rief er. »Ein vergeudeter Nachmittag.«

Phoebe fand, sie sollte etwas sagen, aber er redete weiter, ohne anscheinend Notiz von ihr zu nehmen. »Nummer 90 hätte gegen drei Uhr drankommen sollen, aber als ich zehn vor da war, waren sie schon bei Nummer 105.«

»Lieber Himmel, ich verstehe nicht, warum«, murmelte Miss Caton.

»Weil irgendeine blöde Frau beschlossen hatte, ihren erbärmlichen Krempel von der Auktion zurückzuziehen – ›Besitztümer einer Dame – zurückgezogen‹«.

»*Diese* junge Dame ist eine Freundin von Mr. James«, sagte Miss Caton und wies auf Phoebe.

Humphrey guckte verdutzt. Phoebes ziemlich seltsame Erscheinung sprach ihn persönlich zwar nicht an, aber sie war eine Frau und jung. Ha! sagte er, absichtlich melodramatisch, zu sich selbst, der junge James hatte also eine heimliche Geliebte. Was wird Leonora *dazu* sagen?

»Kennen Sie James gut?« erkundigte er sich, ohne zu überlegen.

»Ich habe ihn vor einiger Zeit auf einer Party kennengelernt«, erklärte Phoebe. »Er besucht mich manchmal auf dem Land – ich arbeite zur Zeit da.«

So war das also, dachte Humphrey. Jetzt konnte er vor sich selbst ja zugeben, daß er immer einige Zweifel in bezug auf das Geschlecht von James Geliebten gehegt hatte. Vielleicht standen sie als Onkel und Neffe in zu naher Beziehung, als daß James sich ihm anvertraute. Oder vielleicht waren sie einander nicht nahe genug gewesen. Und das hier *war* ganz entschieden ein Mädchen. Er hatte die Brille aufgesetzt, um völlig sicher zu gehen, denn heutzutage konnte man das ja nicht so leicht sagen.

»Meine Liebe, ich hoffe, Miss Caton hat sich ihrer angenommen«, sagte er herzlich. »Vielleicht würden Sie gerne ein Glas Sherry trinken?«

»Nun ja, danke«, sagte Phoebe verlegen.

»James schreibt sehr vergnügt aus Saragossa«, fuhr Humphrey fort, wobei er das Wort angestrengt korrekt aussprach, »aber natürlich haben Sie wohl neuere Nachrichten von ihm.«

»Eigentlich nicht«, sagte Phoebe unglücklich.

»Das spanische Postsystem ist grauenhaft, und unseres ist auch nicht mehr, was es war«, erklärte Humphrey weltläufig.

»James fährt jetzt nach Portugal und dann nach Hause. Er hat scheint's eine Reisebegleitung gefunden.«

»Jemand, der sich in Antiquitäten auskennt?« Phoebe versuchte, ihre Frage gleichgültig klingen zu lassen.

»Es ist ›ein Amerikaner namens Ned‹«, sagte Humphrey, »daher ist das wohl unwahrscheinlich.«

Phoebe war nur zu erleichtert, zu erfahren, daß die Begleitung männlich war, wo es doch so leicht ein Mädchen hätte sein können.

»Es muß doch ziemlich einsam für ihn sein«, bemerkte Miss Caton redselig, »wie wenn man allein in die Ferien fährt. Ich reise immer lieber mit einer Gesellschaft.«

»Aber James ist nicht in den Ferien«, erinnerte Humphrey sie. »Er ist auf einer Einkaufsreise, und ich hoffe, er bringt etwas mit zurück, was die Mühe gelohnt hat.«

»Ich glaube, ich muß jetzt gehen«, sagte Phoebe. »Ich muß nach Putney, wo meine Mutter wohnt. Ostputney.«

»So, ja, Sie können einen Zug vom Sloane Square aus nehmen, glaube ich«, sagte Humphrey mit der Unsicherheit eines Menschen, der nie öffentliche Verkehrsmittel benutzt. »Ist das nicht so, Miss Caton?«

»O ja«, bestätigte Miss Caton entschieden. »District Line.«

»Sind Sie ganz sicher?« fragte Humphrey. »Vielleicht sollte man sich besser am Bahnhof erkundigen.«

Phoebe, die genau wußte, daß Ostputney vom Sloane Square aus erreicht werden konnte, ging recht zufrieden mit der Ausbeute dieses Nachmittags fort.

Wie Miss Caton Phoebe anvertraut hatte, hatte Humphrey Leonora diesen Abend in die Oper eingeladen. Es war keine Form der Unterhaltung, für die er besonders viel übrig hatte, denn er war unmusikalisch, doch er wußte, was ihm zu gefallen hatte. Es wurde *Tosca* gegeben, Leonoras Lieblingsoper. War ihre Vorliebe, ja fast Leidenschaft für Puccini ihrer nicht ein bißchen unwürdig? fragte sich Humphrey. War das nicht eine Spur zweitklassig, und würde er sie mehr bewundern, wenn sie Mozart vorzöge? Und doch machte gerade dieser winzige Makel in ihrer Vollkommenheit sie menschlich, und es war ja wahrhaft nicht unnatürlich, daß sie sich mit der Heldin identifizierte. Es dürfte nur wenige Frauen geben, nahm er an, die nicht für sich in Anspruch nehmen würden, für die Kunst und die Liebe gelebt zu haben. Es war schade, daß er eine womöglich unangenehme Neuigkeit für sie hatte. Er hätte natürlich über das Mädchen, das am Nachmittag in den Laden gekommen war, schweigen können, aber er fand, es sei besser für Leonora, davon zu erfahren. Und wer konnte ihr das besser sagen als er selbst?

Leonora sah in schwarzer Spitze schön und fern aus. »Diese hinreißende Musik«, flüsterte sie, indem sie sich zu Humphrey hinüberlehnte und zuließ, daß sein Ärmel ihren nackten Arm streifte. Sie hatte ihm offensichtlich sein dummes Verhalten von dem Abend neulich völlig verziehen, und er hatte sich ja auch wirklich bemüht, es wiedergutzumachen, denn er hatte gleich am nächsten Tag seinen Bauunternehmer vorbeigeschickt, und das lecke Dach war schnell repariert worden. So etwas war es, was man von jemandem wie Humphrey wirklich wollte, dachte Leonora, etwas von ihm abrückend.

War *Tosca* eine glückliche Wahl? fragte er sich in Anbetracht der Neuigkeit, die er ihr mitteilen mußte. Leonora konnte man zwar als die für Kunst und Liebe lebende Heldin sehen, aber es war doch schwierig, sich James und ihn als Mario und Scarpia vorzustellen. Er hatte ihr seine Gunstbezeigungen nie aufgezwungen, sagte sich Humphrey nicht ohne Selbstzufriedenheit; er hatte sich damit begnügt zu warten, bis sie es für richtig hielt, sich ihm zuzuwenden, und nun war es vielleicht soweit. Wann sollte er ihr die Neuigkeit beibringen und wo? Nicht in dem Gedränge des Foyers während der Pause, denn er hatte sich den ganzen ersten Akt hindurch auf einen Drink gefreut. Und es wäre grausam, Leonora in der zweiten Pause damit aufzuregen, wo doch dann der tragische letzte Akt kommen würde. Es würde also hinterher beim Abendessen geschehen müssen.

»*Keinen* Parmaschinken«, sagte Humphrey hastig, als sie dann später die Speisekarte studierten. Ein Kollege von ihm hatte eine unglückliche Erfahrung damit gemacht. Eine gute heiße Suppe wäre sicher das beste für sie beide, aber Leonora wollte eine mit Krabben gefüllte Avocado. Humphrey ließ ihr Zeit, einen Mundvoll zu probieren und für köstlich zu befinden, bevor er sich an seine Aufgabe machte.

»Meine Liebe«, erklärte er, »ich habe eine Neuigkeit für dich.«

»Eine *Neuigkeit?* Was könnte das sein? Etwas Nettes?« fragte sie neckend.

»Auf eine Art schon – es kommt darauf an, wie man es sehen will. Ich finde nicht, daß ›nett‹ ganz das richtige Wort ist.«

»Also nicht nett. Aufregend? Amüsant?«

»Ja, amüsant vielleicht.« Wirklich, er durfte es jetzt nicht länger hinausschieben. »Was, glaubst du wohl, hat unser junger Freund James sich geleistet?« fragte er, absichtlich feierlicher als gewöhnlich.

»Oh, es geht um James.« Ihre Haltung schien sich zu verändern. »Was hat James sich ›geleistet‹, wie du es ausdrückst?«

»Eine Geliebte!« Jetzt war es heraus. »Die ganze Zeit hat er dieses Mädchen draußen auf dem Land gehabt, und wir wußten alle nichts davon.«

Eine Krabbe fiel auf das Tischtuch, aber sie wäre vielleicht sowieso gefallen.

»Wie katastrophal ich esse«, bemerkte Leonora ruhig. »Ist das ein Zeichen des Alters oder was? Soll ich versuchen, mit meinem Messer die Mayonnaise aufzunehmen?«

»Ach, laß doch«, sagte Humphrey ungeduldig. »Erzähl mir bloß nicht, du hast das von James die ganze Zeit gewußt.«

»Nun, ich habe so etwas *geahnt.*« Leonora nahm einen Schluck Sauternes. »Schließlich ist James ja so schön – man hat doch immer angenommen, daß er wohl *irgendein* Liebesleben haben mußte. Erzähle mir, wie du es erfahren hast.«

»Dieses Mädchen ist in den Laden gekommen, offenbar wollte sie Nachrichten von ihm.«

»Hat er ihr denn nicht geschrieben?«

»Zweifellos, aber du weißt ja, wie die Post ist.«

»Und man weiß, wie der liebe James ist – man würde meinen, *sie* wüßte es auch. Wie ist sie denn? Jung? Hübsch? Elegant?« Leonora versuchte, die brennende Neugierde aus ihrer Stimme herauszuhalten.

»Jung – ungefähr zwanzig, denke ich. Ziemlich schlecht angezogen, in diesem Schlabberlook, in dem die Mädchen jetzt anscheinend herumlaufen. Strubbeliges langes Haar und ein Mantel aus einer Art Haut, Leder, denke ich.«

»James sagte immer, er hasse Ledermäntel – da kommt es raus. Und wie heißt sie?«

»Phoebe Sharpe.«

»Phoebe Sharpe«, murmelte Leonora, und ganz wie Jennifer Unruhe und Abneigung empfunden hatte, als sie den Namen »Leonora Eyre« hörte, so wurde sich Leonora jetzt eines leisen Unbehagens bewußt. Der Name beschwor Erinnerungen an Gilbert und Sullivan

(Der Leibgardist?) und an Thackerays Becky Sharpe herauf; eine verwirrende Kombination, aber vielleicht hätte unter diesen Umständen jeder Name seine unangenehmen Untertöne gehabt.

»Ich glaube, ihre Mutter wohnt in Putney – *Ost*putney, hat sie, glaube ich, gesagt.«

Leonora lachte. »Was für ein außerordentliches Bild du da entwirfst. Das klingt ganz und gar nicht nach James. Bist du *sicher?*«

»O ja. Sie wollte den District-Line-Zug vom Sloane Square nehmen, als sie vom Laden fortging.«

»Ich habe ja nicht das mit Putney bezweifelt«, sagte Leonora. »Ich meinte, wieso kannst du über ihre Beziehung so sicher sein?«

»Ich hatte so ein Gefühl – man kann das wirklich nicht erklären. Jedenfalls, schlafen nicht alle diese jungen Leute heutzutage ›in der Gegend rum‹ – wenn das der Ausdruck ist?«

»Ich weiß nicht«, sagte Leonora von oben herab. »Woher sollte ich so etwas wissen? Ich versuche bestimmt nicht, mit dem modernen Jargon Schritt zu halten. Mir scheint, ich erinnere mich, daß ›in der Gegend herumschlafen‹, wie du es ausdrückst, schon vor mehr als zwanzig Jahren benutzt wurde.«

Humphrey sah ziemlich geknickt aus. »Dann bist du also gar nicht besonders über meine Neuigkeit erstaunt?« fragte er.

»Über James? Nein, ich bin überhaupt nicht überrascht, wie ich dir schon gesagt habe. Und woher soll man wissen, ob er inzwischen nicht ein Techtelmechtel mit einer hübschen jungen Spanierin hat?«

»Genau das fürchtet die arme Miss Sharpe wohl auch, hab' ich den Verdacht«, meinte Humphrey, erleichtert, daß Leonora es so gut aufnahm.

Auf der Heimfahrt im Taxi war er recht zärtlich zu

ihr, soweit sie es zuließ, aber sie forderte ihn nicht auf, mit hereinzukommen. Auch gut, sie würden doch nur über James gesprochen haben, dachte er.

Leonora stand in der Diele und wartete, bis das Taxi wegfuhr. »Wenn eine schöne Frau dem Wahn verfällt«, sagte sie zu dem Kirschbaumspiegel mit den Cupidos, obwohl *das* natürlich nicht genau zutraf. In der Küche dachte sie, sie hätte jetzt beinahe Lust auf eine Tasse starken indischen Tee, aber natürlich wäre es mehr als unpassend, nach diesem köstlichen Abendessen Tee zu trinken. Sie war ruhig – vielleicht vom Schock betäubt –, denn sie hatte wirklich keine Ahnung gehabt, daß James sich mit einer anderen Frau traf, was immer sie auch Humphrey gegenüber behauptet hatte. Dennoch hatten ihre Gedanken, seit sie die Neuigkeit erfahren hatte, unablässig gearbeitet, und nun wußte sie genau, was sie tun würde. Sie kleidete sich aus, faltete ihre Kleider sorgfältig und hängte sie auf den Bügel, dann setzte sie sich in ihrem Nachtgewand an ihren Sekretär und fing an, einen Brief zu schreiben.

»Liebe Miss Foxe«, begann sie. »Ich fürchte, ich muß Sie bitten, Ihre Wohnung schon zum Monatsende zu räumen statt, wie vereinbart, zum Ablauf des Mietvertrags.« »Vereinbart« war vielleicht etwas übertrieben, denn sie hatten lediglich in den unbestimmtesten Andeutungen über die Zukunft gesprochen, und Leonora hatte sich bei der – unwürdigen, das wußte sie – Hoffnung ertappt, daß Miss Foxe sich ihrer starken Position als Mieterin einer nichtmöblierten Wohnung wohl nicht ganz bewußt war. Und da sie von so vornehmer Herkunft war, bestand immer die Möglichkeit, daß sie sich verpflichtet fühlte, sich ganz nach Leonoras Wünschen zu richten. Leonora fuhr fort: »Eine mir nahestehende Person kehrt aus dem Ausland zurück und hat keine andere Bleibe. Ich bin sicher, daß Sie die Lage verstehen.« Leonora hielt wieder inne und sah »die nahestehende Person« vor sich, wie wohl Miss Foxe sie sich vorstellte – eine Frau, die vielleicht irgendeine großartige Arbeit geleistet hatte, als Krankenpflegerin oder Missionarin. »Selbstverständlich werde ich alles tun, was ich kann, um Ihnen bei der Suche nach einer anderweitigen Unterkunft behilflich zu sein« – so war doch der Terminus, glaubte sie – »Hochachtungsvoll und mit aufrichtigen Wünschen« – es war das beste, in so einem Brief hochachtungsvoll und aufrichtig zu sein – »Leonora M. Eyre.«

Mit dem Möbeldepot würde sie sich am nächsten Morgen in Verbindung setzen – mehr konnte sie jetzt nicht tun.

13

James las einen Brief von Leonora. Der Gefährte, den er auf seiner Reise kennengelernt hatte (»ein Amerikaner namens Ned«) beobachtete ihn mit einem Lächeln auf seinen Lippen, als erwarte er, Auszüge aus dem Brief vorgelesen zu bekommen.

»Nun?« fragte er, als James den Brief zusammenfaltete und ihn wieder in den Umschlag steckte.

»Nichts, eigentlich«, murmelte James.

»Komm schon, Jimmie, *irgend etwas* muß doch in diesem Brief stehen, daß du ihn so schnell zusammengefaltet und weggesteckt hast. Du hättest deinen Gesichtsausdruck sehen sollen ...« Neds dünne, mückenartige Stimme summte weiter, stichelnd und eindringlich. Er war klein und adrett, mit glattem blonden Haar und blauen Augen, und wirkte viel jünger als seine neunundzwanzig Jahre, bis sich bei näherem Hinsehen zeigte, daß das Leben doch auch Spuren auf seinem Gesicht hinterlassen hatte.

Sie waren in einem Hotel in Lissabon, wo sie noch einige Zeit vor ihrer Rückkehr nach London verbringen wollten. Ihr Zimmer war eng und sonnenlos, zudem stickig an diesem heißen Nachmittag, und der einzige Ausblick fiel in einen tiefen Schacht, auf den sich die Küchenfenster öffneten. Geschirrklappern und Ausbrüche unverständlicher Schimpfkanonaden waren zu hören, wenn die Hotelbediensteten abspülten oder in unaufhörlichem Turnus die Mahlzeiten zubereiteten.

James war auf einem der Betten, auf dem er gerade Leonoras Brief gelesen hatte, liegengeblieben. Er starrte auf die Wand, die mit einer gestreiften Tapete beklebt war wie das Innere eines altmodischen Koffers. Man fühlte sich hier wirklich fast wie in einem Koffer bei der Hitze und dem allgemeinen Gefühl von Eingezwängtsein, das Neds Gegenwart und seine greinende amerikanische Stimme bewirkten. James schloß die Augen und versuchte, sich Leonoras kühles grünwandiges Zimmer mit seinen Blattpflanzen und dazu ein köstliches Getränk an seiner Seite vorzustellen. Ihr Brief mit seinen Berichten über alles, was sie tat, hatte sie ihm wieder lebhaft vor Augen geführt. An dem Tag, an dem sie schrieb, war sie mit Humphrey für *Tosca* verabredet und würde ihr schwarzes Spitzenkleid tragen. Und sie hatte die Zeitungen und die Schaufenster der Maklerbüros durchforstet, um zu sehen, ob sie eine passende Wohnung für ihn finden konnte. (»Schließlich willst du ja nicht auf ewig bei Humphrey stranden!«) Zum Zeitpunkt seiner Rückkehr hoffte sie, eine Liste geeigneter Wohnungen zur Besichtigung für ihn bereit zu haben – würde das nicht Spaß machen? Natürlich würde es das, aber James hatte eigentlich seine Wohnungssuche selbst in die Hand nehmen wollen ...

»War er von Phoebe, dieser Brief?« Ned ließ nicht locker.

Phoebe. Wie weit entfernt Phoebe ihm jetzt erschien, als wäre sie nie gewesen. James hatte ihretwegen etwas Gewissensbisse, denn er hatte ihr nur ein paar nichtssagende Postkarten geschickt und ihre letzten beiden Briefe nicht beantwortet. Ned hielt es für Zeitverschwendung, sich mit Briefen abzugeben, wenn man auf Reisen war, allerdings schrieb er selbst zweimal in der Woche an seine Mutter in Cambridge, Massachusetts.

»Nein, er war von Leonora«, antwortete James eher kurz angebunden.

»Leonora, deine *elegante* Freundin ...«

»Ja, du mußt sie kennenlernen, wenn du nach London kommst«, sagte James, der versuchte, sich die Begegnung vorzustellen, und froh war, daß sie wohl nicht so bald stattzufinden brauchte, da Ned erst Freunde in Oxford besuchen würde, bevor er ins Britische Museum zum Arbeiten kam. Er hatte ein Sabbatjahr von dem kleinen, respektablen Neu-England-College, wo er Assistent für Englisch war, und hoffte, in dieser Zeit seine Doktorarbeit fertigzuschreiben.

»Wir hätten so viel gemeinsam, das habe ich im Gefühl«, fuhr Ned in seiner unschuldigsten Manier fort. »Ich *schwärme* einfach für elegante englische Damen. Trägt sie breitrandige Hüte und lange, schmale Schuhe?«

»Sie kleidet sich sehr gut«, sagte James voller Abwehr. In der Tat hatte Leonoras Brief auch eine Beschreibung einiger ihrer neuen Herbstsachen, die sie sich machen ließ, enthalten – Mantel mit Kleid aus lilafarbenem Tweed und »einfach noch einmal ein kleines Schwarzes, ganz duftig und fließend und höchstgeeignet für dramatische Seelenzustände«, wie sie es ausdrückte. Es war unmöglich, sich vorzustellen, daß Phoebe *ihre* Kleider beschrieb. Ihr letzter Brief war sehr verschieden von Leonoras hochkultiviertem Bericht über ihr Leben gewesen – ein kruder Erguß ihrer Gefühle, voller Bezüge auf Dinge, die er lieber vergessen wollte, und durchzogen von all den unausgesprochenen Vorwürfen, die ihm so ein schlechtes Gewissen machten. Was für ein unbequemes Mädchen Phoebe doch war, und wie schlecht hatte er sich ihr gegenüber benommen!

»Und kann ich auch Phoebe kennenlernen?« drängte Ned weiter.

»Wenn du willst. Sie ist jedenfalls sehr intelligent«, meinte James optimistisch, da ihm bewußt wurde, daß sie und Ned wohl eine Menge Gesprächsstoff finden würden. Trotzdem konnte man sich nicht ganz vorstellen, daß sie oder überhaupt irgendein Mädchen sich in Ned verlieben würde.

»Ich glaube, ich hätte eine Menge mit Phoebe gemeinsam, und nicht nur englische Literatur«, sagte Ned und sah James von der Seite an. »Du mußt uns *alle* zusammenbringen. Wie wäre es mit einer Cocktailparty in deiner neuen Wohnung?«

»Ja, das ist eine Idee«, stimmte James gezwungen herzhaft zu. »Aber bis jetzt habe ich noch gar keine neue Wohnung gefunden.«

»Nun ja, aber du wirst eine finden. Und in der Zwischenzeit – worauf warten wir eigentlich?«

»Ich weiß nicht«, sagte James.

Neds Parfüm, das so viel stärker und exotischer war als das diskret britische After-shave, das James, wenn überhaupt etwas, je benützt hatte, schien das Zimmer zu erfüllen, als er sich dem Bett näherte, auf dem James lag und immer noch Leonoras Brief in der Hand hielt.

14

Miss Foxe loszuwerden stellte sich als überraschend einfach heraus. Leonora hatte den Brief für sie auf den Tisch in der Diele gelegt, wo er nicht zu übersehen war, das war besser, als die Peinlichkeit einer Begegnung zu riskieren, wenn sie ihn unter ihrer Tür durchgeschoben hätte. Dann war sie ausgegangen, um sich zu beruhigen und auf das Kommende vorzubereiten, denn selbst Leonora – so hart sie sich auch gab – konnte nicht umhin zu empfinden, daß es einem doch ganz schön zusetzte, eine ältere Dame aus ihrem Zuhause hinauszuwerfen. Sie wanderte im Sonnenschein durch den Park, bewunderte die Rabatten mit Heliotrop und Fuchsien und gedachte der Zeit, als sie hier mit James gegangen war. Für ihn tat sie das alles jetzt, nicht für sich. Zwei Runden durch den Park überzeugten sie von der Richtigkeit ihrer Aktion, so daß sie, als sie ins Haus zurückkam und Miss Foxe in der Diele auf sie warten fand, bereit war, entschlossen und fest zu bleiben, aber nicht unfreundlich zu werden, wenigstens nicht unfreundlicher als notwendig.

»Oh, Miss Eyre«, sagte Miss Foxe – sie waren nie so weit gediehen, einander »Leonora« und »Charlotte« zu nennen –, »ich habe gerade Ihren Brief gefunden. Wäre es Ihnen vielleicht recht, wenn wir jetzt darüber sprechen würden?«

»Natürlich, Miss Foxe«, antwortete Leonora, erleichtert, daß sie nicht übermäßig aufgeregt zu sein schien. »Kommen Sie herein und trinken Sie eine Tasse Kaffee mit mir«, setzte sie großzügig hinzu.

»Oh, vielen Dank, Miss Eyre, Ihr Kaffee ist immer so köstlich.«

»Ich fürchte, mein Brief ist wohl ein ziemlicher Schock für Sie gewesen«, fing Leonora an, als sie den Kaffee einschenkte.

»Ja, einerseits war er das, aber eigentlich war er eher eine Erleichterung. Sehen Sie, ich wollte Sie schon fragen, ob ich vor Ende des Mietvertrags ausziehen könnte, ich habe nämlich eine ›anderweitige Unterkunft‹ gefunden, so nennt man das doch, glaube ich« – hier lächelten sie einander zu –, »und möchte natürlich so bald wie möglich da einziehen.«

Leonora war fast enttäuscht. Wo könnte Miss Foxe etwas zu so einem vernünftigen Mietpreis wie dem, den sie gegenwärtig zahlte, gefunden haben, was irgendwie ihren Ansprüchen gerecht wurde?

»Es ist die St. Basil's Priorat«, fuhr Miss Foxe fort, als müßte Leonora sofort wissen, was sie meinte. »Ein entzückendes Landhaus für ältere Leute unter der Leitung von anglikanischen Nonnen«, erklärte sie, »und sie sind bereit, mich aufzunehmen.«

»Von Nonnen aufgenommen«, das klang ja, als wäre sie eine gefallene Frau, mußte Leonora denken.

»Es ist dort durch einen Todesfall etwas frei geworden, Mrs. Ainger hat es mir gleich gesagt, aber Sie kennen sie freilich nicht, oder? – jedenfalls, so ist es, und ich würde gerne nächste Woche einziehen.«

»Aber was ist mit Ihren Möbeln?« fragte Leonora im Gedanken an Humphrey. »Ich nehme an, Sie werden sie verkaufen wollen?«

»O nein, ich kann meine Siebensachen mitnehmen. Ich bekomme zwei unmöblierte Zimmer.«

»Ich verstehe – es klingt ideal für Sie.«

»Ja, ich bin so glücklich, daß alles so gekommen ist. Als Sie in Ihrem Brief das von der mit Ihnen befreundeten Person erwähnt haben, die aus dem Ausland zurückkommt und etwas braucht, wo sie wohnen kann, da dachte ich, nun, vielleicht ist das irgendwie eine *Fügung,* wissen Sie...« Sie wies mit dem Kopf in Richtung Zimmerdecke. »Ich glaube, manchmal *ist* es so, Miss Eyre...«

Vielleicht war es diesmal wirklich so, dachte Leonora, während ihr James vor Augen stand.

»Und es hat Zentralheizung, ich brauche mich also nicht mehr mit diesen schweren Heizölkanistern abzuschleppen und mich darum zu sorgen, ob der Mann, der sie liefert, auch kommt. Ich werde nie vergessen, wie freundlich Ihr Neffe damals war, als er sie mir die ganze Treppe hochgetragen hat. Ich denke immer daran, wenn ich von dem Rowdytum und der Gewalt überall höre – die jungen Leute sind nicht *alle* so, nicht wahr?«

Leonora war einen Augenblick lang bestürzt – *so* jung wirkte James, ihr »Neffe«, doch auch wieder nicht, oder? Doch wenn es so war, was machte das schon? »Haben Sie schon Umzugsleute bestellt?« erkundigte sie sich. »Ich kenne eine sehr gute Firma.«

»Oh, das ist alles arrangiert«, sagte Miss Foxe eifrig. »Zwei der Laienbrüder kommen mit dem Lastwagen.«

Leonora drückte Erstaunen aus.

»Ja, sehen Sie, es gibt da auch Mönche – oh, sie leben natürlich nicht alle zusammen in demselben Gebäude, aber ganz in der Nähe. Und sie helfen den Schwestern bei allen möglichen praktischen Erledigungen. In der Tat war einer der Laienbrüder Möbelpakker, bevor er in St. Basil's eintrat.«

»Wie seltsam«, meinte Leonora. Es war gewiß eine praktische Lösung, aber sie hoffte doch sehr, daß die Laienbrüder und ihr Lastwagen nicht allzu großes Aufsehen auf der Straße erregen und die ganze Aktion lächerlich machen oder auf irgendeine Weise ihre Würde beleidigen würden.

Als der Umzugstag anbrach, war Leonora natürlich Frau genug, um im Schatten ihrer Vorhänge Ausguck zu halten. Einer der Laienbrüder war auffallend gutaussehend, wirklich, so eine Verschwendung, mußte man doch denken, während der andere, vielleicht derjenige, der in seinem weltlichen Leben der Möbelpacker gewesen war, klein und untersetzt war. Leonora sah zu, wie Miss Foxes Sachen zum Lastwagen hinuntergetragen wurden, wobei sie besonders auf die chinesischen Vasen achtete, auf die Humphrey so erpicht gewesen war. Als alles aufgeladen war, trat Leonora in die Diele hinaus, um sich zu verabschieden. Sie konnte es sich jetzt leisten, freundlich zu sein, und zeigte sich von ihrer bezauberndsten Seite, als sie Miss Foxe alles, alles Gute für ihr neues Leben wünschte. Es war vielleicht ein bißchen bedauerlich, daß Miss Foxe im Lastwagen mit den Brüdern mitfahren mußte, und die drei sahen in ihrem Führerhäuschen, Miss Foxe in der Mitte, etwas seltsam aus. Aber nun war sie fort, das war die Hauptsache. Das Haus würde jetzt sehr anders sein.

Leonora konnte nicht widerstehen, sie mußte schnell hinauf in die leere Wohnung und sich James Sachen darin vorstellen, denn jetzt konnte sie es sich ja ruhig eingestehen, daß es ihre Absicht war, ihn unter ihrem Dach wohnen zu haben. Die Umstände, die sie zu diesem Entschluß geführt hatten, und die Besorgnis, ja der Kummer fast, war durch die Angelegenheit von Miss Foxes Umzug erst einmal in den Hintergrund geraten. Nun fing sie an zu überdenken, was Humphrey gesagt hatte, und sich zu fragen, wie ernst sie das nehmen sollte und was sie tun könne. Nach Humphreys Beschreibung des Mädchens klang das alles ja ziemlich schäbig und seiner nicht würdig, nach einer Liaison, deren sich James schämte und die ihm herzlich wenig bedeutete. Denn nichts konnte doch *ihre* Beziehung, ihre seltene und wunderbare Freundschaft, berühren, dessen war sich Leonora sicher. Trotzdem war sie neugierig in bezug auf das Mädchen. Sie hatte gewußt, daß James ein paar seiner Möbel jemand Befreundetem auf dem Land leihen wollte, hatte sich aber damals nichts dabei gedacht. Konnte das dieses Mädchen sein, Phoebe Sharpe? Das würde sich leicht herausfinden lassen, wenn sie veranlaßte, daß James' Möbel in die leere Wohnung gebracht wurden. Schließlich würde es ja die Lagerkosten sparen, wenn sie seine Sachen in ihrem Haus einstellte, und er konnte ja immer noch alles nach seinem Geschmack fertig einrichten, wenn er zurückkam.

Der Vorarbeiter vom Depot war äußerst hilfsbereit – Leonora hatte ihn schon früher als »reizenden kleinen Mann« eingestuft – und konnte ihr die Adresse der jungen Dame geben, die sich die Möbel aufs Land hatte schicken lassen. Und natürlich war der Name Miss Sharpe.

Nun stellte sich die Frage, was als nächstes zu tun war. Sollte sie schreiben und sich ankündigen oder unerwartet hereinschneien – auf dem Land waren die Leute ja immer zu Hause – und so selbst den Ort von James' Verbrechen, wenn man es so nennen durfte, in Augenschein nehmen? Leonora hatte freilich kein Auto und wollte in diesem Fall auch nicht Humphreys Hilfe in Anspruch nehmen; sie wollte allein fahren, ganz anonym mit dem Zug oder Bus kommen. Eine Reise mit dem Green-Line-Bus hatte etwas vergnüglich Abenteuerliches, und durch glücklichen Zufall fuhr offenbar einer durch das Dorf. Wenn sie einmal dort war, dürfte es leicht sein, das Vine Cottage ausfindig zu machen.

Leonora war die einzige Person, die in dem Dorf aus dem Bus ausstieg. Es war mitten am Nachmittag, heiß und sonnig, und der Ort war verlassen, als wäre man in Italien oder Spanien und die Einwohner hielten Siesta. Sie konnte niemanden sehen, um nach dem Weg zu fragen, und ging daher langsam die breite Hauptstraße hinunter, bis sie zu der Kirche kam. Dann sah sie etwas wie ein Cottage durch die Bäume lugen, hielt darauf zu und kam zu einem Gartentürchen mit dem Namen Vine Cottage auf einer verblichenen Holztafel.

Das war es also. Durch Leonoras Augen gesehen, wirkte es schäbig, fast ärmlich, sie selbst hätte in einem solchen Haus nicht wohnen wollen. Und doch erschienen der schattige Vorgarten und die kleinen rosenumrankten Fenster als ideale Szenerie für eine Liebesaffäre, und sie stellte fest, daß sie zitterte und, mit einer Hand auf der Gartentür, stehenbleiben mußte, um sich zu überlegen, was sie als nächstes tun sollte. Sie würde sich vorstellen und sagen, sie sei die Freundin von James, die seine Möbel gepackt habe, und er komme jetzt bald zurück und brauche sie. Danach würde sie ja sehen, wie die Dinge liefen.

An der Haustür gab es einen angelaufenen Messingtürklopfer in Form eines Delphins. Wie schade, daß Miss Sharpe ihn nicht putzte, dachte Leonora, als sie ihn anhob und klopfte. Und bestimmt hätte man doch auch etwas für den Vorgarten tun können? Vermutlich wuchs der Wein hinten am Haus, denn hier war nichts davon zu sehen. »Ich bin Leonora Eyre«, sagte sie zu sich selbst, als sie wartete, und die Feststellung gab ihr Mut und ein Gefühl der Sicherheit. Nach einer Weile klopfte sie noch einmal, aber wieder kam keine Antwort. Sie drückte gegen die Tür, und sie ging auf. Wie sorglos die Leute auf dem Land waren, dachte sie, als sie bemerkte, daß auch alle Fenster offenstanden; es schien, als fürchtete man hier keine Einbrecher oder störenden Besucher.

Sie befand sich in einem kleinen niedrigen Raum, der nach dem starken Sonnenschein draußen dunkel und kühl wirkte und äußerst unordentlich.

»Ist jemand da?« rief sie zur Sicherheit, denn Miss Sharpe konnte ja im oberen Stock sein oder hinter dem Haus draußen. Aber es kam keine Antwort. Leonora setzte sich, denn sie war sehr müde. Vielleicht hatte sie sogar gehofft, daß ihr Tee angeboten würde, obwohl das in Anbetracht der Umstände ihres Besuchs wohl unwahrscheinlich war. Auch ließ der allgemeine Eindruck, den das Zimmer machte, schwerlich eine so konventionelle Vorstellung zu. Der größte Teil des Raums wurde durch einen runden Tisch eingenommen, darauf türmten sich eine Schreibmaschine, Stapel von Büchern, Papieren und Briefen, ein Berg schlechtgetrockneten Abwaschs und die Reste einer Mahlzeit – ein Brotlaib, Käse, Butter und ein mit einer bräunlichen Flüssigkeit halb gefüllter Henkelbecher. Inmitten von alldem lag eine zusammengerollte weiß-grau getigerte Katze und schlief. An einer Wand stand ein Sofa mit leuchtend bunten Kissen, Grammophonplatten und weiteren Bücherstapeln darauf. Es war schwer, eigentlich unmöglich, sich James in einem solchen Rahmen vorzustellen, und Leonora fing an, noch einmal durchzugehen, was – außer den Möbeln, von denen nichts zu sehen war – für die Annahme sprach, daß zwischen James und Phoebe Sharpe etwas war. Sicher, Phoebe war in Humphreys Laden gewesen und hatte von James als ihrem Freund gesprochen, aber vielleicht hatte Humphrey daraus einen falschen Schluß gezogen. Sie beschloß, sich ihre Meinung erst zu bilden, wenn sie das Mädchen gesehen haben würde.

Leonora stand auf und sah sich um. Ihr Blick blieb an einer aus einer Weinflasche gebastelten Lampe hängen, und sie lächelte bei der Erinnerung, daß auch James so eine gehabt hatte, bis sie ihn liebevoll aufgezogen und überredet hatte, sie wegzutun. Es waren keine Bilder oder Gegenstände da, die auf Phoebe Sharpes Geschmack schließen ließen, außer vielleicht den Büchern. Leonora schlug eines davon auf – es war Lyrik, aber ohne ihre Brille wurde sie nicht schlau daraus. Es steckte ein Lesezeichen darin, ein in James' unverwechselbarer, ausladender Handschrift adressierter Umschlag, um *diese* wiederzuerkennen, brauchte sie ihre Brille nicht. Es war ein Schock, einen an jemand anderen gerichteten Brief von ihm zu sehen, und sie stand da und hielt ihn in der Hand und fragte sich, ob sie ihn öffnen sollte. Natürlich las man keine fremden Briefe, so jemand war sie nicht, aber unter diesen Umständen und in Anbetracht der engen Beziehung zwischen ihr und James, obwohl es gegen ihre bessere Natur ging, wäre es doch ...

Es klopfte leise an der Tür. Schnell steckte Leonora den Brief in das Buch zurück und nahm eine wartende Stellung ein, wobei ihr bewußt wurde, daß es wohl kaum Phoebe sein konnte, die an ihre eigene Tür klopfte.

»Oh ... ist Miss Sharpe nicht da?« Eine große blonde Frau ungefähr in Leonoras Alter trat ins Zimmer.

Leonora erhob sich, und die beiden Frauen standen sich gegenüber.

»Ich wollte sie auch besuchen, aber es scheint niemand da zu sein«, erklärte sie. »Ich bin Leonora Eyre.« Sie bediente sich der Formulierung, mit der sie sich für die Begegnung mit Phoebe Mut gemacht hatte.

»Und ich bin Rose Culver«, entgegnete die Frau, fast herausfordernd.

Leonora nahm die Herausforderung dadurch an, daß sie kühl die Kleider der Frau musterte – Baumwollkleid, nackte Beine und Stoffsandalen –, mußte man sich auf dem Land denn so anziehen? Trotzdem hatte Miss Culver auf ihre Art etwas Distinguiertes, und wenn es auch nur die Distinktion des typischen englischen älteren Fräuleins war.

»Ein Freund von mir hat Miss Sharpe ein paar Möbel geliehen«, erklärte sie, »und ich bin wegen der Rückgabe gekommen. Ich richte eine Wohnung für ihn ein, und er braucht die Sachen bald.«

»Und Sie sind diesen ganzen weiten Weg gekommen, um das mit ihr zu besprechen?« fragte Miss Culver, als fände sie das merkwürdig. »Wäre es nicht besser gewesen, vorher zu schreiben oder anzurufen?«

Leonora war es nicht gewohnt, daß ihre Handlungen in Frage gestellt oder kritisiert wurden, und wollte schon etwas Scharfes erwidern, als Miss Culver, deutlich freundlicher werdend, eine Bemerkung über den heißen Nachmittag machte und Leonora zum Tee in ihr eigenes Cottage einlud.

»Das ist sehr freundlich ...«, Leonora zögerte. »Glauben Sie, Miss Sharpe kommt heute nachmittag noch zurück!«

»Sie ist vermutlich für den Tag nach London gefahren. Möchten Sie ihr eine Nachricht hinterlassen?«

»Nein, ich denke, ich schreibe ihr von zu Hause aus.« Die Dinge waren nicht gerade so gelaufen, wie Leonora erwartet hatte, und der nächste Schritt war noch unklar. Leonora konnte sich natürlich nicht Miss Culver anvertrauen, aber sie brauchte dringend eine Tasse Tee und ließ sich daher willig in das Nachbarcottage führen, zeigen, wo sie sich »die Hände waschen konnte«, ein besticktes Gästehandtuch aushändigen und dann in einem reizenden kleinen Garten in einen Liegestuhl mit Sonnendach und Fußstütze plazieren. Sie wurde sogar gefragt, ob sie lieber Earl Grey oder Darjeeling wollte.

Leonora lehnte sich zurück und schloß die Augen. Das Landleben war fraglos in gewisser Hinsicht äußerst angenehm, und Miss Culver schien eine nette Frau zu sein.

Vielleicht war es am Ende doch ganz gut, daß Phoebe Sharpe nicht dagewesen war. Es war viel würdevoller, überhaupt auf ihre Bekanntschaft zu verzichten, und nachdem sie den Zustand dieses Zimmers gesehen hatte, fand Leonora, daß ihr das auch nicht schwerfiel.

Miss Culver schenkte den Tee ein und reichte dazu hauchdünn geschnittenes Schwarzbrot mit Butter.

»Köstlich«, murmelte Leonora, »Sie sind so freundlich.« Nach ihrer zweiten Tasse erkundigte sie sich versuchsweise, ob Miss Culver je James begegnet war.

»Ach, es sind einige junge Leute, die Phoebe Sharpe besuchen kommen«, sagte Miss Culver unbestimmt. »Ich kann nicht sagen, daß ich jemanden davon mit Namen kenne.«

Leonora fand das ermutigend und wurde sich eines Gefühls der Erleichterung bewußt; vielleicht war James ja nur einer von vielen. »Er ist ein sehr guter Freund von mir«, erklärte sie, »wir stehen einander sehr nahe.«

»Das Seltsame mit Männern ist, daß man nie weiß«, sagte Miss Culver. »Gerade wenn man meint, man stünde einander nahe, machen sie sich plötzlich davon.«

Leonora war baff und fragte sich, ob sie richtig gehört hatte. Einen Augenblick lang sahen sich die beiden alternden unverheirateten Frauen an, als wollten sie einander fragen: »Was kannst denn *du* von einer nahen Beziehung zu einem Mann wissen?« Doch es war nur eine vorübergehende Verlegenheit. Leonora erholte sich rasch und entschied, daß Miss Culver offenbar eine dieser exzentrischen Frauen war, die alleine leben und sich nicht immer bewußt sind, was sie sagen.

»Was für ein entzückendes Kräutergärtchen«, bemerkte sie. »Ich habe noch nie so prächtige Petersilie gesehen.«

»Ja, die scheint hier zu gedeihen – möchten Sie welche mitnehmen?«

»Danke, gerne. Und ich glaube, ich sollte jetzt vielleicht zu meinem Bus.«

»Ach ja, Sie wollen sicher den Vieruhrvierundvierziger nehmen – er wird mitten in der Woche ja nicht voll sein, aber ich gehe selbst immer gerne beizeiten. Ich komme mit und zeige Ihnen, wo die Haltestelle ist.«

Wie völlig uninteressant und normal Miss Culver jetzt erschien, als sie zusammen losgingen, wobei Leonora ihren Strauß Petersilie mit solcher Eleganz trug, daß er wie ein exotisches Accessoire zu ihrer Aufmachung wirkte. Im Bus grübelte sie ein bißchen über diese unerwartete Bemerkung nach, daß Männer »sich davonmachen«, gerade, wenn man meint, man stünde ihnen nahe. Sie gab es ja nicht gerne zu, aber sie war manchmal ein bißchen unruhig, wenn James außer Sichtweite war, und diese Sache mit Phoebe Sharpe – ob nun viel oder wenig daran sein mochte – zeigte, daß ihre Besorgnis berechtigt war. Natürlich dachte man nicht an James als an ein Exemplar der Kategorie »Männer« oder sah ihn an wie andere, gewöhnliche Menschen. Es war ja nicht so, als könnte man James *heiraten,* zum Beispiel, obwohl es amüsant war, ein bißchen mit der Vorstellung zu spielen. »Im engsten Familienkreis in London«, las man manchmal, vielleicht sogar »im allerengsten Familienkreis«. Gab es schließlich im Leben – und in der Literatur – nicht durchaus Präzedenzfälle für so eine Heirat? Dann fiel ihr Humphrey ein, wie er an dem Abend über ihr gedräut hatte, aber natürlich würde der liebe James doch *so* etwas nicht erwarten ...

Als sie nach Hause kam, schrieb sie wegen der Möbel ein Briefchen an Phoebe; sie erklärte, daß sie jetzt gebraucht würden, und schlug eine Zeit vor, wann sie abgeholt werden könnten, ein paar kühle, aber höfliche Zeilen, die zweifellos die gewünschte Wirkung tun würden.

15

Drei Tage später war Leonora in einem Antiquitätengeschäft der Churchstreet in Kensington und unterzog ein Paar Porzellanvasen einer eingehenden Prüfung.

»Sie sind ganz tadellos, Madam«, sagte die Verkäuferin kühl. »Sie werden keinen Makel finden, das kann ich Ihnen versichern.«

»Das mag sein«, erwiderte Leonora ebenso kühl, »aber man möchte das gerne selbst feststellen.« Sie hatten ja an dem Abend, als sie und James an dem Geschäft vorübergekommen waren und er sie so bewundert hatte, tatsächlich vollkommen ausgesehen, aber Humphrey hatte ihr eingeschärft, wie wichtig es war, sicherzugehen. »Was verlangen Sie dafür?« erkundigte sie sich, und ihre Stimme wurde noch einen Grad kühler.

Die Frau nannte, sehr deutlich und kühl, einen Preis.

Leonora wiederholte ihn in fragendem Ton, als könne sie kaum glauben, was sie gerade gehört hatte.

»Das *ist* der Preis, Madam.«

Die Temperatur in dem kleinen Raum fiel auf Null, obwohl draußen ein warmer Septembernachmittag war. Eisiges Schweigen lag zwischen den beiden Frauen.

»Nun gut, ich nehme sie.« Man feilschte natürlich nicht, sagte sich Leonora, und der schwache Zweifel, den sie hegte, betraf nicht die Frage, ob diese wunderschönen Vasen zu teuer waren, sondern ob es klug war, *so* viel Geld für James' Geburtstagsgeschenk auszugeben. Aber es war ja nicht so, daß sie ihr selbst nicht auch gefielen; sie waren erlesen, und da James nun in ihrem Haus leben würde, wären sie gewissermaßen ja auch ihre. Sie setzte sich an einen kleinen Tisch, der auf seine bescheidene Weise ebenso erlesen war, und schrieb den Scheck aus.

Die Frau stand, jetzt fast lächelnd, neben ihr. »Können wir sie Ihnen irgendwo hinschicken, Madam?« fragte sie.

»Danke schön, nein.« Auch Leonora lächelte jetzt fast. »Ich habe draußen ein Taxi warten, wenn Sie sie also irgendwie einpacken könnten ...«

»Mit Vergnügen, Madam.«

Leonora zog ihre langen, lilafarbenen Handschuhe an, während die Frau sich mit Hobelspänen, Seidenpapier und einer großen Schachtel zu schaffen machte. Als sie fertig war, kam sie mit zum Taxi hinaus und reichte das Paket hinein.

»Wie schön verpackt, vielen, vielen Dank.« Leonora strahlte jetzt fast. Irgendwoher, aus vergrabenen Schichten ihrer Erinnerung, war ihr ein lächerlicher Spruch oder ein Motto eingefallen, so ein Satz, wie man ihn manchmal in Brandmalerei sah oder vielmehr gesehen hatte – etwa daß wir nur einmal auf dieser Welt sind und uns daher bemühen sollten, freundlich zu unserem Nächsten zu sein, was eigentlich absurd war, da sie ja durchaus einmal wieder in den Laden kommen konnte. Warum hatte die Frau sie so überflüssigerweise nach jedem Satz »Madam« genannt, fragte sich Leonora, wo sie doch offensichtlich auf der gleichen gesellschaftlichen Stufe standen? Vielleicht gerade deswegen. Wirkt man denn so kalt, stolz und hochmütig, wunderte sie sich, auch wenn man das alles gar nicht ist?

»Viel länger hätte ich hier nicht mehr stehen können, Miss«, sagte der Taxifahrer verdrießlich, aber in sicherer Erwartung eines guten Trinkgeldes.

»Nein, ich weiß«, beschwichtigte ihn Leonora eifrig, »es war sehr nett von Ihnen.« Sie lehnte sich mit einem Seufzer der Erleichterung zurück und drückte das kostbare Paket an ihr Herz.

Als sie nach Hause kam, lag Post in der Diele. Eine Karte von James aus Lissabon – Terreiro do Paco – mit liebevollen Grüßen und in der Vorfreude auf baldiges Wiedersehen, und ein Brief in einem billigen braunen Umschlag, in einer kleinen, spitzigen Handschrift adressiert und mit schief die eine Seite heruntergepappten Marken. Kein Brief, wie man ihn zu bekommen gewöhnt war, dachte Leonora, neugierig, von wem er wohl sein konnte.

»Sehr geehrte Miss Eyre«, las sie, »ich habe Ihren Brief bezüglich James' Möbel erhalten, und es paßt mir durchaus *nicht,* daß sie am Montag noch sonst irgendwann abgeholt werden. Ich habe nicht die Absicht, die Sachen herzugeben, bevor James mich darum bittet. Hochachtungsvoll, P.J. Sharpe.«

Es dauerte ein paar Sekunden, bis Leonora begriff, daß das anonyme, ja, männlich klingende »P.J. Sharpe« das Mädchen Phoebe Sharpe war, aber die Botschaft bezüglich der Möbel war freilich deutlich genug. Wie bestürzend und ärgerlich das alles war! Und was sollte sie jetzt machen, wo James' restliche Einrichtung schon aus dem Depot herausgebracht und in der Wohnung oben aufgestellt worden war? Es war zu dumm und verdarb ihr fast die Freude, die ihr der Erwerb der Vasen gemacht hatte. Vielleicht hatte Humphrey einen Vorschlag. Es war halb vier; Leonora beschloß, ihn zum Tee zu sich zu bitten.

Humphrey war gerade dabei, einer anstrengenden Jüdin aus Brondesbury ein Paar Staffordshire-Figuren zu verkaufen, als Miss Caton mit einem »dringenden Anruf von Miss Eyre« im Hintergrund des Ladens auftauchte. Humphrey entschuldigte sich und ging ans Telephon, doch in den zwei Minuten, die er weg war, hatte die potentielle Käuferin ihre Meinung geändert, der Amerikanerin, die sich nur hatte »etwas umsehen wollen«, war plötzlich eingefallen, daß sie in zwanzig Minuten mit ihrem Mann im Hilton verabredet war und jetzt nicht entscheiden konnte, ob sie die Bronze, die den von Hunden gehetzten Aktaion darstellte, wirklich wollte.

Nicht daß man es wirklich *nötig* hatte, etwas zu verkaufen, sagte sich Humphrey, als er in seinen Wagen stieg, und die arme Leonora hatte sich in der Tat bekümmert angehört. Aber es kam ihm doch sehr wie ein Sturm im Wasserglas vor oder wie sonst der Ausdruck war, dieses ganze Getue um James' lächerliche paar Möbel. Er konnte ihm ja ein paar von den weniger erlesenen Stücken aus dem Laden leihen, wenn nötig – aber wenn Leonora unglücklich war, mußte eben etwas getan werden.

»Aber Liebste, das ist doch ungeheuerlich, daß du dir wegen James' Siebensachen solche Sorgen machst«, wetterte er, als sie in Leonoras kleinem Patio beim Tee saßen.

»Ich wollte doch nur alles schön für ihn haben, wenn er zurückkommt«, stammelte Leonora den Tränen nahe.

»Das weiß ich ja, mein Herz«, sagte Humphrey, so besänftigend, wie er nur konnte, »und das sollst du auch. Wir fahren jetzt dahin und holen das Zeug hierher.«

»Jetzt?«

»Warum nicht? Es ist erst Viertel nach vier – um sechs können wir dort sein.«

»Aber das ist so plötzlich – ich glaube nicht, daß ich das nach diesem Tag heute auf mich nehmen kann.«

»Du brauchst doch gar nichts zu tun – du kannst im Wagen sitzenbleiben und warten, *ich* werde hineingehen und die Sachen holen.«

»Also gut, dann mache ich mich fertig.« Leonora ging in ihr Schlafzimmer und zog einen mauvefarbenen Tweedmantel an; ein anmutig um den Kopf geschlungener schwarzer Chiffonschal und eine dunkle Brille vervollständigten ihre Aufmachung. In letzter Minute steckte sie noch schnell ein Fläschchen Riechsalz in ihre

Handtasche – man wußte ja nie, es könnte doch zu Unannehmlichkeiten kommen.

Humphrey machte in der Zwischenzeit hinten in seinem Kombiwagen Platz und räumte einen zerbrochenen Bilderrahmen und einen Marmorkopf, ein paar alte Zeitungen *(The Times)*, einen Schirm und den restlichen Kram, der auf sein Gewerbe schließen ließ, aus. Je schneller diese Angelegenheit erledigt wurde, desto besser, dachte er. Die Möbel mußten jetzt von diesem Mädchen weg und in Leonoras Haus kommen, und dann konnte man den Dingen ihren Lauf lassen. Er war etwas bestürzt gewesen über Leonoras plötzliche und in seinen Augen übereilte Aktion, James Einrichtung in ihr Haus bringen zu lassen. Und war es wirklich klug, jetzt zu fahren und sich die Sachen zu schnappen, die James seiner Geliebten geliehen hatte – denn als solche betrachtete Humphrey Phoebe nun –, ohne sich vorher geziemlich angemeldet zu haben? Hinter diesen Überlegungen jedoch regte sich etwas wie eine Hoffnung – auch wenn er wußte, sie war seiner unwürdig –, daß Leonora dieses Mal zu weit gegangen sein dürfte. Und wenn James sich empörte und sie verließ, was würde sie dann tun? Was *konnte* sie dann tun, was würde ihr anderes übrigbleiben, als von dem Neffen zu dem so viel passenderen Onkel überzuwechseln?

Es mußte irgend etwas an der Atmosphäre des Vine Cottage sein, das die Leute dazu brachte, ihre Identität zu statuieren, so daß kein Zweifel daran bestehen konnte, wer sie waren. Wie Leonora und Miss Culver einander vorgestellt hatten, so stand jetzt auch Humphrey, obwohl sie sich doch bereits im Laden kennengelernt hatten, vor Phoebe und verkündete: »Ich bin James' Onkel.«

»Oh...« Ihr bestürztes Gesicht zeigte, daß sie

schlechte Nachrichten fürchtete. James war etwas zugestoßen – er war tot, bei einem Autounfall oder Flugzeugabsturz umgekommen. Sie wartete voller Angst.

»Ich habe mich gefragt, ob ich die paar kleinen Möbelstücke, die er Ihnen geliehen hat, mitnehmen kann.«

James war also nicht tot; nicht einmal ihr Stolz war jetzt noch zu retten.

»Oh, nehmen Sie sie«, sagte sie grob. »Hat Miss Eyre Sie hergeschickt?«

»Ich habe angeboten, sie zu holen«, antwortete Humphrey kühler. »Ich bin James' Onkel«, wiederholte er, als wäre es eine Zauberformel, »wenn Sie mir jetzt freundlicherweise zeigen würden ...«

»Es ist dieser Sessel da und oben ein kleiner Tisch.«

Er folgte ihr nach oben, verlegen, als er offensichtlich ihr Schlafzimmer betreten mußte. Mit einer ärgerlichen Geste wischte sie einen Bücherstapel von der Tischplatte. »Das ist der Tisch«, sagte sie, »und dann sind da noch ein, zwei andere Sachen ...« Humphrey packte den Tisch. Er war nicht schwer, aber umständlich die enge Treppe hinunterzutragen. Phoebe machte keinen Versuch, ihm zu helfen, sondern stand unter der Tür und sah zu der Frau im Auto hinüber. Sie wußte sofort, daß es Leonora Eyre war – diese kühle elegante Gestalt in Mauve, das Haar von schwarzem Chiffon verhüllt. Ihre Augen waren hinter einer dunklen Brille verborgen, aber es waren ein Stück blasser Wange und ein wohlgeformter Mund zu erkennen. Das war gewiß nicht die gemütliche, grauhaarige, mütterliche Frau, die sie sich zuerst als mit dem Einpacken von James' Sachen beschäftigt vorgestellt hatte, und auch nicht einmal die tantenähnliche Person, die sie nach Miss Catons Beschreibung erwartet hatte. Leonora zu sehen – es war ja nicht eigentlich ein Kennenlernen – erschloß Phoebe eine neue Dimension in James' Leben. Eine romantische Neigung zu einer älteren Frau; das erklärte eine Menge. In ihrer Verachtung klassifizierte sie Leonora als Mutterfigur, als Ersatz für die verlorene – was die junge Frau auf der Photographie geworden wäre, wenn sie gelebt hätte. Sie ertappte sich bei der Frage, ob James und Leonora je miteinander schliefen, aber die Vorstellung war zu abstoßend, um in Betracht gezogen zu werden. Zweifellos würde die Marmorwange zu einem Kuß hingereicht werden, und das genügte James ja vielleicht.

Der Wagen fuhr davon. Humphrey deutete ein besänftigendes Winken in Phoebes Richtung an – das Mädchen tat ihm leid –, aber Leonora blieb reglos mit abgewandtem Kopf sitzen. Natürlich hatte sie schnell einen verstohlenen Blick auf Phoebe geworfen – keine Frau hätte dem widerstanden –, aber in ihrem Augenblick des Triumphs wollte sie lieber nicht das Mädchen ansehen, das sie jetzt als ihre besiegte Rivalin betrachtete.

16

»Aber Jimmie, ist das klug?« Besorgnis schien das Mükkenartige an Neds Stimme noch zu intensivieren, so daß, kombiniert mit dem Geräusch des Flugzeugs, James wirklich das Gefühl hatte, es summe ein großes Insekt um seinen Kopf herum.

»Es geht nicht darum, ob es klug ist«, sagte er ziemlich barsch. Klugheit war sowieso die letzte Eigenschaft, die man mit Ned in Verbindung bringen würde. »Es ist einfach eine praktische Lösung, bis ich eine neue Wohnung finde. Schließlich muß ich solange ja irgendwo wohnen.«

»Aber bei Leonora, und in demselben Haus ... Jimmie, du mußt ihr gegenüber festbleiben und dich nicht herumkommandieren lassen. Glaube mir, es könnte sehr schwer werden, wieder wegzukommen. Bei deiner sanften Natur fühlst du vielleicht am Ende ihr gegenüber eine Verpflichtung, und was dann?«

James antwortete nicht, sondern wandte den Kopf ab, um aus dem Fenster zu sehen. Sie flogen durch eine Daunendecke aus grauen Wolken hinunter in einen nassen englischen Herbsttag.

Neds Feunde aus Oxford holten ihn mit ihrem Wagen am Londoner Flughafen ab, und so machte James die kalte, regnerische Busreise zur Cromwell Road allein mit seinen Gedanken. Er hatte im Flugzeug eine Stange zollfreier Zigaretten für Phoebe gekauft und beabsichtigte, sie ihr bei der ersten Gelegenheit zu geben. Es war kein sehr persönliches Geschenk, wurde ihm bewußt – vielleicht hätte er ihr ein Paar Filigranohrringe oder eine portugiesische Kachel mitbringen sollen –, aber jetzt war es zu spät, sich darüber Gedanken zu machen. Die sonnenlose Fahrt durch die kaputte Landschaft machte ihn zutiefst melancholisch, wie übrigens auch rückkehrende Reisende mit weniger komplizierten Lebensumständen. Ned, Leonora, Phoebe ... die Namen kamen ihm in dieser Reihenfolge ..., wie sollte er sie alle unterbringen? Wollte er das überhaupt? Phoebe hatte er ja eigentlich schon mehr oder weniger aufgegeben, und wenn er sich nicht mit ihr in Verbindung setzte, um ihr die Zigaretten zu geben, verschwand sie vielleicht einfach von der Bildfläche wie schon andere Mädchen vor ihr. Aber konnte er ohne Leonora auskommen?

Als er aus dem Bus stieg, sah er, daß Leonora da war, um ihn abzuholen. Sie trug einen wie der Flügel eines schönen Käfers schillernden Regenmantel. Während er sie einen Augenblick lang beobachtete, ohne daß sie es merkte, sah ihr Gesicht besorgt aus, fast alt, und er empfand wie einen plötzlichen Schmerz Liebe und Mitleid für sie.

»James!« Sie hatte ihn gesehen und strahlte. Es war schmeichelhaft und verwirrend, zu denken, daß sein Anblick eine solche Verwandlung bewirken konnte. »Ich habe draußen einen Wagen warten, so sind wir gleich daheim.«

Nicht einmal ein gewöhnliches Taxi, sondern einen extra um ihn abzuholen gemieteten Wagen.

Daheim, dachte er und stellte sich seine alte Wohnung mit allen seinen Sachen darin vor. Aber daheim war jetzt die Wohnung im Obergeschoß von Leonoras Haus, wo Miss Foxe gewohnt hatte, in deren Räumen er nie gewesen war. Zweifellos war es nicht »klug« gewesen, aber was hätte er tun sollen, um das aufzuhalten? Und schließlich war es, wie er Ned ja gesagt hatte, nur eine vorübergehende Maßnahme.

»Du wirst sehen, es muß noch renoviert werden«, warnte ihn Leonora, als sie hinaufgingen, »aber ich habe es natürlich dir überlassen, selbst auszusuchen, was du möchtest.«

»Es ist hübsch«, sagte James lahm.

Es war jedenfalls besser, als er es sich gedacht hatte, und ins Wohnzimmer hatte Leonora eines ihrer wunderbaren Blumenarrangements, Chrysanthemen und Herbstmargeriten, gestellt.

»Ach, es ist so herrlich, dich wiederzuhaben!« Leonora trat impulsiv auf ihn zu und schlang ihre Arme um ihn. James erwiderte die Umarmung, und eine kleine Weile lang standen sie in ihrer gegenseitigen Freude, wieder vereint zu sein, eng umschlungen. Dann ging James umher, und sein Blick fiel auf das Fenster mit seiner Aussicht auf Bäume und Dachgiebel.

»Ach, das ist ja vergittert«, sagte er.

»Ja, Liebster – ich nehme an, es muß einmal das Kinderzimmer gewesen sein. Die Gitterstäbe sind mir bis jetzt nicht aufgefallen, obwohl sie ja mit der armen Miss Foxe hier oben dringend nötig waren – man konnte ja nie wissen, was sie anstellen würde. Ich kann sie aber entfernen lassen, wenn du dich eingesperrt fühlst«, neckte sie ihn.

James lachte ein wenig unsicher.

»Du bist hier völlig unabhängig, weißt du«, fuhr Leonora fort. »Morgen kommt der Mann, der das Telephon anschließt, so daß wir nicht einmal gegenseitig beim Telephonieren mithören können.«

»Ich nehme an, ich bekomme einen Mietvertrag«, sagte James halb im Spaß.

»Ach, ich denke, wir machen einen unpersönlichen Dauerauftrag bei der Bank oder so etwas – meinst du nicht? Es wäre sonst so peinlich – der Gedanke, Geld von dir zu nehmen, ist mir sowieso unangenehm. Ich habe

Humphrey gefragt, was er meint, wie hoch die Miete sein sollte. Miss Foxe war natürlich als Mieterin durch Preisbindung geschützt.«

»Während ich dagegen ein freier Mieter bin?«

»Völlig, mein Schatz.«

Sie gingen ins Schlafzimmer.

»Noch mehr Blumen«, sagte James, »du hast dich aber wirklich angestrengt.«

»Ja, ich dachte, einfach eine unauffällige Vase mit späten Rosen neben das Bett.«

War eine Andeutung von Ironie in Leonoras Ton? James grübelte beklommen über die mögliche Bedeutung der Rosen nach, denn Leonora hatte ja nichts von Phoebes Direktheit. Dann sah er den Tisch neben dem Bett.

»Aber das ist das Tischchen, das ich jemandem geliehen habe!« rief er aus. »Oder ich dachte, ich hätte es ausgeliehen.«

»Das hattest du auch – aber es ist wieder da«, sagte Leonora in ganz ruhigem, amüsiertem Ton.

»Oh, aber ich meinte doch nicht...« Was *hatte* er eigentlich gemeint?

»Ich dachte, du solltest es haben, daher sind Humphrey und ich hin und haben es geholt.«

James setzte sich geschlagen auf das Bett nieder.

»Oh, schau doch nicht so drein, Liebster. Es war nichts von Belang – verstehst du das denn nicht?«

James senkte den Kopf angesichts des Horrors von Leonoras unausgesprochener Vergebung. Er konnte es nicht über sich bringen zu fragen, ob sie und Phoebe sich tatsächlich begegnet waren, bei dem bloßen Gedanken daran wurde ihm schwindlig.

»Ich dachte an eine kalte Mahlzeit, aber dann habe ich eine meiner Suppen gemacht«, sagte Leonora jetzt, »nur weil es dein erster Abend zurück in London ist. Danach sollen wir zu Kaffee und Drinks bei Humphrey vorbeischauen. Aber laß mich dir erst noch deine eigene kleine Küche zeigen, wo du dir alle diese köstlichen Robert-Fertigmahlzeiten kochen kannst.«

Am nächsten Tag war James wieder zurück im Laden. Alles wirkte beruhigend, aber auch deprimierend unverändert. Die Auktionshäuser hatten nach der Sommerpause noch nicht wieder geöffnet, und das einzig Aufregende war die Erwartung möglicher Kunden unter den Leuten, die an dem Geschäft vorüberkamen und vor dem Schaufenster stehenblieben.

James war an diesem Morgen ganz leise aus seiner Wohnung hinuntergeschlichen, um Leonora nicht zu stören, aber es war nichts von ihr zu sehen gewesen. Ihm war der unwürdige Gedanke gekommen, daß sie sich vielleicht am frühen Morgen nicht gern zeigte. Nur ein junges Mädchen konnte sich im Morgenrock, mit zerzaustem Haar und verschlafenen Augen vorteilhaft präsentieren. Aber Phoebe hatte immer gleich ausgesehen, ausgenommen die paar Male, als sie nach London gekommen war und ihre ziemlich rührenden Versuche gemacht hatte, sich gut anzuziehen.

»Da ist ein Paket für Sie gekommen«, sagte Miss Caton munter.

Sie hatte ihre Sommerferien spät genommen, und ihre ledrige, sonnenverbrannte Haut war immer noch von einem unkleidsamen Ziegelrot. Jetzt, als sie den Instantkaffee zum zweiten Frühstück brachte, nach wie vor in den schändlichen dicken weißen Tassen, leuchtete ihr die Lust aus den Augen, James haarklein alles darüber zu berichten.

Aber er war zerstreut und unaufmerksam, er dachte daran, daß er am nächsten Tag Geburtstag hatte und das Paket wohl von Phoebe sein mußte.

Es war ein Buch – eine Anthologie moderner Lyrik – von wem sonst konnte es also sein? Es lag keine Karte oder Botschaft bei, die auf den Absender schließen ließ. James wagte nicht, die Seiten aufzuschlagen, aus Angst, auf etwas Peinliches zu stoßen.

»Oh, ein Buch?« fragte Miss Caton. »Ach, Gedichte.« Ihr Ton klang enttäuscht. »Mr. Boyce hat gesagt, er kommt heute nicht. Es ist ja noch nichts los in den Auktionshäusern. Es war eine amerikanische Dame da wegen dieser Bronze – sie kommt vielleicht wieder. Mr. Boyce hat gesagt, Sie können mit ihr verhandeln. Sie kann sich scheint's nicht entschließen.«

»Erzählen Sie mir doch von Ihren Ferien, Miss Caton«, forderte James sie auf. »Sagten Sie nicht, Sie haben eine Busreise gemacht? Das muß interessant gewesen sein. Wo waren Sie?«

Miss Caton holte tief Atem und fing an zu erzählen. James hörte nur mit halbem Ohr zu und machte gelegentlich eine höfliche Bemerkung, aber nach einer Weile hatte er doch fast etwas wie Vergnügen an ihrer weitschweifig detaillierten Schilderung des Flugs nach Paris, der Omnibusreise durch Frankreich und die Schweiz und der Ankunft am Lago Maggiore. Die Magenverstimmungen ihrer Freundin und ihre Abneigung gegenüber dem kontinentalen Katholizismus wurden James so lebendig vor Augen geführt, daß er schließlich richtig mitaufatmete, als man wieder zum guten schlichten englischen Essen und zur anglikanischen Kirche zurückgekehrt war.

Als der Abend herankam, fing James an sich auszumalen, wie er in die Wohnung in Leonoras Haus zurückkommen und sich in der kleinen Küche eine Mahlzeit kochen würde. Am nächsten Tag, seinem Geburtstag, war er natürlich bei ihr eingeladen, aber was würde er *jetzt* essen? Sollte er etwas einkaufen und nach Hause mitnehmen – sich ein Steak braten oder eine Gefrierpizza aufbacken? Es ging wohl schwerlich an, einen Curryreis zu kochen oder Zwiebeln oder Fisch zu braten, es war undenkbar, daß es solchen Gerüchen erlaubt sein sollte, Leonoras elegantes Treppenhaus hinunterzuwehen. Schließlich beschloß er, daß es das einfachste war, auswärts zu essen und dann ins Kino zu gehen und um elf ganz leise nach Hause zu kommen, um Leonora nicht zu stören, falls sie schon zu Bett gegangen war. Sollte er vielleicht an ihre Wohnzimmertür klopfen, um gute Nacht zu sagen? Es wäre nett, eine Tasse chinesischen Tee mit ihr zu trinken. Aber als er sich der Tür dann näherte, hörte er Gelächter und die witzige und grausame Stimme von Leonoras Freundin Liz, die gerade sagte: »Aber, Schatz, man wäre doch sicher nicht gerne *so jemandes* Mutter!«

Worüber und über wen nur sprachen sie wohl? fragte sich James. Doch nicht etwa über ihn? Er fühlte sich aus ihrer weiblichen Gemeinschaft ausgeschlossen und war auch ein bißchen ärgerlich darüber, daß Leonora sich so sehr für sich hielt.

Am nächsten Abend war es natürlich ganz anders. Während Leonora sich in der Küche zu schaffen machte, saß James an dem schmiedeeisernen Tisch in ihrem kleinen Patio und versuchte, einen Brief an Phoebe zu schreiben. Er mußte ihr für das anonyme Buch danken, ein Treffen vorschlagen, etwas tun, um sein schlechtes Gewissen zu erleichtern. Und dann war ja da noch diese Stange Zigaretten, die er ihr mitgebracht hatte. Müßig saß er da und starrte auf die Blumen, die bei Leonora tatsächlich länger blühten als bei allen anderen – Begonien, Dahlien und eine zweite Rosenblüte. Er fragte sich, ob die Trauben am Vine Cottage wohl schon reif waren oder ob sie zu der Sorte gehörten, die nie reiften.

Hinter ihm bewegte sich etwas, und dann stand Leonora mit einem Glas in der Hand neben ihm. Sie trug ein schwarzes Kleid aus einem plissierten Stoff, vermutlich Chiffon, und ihr frisch gemachtes Haar lag glatt an ihren Wangen; die Frisur war eigentlich zu jugendlich für sie, stand ihr aber in dem Abendlicht sehr gut.

»Fast schon zu dunkel, um noch etwas zu sehen«, sagte sie, »ich habe dir einen Drink mit Gin gemacht.«

James hatte automatisch seinen Arm über das Blatt Papier gelegt, das allerdings bis auf das Datum und die Anrede »Liebste Phoebe« noch jungfräulich war.

»Ein schwieriger Brief?« erkundigte sich Leonora in ihrem mitfühlendsten Ton.

Er seufzte. »Eigentlich ein unmöglicher.«

»Ja, manche Briefe scheinen das zu sein, nicht wahr? Und was für eine Schande, daß du an deinem Geburtstag Briefe schreiben sollst – würde das nicht auch noch morgen gehen?«

James murmelte etwas.

»Vielleicht ist der hier eigentlich gar nicht nötig«, fuhr Leonora fort. »Schweigen ist manchmal das beste, weißt du.«

»Ja, wahrscheinlich.« Für jetzt würde er es jedenfalls dabei belassen. Wenn Phoebe ihn liebte, würde sie das verstehen, und wenn nicht, was machte es dann? Er knüllte das Blatt zusammen und steckte es in die Tasche. Es war vielleicht besser, es nicht da herumliegen zu lassen.

»Können wir also jetzt mit den Geburtstagsfeierlichkeiten beginnen?«

»Ja, fangen wir an!« James stand auf, und sie gingen ins Haus hinein.

»Hier ist dein Geschenk – ich hoffe, es gefällt dir.«

Leonoras erwartungsvolle Aufregung sprang auf ihn über, als er die Verpackung aufmachte. Und dann standen sie da, die erlesenen Stücke aus dem Schaufenster, die er an dem Abend so bewundert hatte, als er mit Phoebe an dem Geschäft vorbeigegangen war und natürlich auch früher schon mit Leonora.

»Du bist viel zu gut zu mir – ich weiß einfach nicht, wie ich dir danken soll«, sagte er nach einer Pause.

»Gib mir einfach einen pflichtschuldigen Kuß«, antwortete Leonora leichthin.

Er beugte sich hinunter, um sie auf die Wange zu küssen, und seine Hände berührten ihr steif lackiertes Haar; das Gefühl versetzte ihm einen kleinen Schock, als wäre sie aus einer spröden, unwirklichen Substanz gemacht. »Liebling«, sagte er, »sie sind so schön. Ist Humphrey mit dir gegangen, um sie zu kaufen?«

»Nein – ich wollte, daß das unser Geheimnis bleibt«, erklärte sie. »Du weißt ja, wie es mit dem lieben Humphrey ist. Ich will natürlich nicht illoyal sein, aber er ist so davon besessen, von allem den Preis herunterzuhandeln – vermutlich weil er selbst Händler ist –, daß ich das manchmal ein bißchen peinlich finde.«

Und natürlich kannte er vermutlich sowieso den Besitzer des Geschäfts, dachte James. Es war fast erschrekkend, sich klarzumachen, daß Leonora bereit war, soviel Geld für sein Geburtstagsgeschenk auszugeben. Denn jetzt, als er die Vasen wieder sah, mußte er feststellen, daß er sie vielleicht doch nicht ganz so wunderbar fand, wie er sie in Erinnerung hatte. Sie hatten etwas Süßliches in der Färbung und Überzüchtetes in der Form. Bei ihrem Anblick fühlte er sich wie jemand – ein kleiner Junge, natürlich –, der zu viele Sahnetörtchen, oder was immer dem heutzutage entsprach, gegessen hat. Betrübt setzte er sich zu Tisch und versuchte, sich in Stimmung zu bringen, um sein köstliches Geburtstagsessen zu genießen.

17

»Hallo, Jimmie – rate mal, wer dran ist!«

»Ned natürlich«, sagte James mit ziemlich gedämpfter Stimme, denn sein Onkel war im Laden, und der Anruf hatte Humphrey gerade bei einem Vortrag unterbrochen, den er seinem Neffen über die Ratsamkeit hielt, sich dem ernsthaften Studium eines Spezialgebiets im Antiquitätenhandel zu widmen.

»Ich weiß, man lernt schon eine Menge, wenn man einfach auf die Auktionen geht«, sagte er, »aber du solltest versuchen, dich zu spezialisieren: Bronzen oder Porzellan oder warum nicht auch Möbel – *nicht* Netsuke, meine ich«, setzte er – vielleicht in Erinnerung an seine Besuche bei Dr. Lambe, dem Zahnarzt – hinzu.

James hatte gerade, in Anbetracht von Leonoras Geburtstagsgeschenk für ihn, »Porzellan« sagen wollen, als das Telephon geklingelt hatte.

»Sieh nach, wer das ist«, sagte Humphrey ärgerlich. »Wenn es Mrs. Hirschberg wegen dieser Bronze ist, will ich mit ihr sprechen.«

»Bist du beschäftigt?« fragte Ned.

»Ja, gewissermaßen«, antwortete James vorsichtig.

»Okay, dann fasse ich mich kurz. Ich muß ein paar Tage im Britischen Museum arbeiten, ich besuche dich also dann am Wochenende.«

»Oh, aber...« James war ganz durcheinander, sowohl weil sein Onkel mithörte als auch bei der Vorstellung, daß Ned ihn in Leonoras Haus besuchen würde.

»Bist du vielleicht nicht da?«

»Möglicherweise – kann ich dir noch Bescheid geben?«

»Dazu ist keine Zeit mehr, und ich bin noch nicht sicher, wo ich wohne. Ich werde es einfach versuchen, wenn du da bist, sehe ich dich – wenn nicht, eben nicht. Das klingt doch wunderbar einfach, nicht wahr, Jimmie?«

»Ja, ganz einfach. Ich muß jetzt aufhören.« Aber war irgend etwas, was mit Ned zu tun hatte, »einfach«?

»Wer war das – deine Freundin?« erkundigte sich Humphrey ohne großes Interesse. »Ich hoffe, du hast das wegen der Möbel mit ihr wieder hingekriegt. Mir war das nicht recht, daß ich sie so mir nichts, dir nichts bei ihr fortholen mußte, aber Leonora war so aufgeregt und meinte offenbar, daß du sie brauchst, und du weißt ja, wie sie ist – Frauen können so ein Theater machen«, fügte er hinzu, es war ja nicht illoyal, da er ganz im allgemeinen sprach.

»Ja, das können sie«, pflichtete James ihm bei. Aber trotzdem, Leonora war großartig zu ihm, und er hatte sich in der Wohnung sehr gemütlich eingelebt. Er hatte gefürchtet, sie würde dauernd auftauchen und wissen wollen, was er mache, aber sie belästigte ihn überhaupt nicht. Gelegentlich, wenn er abends nach Hause kam, stellte er fest, daß frische Blumen in seinem Wohnzimmer standen, und natürlich sorgte sie immer dafür, daß seine Milch in den Kühlschrank kam und sein Mülleimer ausgeleert wurde und alle diese praktischen Sachen erledigt waren, die einem das Leben leichter machten, aber um die man sich selbst nicht gerne kümmerte.

Heute abend aß *sie* bei *ihm,* und James beeilte sich mit dem Nachhausekommen, ohne dabei zu vergessen, unterwegs noch bei Harrods Leonoras Lieblingseis, ein Zitronensorbet, zu besorgen. Er brauchte eine Weile, um die Blumen zu richten, obwohl es ihm nicht so künstlerisch gelang, wie sie es gemacht hätte, fand er. Dann mußte er sich selbst »richten«, und war gerade damit fertig, als es an die Tür klopfte.

»Ich bin doch nicht zu früh, hoffe ich?« fragte sie.

»Als könntest du das je sein.«

Falls das Kompliment ein bißchen zu glatt gewesen war, ließ Leonora sich das nicht anmerken. »Ich hatte vor, schickerweise ein paar Minuten zu spät zu kommen«, gestand sie.

»Ich bin froh, daß du pünktlich bist – ich habe mich danach gesehnt, dich zu sehen«, sagte er, und es war wirklich wahr. Er fühlte sich mit ihr soviel wohler als mit Phoebe oder selbst mit Ned.

Es war fast, als träfen sie sich zum ersten Mal oder in der allerersten Zeit ihrer Bekanntschaft, fand Leonora voll Entzücken. Diese ganze unglückliche Geschichte mit Phoebe Sharpe und den Möbeln kam ihr jetzt wie ein Alptraum vor, wenn das nicht übertrieben ausgedrückt war. Sie hatte vor, im weiteren Verlauf des Abends ein paar Worte über Phoebe zu verlieren, um die Sache zu klären. So wie sie standen, waren die Dinge nicht völlig befriedigend – die Episode mußte doch ein bißchen zurechtgerückt werden, bevor sie dann endgültig beigelegt werden konnte.

»Zitronensorbet – du raffinierter Junge!«

»Ich hatte furchtbar Angst, es könnte schmelzen, bevor ich es zu Hause hatte.«

Sie war gerührt bei der Vorstellung, daß er sich solche Mühe gemacht hatte, wo sie doch einfach Harrods hätten anrufen und es bringen lassen können. Aber das wäre eben ganz und gar nicht dasselbe gewesen.

»Sollen wir zum Kaffeetrinken die Vorhänge zuziehen?« fragte er. »Oder würdest du gerne nur mit einer Lampe in der Ecke im Schummrigen sitzen?«

»Oh, im Schummrigen, denke ich. Was für ein hübsches Wort das doch ist – woher kommt das eigentlich, weißt du das?«

»Keine Ahnung, Liebste.«

»Diese kluge Freundin von dir wüßte es wahrscheinlich – hast du nicht gesagt, sie hätte Philologie studiert oder sonst so etwas Beeindruckendes?«

»Du meinst Phoebe Sharpe?« sagte James, der sich stirnrunzelnd über die Kaffeemaschine beugte. Er war verdutzt, daß Leonora offenbar jetzt an diesem gelungenen Abend diesen Schatten heraufbeschwören wollte.

»Ja, Phoebe Sharpe.«

»Was ist mit ihr?« fragte James unsicher.

»Ach, gar nichts – sie ist mir nur eingefallen, als ich über die Herleitung von ›schummrig‹ nachdachte.«

James schenkte den Kaffee ein.

»Liebster, ich will ja nicht weiter davon reden, aber ich hoffe, du warst nicht *zu* häßlich zu der armen Miss Sharpe.«

»Natürlich nicht«, sagte James empört. »Miss Sharpe«, das klang sowieso überhaupt nicht, als wäre es Phoebe.

»Sei mir jetzt nicht böse – aber sie sah mir ganz nach einem Mädchen aus, das es vielleicht nicht leicht hat, einen Mann anzuziehen.«

»Sicher, sie ist nicht elegant oder besonders schön. Es war nur... Ach, warum müssen wir über sie sprechen? Ich werde sie ja nicht wiedersehen.«

»Du wirst sie nicht wiedersehen«, wiederholte Leonora langsam, weniger in fragendem Ton, denn als Feststellung.

»Nein, ich habe diesen Brief von ihr bekommen, in dem sie mir für die Zigaretten dankt, und sie sagt, sie zieht aus dem Cottage aus und will den Winter über von dem Geld, das sie verdient hat, auf Mallorca leben – um einen Roman zu schreiben oder so.«

Leonora lächelte in das Halbdunkel hinein. Das war eine höchst befriedigende Nachricht. »Man sieht ungern, daß jemand verletzt wird«, sagte sie sanft.

»Ach, Phoebe kommt schon zurecht – bitte, laß uns nicht mehr von ihr reden.«

»Gut, dann lassen wir das. Ich wollte nur, daß du weißt, daß ich alles verstehe. Und du darfst nicht denken, ich würde dir im Wege stehen, wenn du je einmal... irgendein schönes kultiviertes Mädchen, so um die Zweiundzwanzig oder Dreiundzwanzig«, spann Leonora die Vorstellung aus. »Liebling, ich würde euch richtiggehend *verkuppeln.* Sie müßte sich natürlich für Kunst und Antiquitäten interessieren ...« Hier brach sie ab, denn es war ihr plötzlich eingefallen, daß so ein Mädchen sehr gut genau jetzt schon bei Christie's oder Sotheby's arbeiten könnte.

»Hättest du vielleicht gerne etwas Crème de menthe zu deinem Kaffee?« fragte James, begierig danach, das Thema zu wechseln.

»Crème de menthe«, echote Leonora mit übertriebener Begeisterung, »ausgerechnet!«

»Das war doch dein Lieblingslikör, dachte ich.«

»Liebling, das war er und ist er. Ich habe gerade nur an das letzte Mal denken müssen, als ich ihn getrunken habe.«

»Wann war das?« fragte James mißtrauisch.

»An dem Abend, als Humphrey vorbeikam und es bei Miss Foxe durch die Decke regnete – jetzt ist es *deine* Decke –, wie lange her das alles schon zu sein scheint.« Wie Humphreys Schemen im Schummer nähergerückt war. Schemen im Schummer – schade, daß sie sich mit James nicht über diesen Spaß amüsieren konnte.

»Nun, so etwas wird heute abend nicht passieren«, sagte James.

»Nein? Aber natürlich nicht.« Wieder lächelte Leonora im Dunkeln. Wäre sie böse geworden, wenn es *James* gewesen wäre? fragte sie sich, nicht zum ersten Mal. »Komm, setz dich zu mir«, bat sie.

»Ich setze mich hier auf den Fußboden«, sagte James und holte ein Kissen.

»Dann streichle ich dir das Haar. Wie lockig es ist! Wie gesponnene Goldfäden, oder wie immer das die elisabethanischen Dichter nannten.«

Keine englische Literatur, bitte, sagte James sich im stillen; denn nun, da Phoebe erledigt war, wollte er nicht gleich an Ned erinnert werden.

18

Der nächste Tag war Samstag, aber der versprochene Besuch von Ned blieb aus. Er würde sich wohl kaum die Mühe machen, den ganzen Weg hier heraus zu fahren, nahm James schließlich an, und bestimmt nicht, ohne vorher anzurufen. Einmal klingelte das Telephon, aber es hatte sich bloß jemand verwählt. Als es Abend wurde, versuchte James, es sich mit einem Buch gemütlich zu machen, aber er konnte sich nicht konzentrieren, er hatte ein prickelndes Gefühl hinten im Hals und fing an sich zu fragen, ob vielleicht eine Erkältung im Anzug war.

Am Sonntagmorgen wachte er vom Klang einer Kirchenglocke auf, die zum Acht-Uhr-Gottesdienst läutete. Es war die Kirche, in die Miss Foxe gegangen war, hatte ihm Leonora erzählt. Er konnte vom Bett aus ihre Turmspitze sehen. Er drehte sich um und fiel wieder in einen schweren Schlaf mit lebhaften Träumen von sich und Ned in Portugal, bis es halb zehn war. Dann stellte er fest, daß er tatsächlich eine Erkältung hatte, und blieb liegen und bedauerte sich selbst und wünschte, jemand würde ihm eine Tasse Tee bringen. Aber Leonora würde ihn nicht stören, das wußte er, und wenn er Tee wollte, mußte er aufstehen und ihn sich selbst machen. Eine Weile lag er da und blickte im Zimmer herum, voll Bewunderung dafür, wie Leonora seine Möbel und Sachen aufgestellt hatte, besser, als er es selbst hätte tun können. Das einzige, was fehlte, war der Kirschbaumspiegel. Hatte er ihn Phoebe geliehen, und hatte sie ihn behalten? Er rätselte etwas herum, aber er konnte sich nicht erinnern, und in seinem geschwächten Zustand schien es nicht von Bedeutung zu sein. Als er sich aufsetzte, war ihm schwindlig, und er fühlte sich ganz benommen; vielleicht war es etwas Schlimmeres als eine bloße Erkältung. Er war sicher, er hatte etwas Temperatur.

Bei der Zubereitung ihres sonntäglichen Lunchs registrierte Leonora, wie still es über ihr war, so wie sie alles registrierte, was an Geräuschen aus der Wohnung oben kam oder nicht kam. Zweifellos gönnte sich James einen langen gemütlichen Vormittag im Bett, dachte sie nachsichtig. Er war ja noch jung genug, um morgens lange ausschlafen zu können, wozu sie jetzt nicht mehr imstande war. Wie reizend es gewesen wäre, ihm Frühstück hinaufzubringen – sie stellte sich das dekorativ gedeckte Tablett vor – und die Sonntagszeitungen mit ihm zu besprechen. Aber sie durfte ihn nicht belästigen, er könnte ihr davonfliegen. Als einziges hatte sie sich erlaubt, gegen halb neun ganz leise hinaufzuschleichen, um ihm seine Zeitungen vor die Tür zu legen. Vielleicht würde er ja später am Tag auf einen Drink oder ein kleines Abendessen bei ihr hereinschauen. Und in der Zwischenzeit – nun ja, man hatte schließlich seine eigenen Sonntagsgewohnheiten, die für Leonora am Nachmittag neben den Zeitungen oder einem Buch ein kleines Schläfchen einschlossen. Das brauchte man in diesem Alter, wenn man am Abend frisch aussehen wollte.

Kurz nach vier wurde sie wieder wach und stellte den Teekessel auf. Es kam immer noch kein Laut aus James' Wohnung; vielleicht war er leise aus dem Haus gegangen, während sie eingenickt war. Wie merkwürdig das war, dachte sie, wie sie alle beide herumschlichen, ängstlich darauf bedacht, ja nicht den andern zu stören. Ob das wohl das Geheimnis ihrer vollkommenen Beziehung war?

Sie war gerade beim Teetrinken, als es an der Haustür

schellte. Humphrey vielleicht oder ihre Freundin Liz? Wer immer es auch sein mochte, sie nahm ihre Puderdose heraus und zog sich die Lippen nach, bevor sie an die Tür ging.

Ein Fremder stand auf der Schwelle, ein blonder junger Mann – vielleicht auch nicht ganz so jung, entschied sie bei näherem Hinsehen, aber jünger als sie und durchaus attraktiv und sehr ansehnlich.

»Sie müssen Miss Eyre sein«, sagte er, »Leonora – so nenne ich Sie in Gedanken immer, fürchte ich –, Sie sind doch nicht böse, oder? Jimmie hat mir so viel von Ihnen erzählt.«

Leonora war sofort auf der Hut, sie hätte nicht sagen können, warum – vielleicht weil er James »Jimmie« nannte, aber wahrscheinlicher war, daß ihr die Erscheinung und das Gebaren des jungen Mannes vermittelten, daß dieser Freund von James etwas völlig anderes war als Jeremy oder Simon, seine alten Schulkameraden.

»Es tut mir leid, er ist nicht zu Hause«, hörte sie sich sagen, und das war eigentlich keine Lüge, denn wenn sie es sich jetzt genauer überlegte, dann war sie sicher, sie *hatte* ihn weggehen hören, während sie schlief.

»Oh, das ist schade – ich hätte wohl erst anrufen sollen, um sicherzugehen. Ich hatte ihm gesagt, ich würde dieses Wochenende in London sein. Da kann man nichts machen.« Ned schickte sich offenbar zum Gehen an. »Vielleicht würden Sie ihm sagen, daß Ned da war?«

»Ach, dann müssen Sie der Amerikaner sein, den James auf seiner Reise getroffen hat.«

»Derselbe.«

»Möchten Sie nicht hereinkommen und eine Tasse Tee trinken?« fragte Leonora. Sie hatte das Gefühl, daß Ned ihr jetzt nicht entschlüpfen durfte und sie diese Gelegenheit – vielleicht die einzige, die sich ihr je bieten würde – wahrnehmen mußte, um mehr über ihn herauszufinden.

»Danke schön – das wäre nett.« Ned trat in die Diele, sein Blick fiel auf sein Spiegelbild in dem Kirschbaumspiegel und verweilte dort einen Moment.

Die Gegnerschaft zwischen ihnen war von kühlster und höflichster Art, fast wie die Stimmung, die zwischen ihr und der Frau in dem Geschäft, wo sie James' Geburtstagsgeschenk gekauft hatte, geherrscht hatte, nur daß es hier keinen glücklichen Kompromiß geben durfte. Es sollte eine Konfrontation bei Tageslicht und am Teetisch werden, wurde sich Leonora bewußt, als sie sich, so ruhig sie konnte, der Aufgabe unterzog, eine weitere Tasse und Untertasse zu holen und Tee einzuschenken. Das Wort »Konfrontation«, das sich ihr aufgedrängt hatte, war keins, das sie normalerweise gebraucht hätte, aber es schien ausgezeichnet zu passen, als sie der leisen amerikanischen Stimme zuhörte, die höflich und charmant aufs Angenehmste losplauderte.

»Wie entzückt meine Mutter von diesem Zimmer wäre«, sagte er, sich im Raum umsehend. »Sie schwärmt geradezu für alles Englische. Und was für hübsches Porzellan Sie haben – und das ist Earl Grey Tee, nicht wahr?«

Das Geplauder über Mütter und Tee war beruhigend, aber Leonoras unbehagliches Gefühl ließ nicht nach. Sie wußte instinktiv, daß Ned weitaus mehr eine Gefahr war, als Phoebe es je hätte sein können. Das war es jetzt, wovor sie in ihrer Beziehung zu James immer Angst gehabt hatte, und es kam ihr »unfair« vor, daß sie dem ausgerechnet an einem Sonntagnachmittag entgegentreten sollte, wo eine nicht mehr ganz junge Frau sich doch selten in Hochform fühlt.

Und nun sah Ned sie auf höchst merkwürdige Weise an. Seine Augen wanderten von ihrem Gesicht über ihren Körper und ihre Beine hinunter; nicht einmal ihre Füße entgingen seiner Musterung. Sie wurde an die Art erinnert, auf die ein gewisser Typ Mann, vielleicht speziell ein »Ausländer«, einen »mit seinen Augen auszog«, wie der altmodische Ausdruck war, nur daß in Neds Würdigung keine Spur eines sexuellen Interesses oder Begehrens zu lesen war. Aber nach einer Weile wurde Leonora klar, was er tat – er berechnete einfach, was ihre Kleider und alles an ihr, einschließlich ihrer Frisur, ihres Make-ups, Schmucks und selbst ihrer Schuhe, gekostet haben mochten.

Er mußte gemerkt haben, daß sie das erraten hatte, denn er lächelte, beugte sich vor und berührte mit der Spitze eines Fingers den Ärmel ihrer Bluse.

»Wildseide?« erkundigte er sich, und der sanft fragende Ton in seiner Stimme verlieh dem Wort eine dunkle Anspielungskraft.

»Ja«, bestätigte Leonora und zog ihren Arm zurück.

»Jimmie hat immer gesagt, Sie hätten so schöne Kleider, und ich sehe jetzt, daß er recht hatte.«

Es waren schmeichelhafte Worte, und Leonora liebte Komplimente; aber so charmant er auch sein mochte, dieser junge Mann wollte ihr James nehmen, und das würde sie nicht zulassen.

»Wie gut sich das gefügt hat, daß Sie diese Wohnung für Jimmie hatten«, schwatzte Ned geläufig weiter. »Es wird so praktisch für ihn sein. Er hat mir alles über ihr reizendes Haus erzählt.«

Leonora mochte den Gedanken nicht, daß die beiden jungen Männer über sie geredet hatten, wie sie annehmen mußte. Sie würde nie erfahren, ob James ihr gegenüber Loyalität bewahrt hatte.

»Sie sind gekommen, um im Britischen Museum Forschungen zu treiben, glaube ich?« fragte sie.

»Ach, meine elende Dissertation!« Jetzt war Ned ganz ein entzückendes *enfant terrible*. »Ich weiß nicht, ob ich die *je schaffe*.«

»Was ist das Thema?«

»Eine Untersuchung von Keats' weniger bekannten Gedichten.«

»Ah, Keats«, sagte Leonora, die sich hier auf sicherem Boden fühlte. Aber Keats war kein Lieblingsdichter von ihr, und sie konnte sich im Moment an keins der weniger bekannten Gedichte erinnern.

Ned hatte vom Kaminsims, wo sie stand, eine Alabastertaube in die Hand genommen, ein Geschenk, das James ihr einmal gemacht hatte, und streichelte sie. Sie bemerkte, wie kleine Hände er hatte.

»Ich bin sicher, Sie kennen dieses Gedicht über das Täubchen«, sagte er.

»Das Täubchen, natürlich.« Aber wieder erinnerte sie sich nicht. Ned fing an zu rezitieren:

»Ich hatte ein Täubchen, und jetzt ist es tot;
Und ich glaube, es ist mir vor Gram
hingeschwunden...«

»O ja, natürlich, dieses traurige kleine Gedicht.« Leonora war erleichtert, daß es etwas so Einfaches und Harmloses war. Was hatte sie nur erwartet? »Es ist gestorben«, sagte sie recht einfältig. »Möchten Sie noch etwas Tee?«

Ned reichte ihr seine Tasse und rezitierte weiter, wobei er lange bei den einzelnen Worten verweilte und ihnen so einen seltsamen Nachdruck verlieh.

»Oh, was konnte es *grämen?* Warum litt es Not?
Ich *selbst* hatt' das Füßchen ihm angebunden.«

»Sie müssen sich unbedingt einmal Keats' Haus in Hampstead ansehen«, sagte Leonora, eine aufsteigende Erregung unterdrückend, denn jetzt schien das harmlose kleine Gedicht fast eine dunkle und unangenehme Bedeutung annehmen zu wollen. Aber das war bestimmt nur lächerliche Einbildung. »Wir könnten ja alle zusammen gehen«, sagte sie mit festerer Stimme. »Ich glaube nicht, daß James je dort war.«

»Darauf freue ich mich«, versicherte Ned und stand auf. »Ich muß jetzt gehen. Es war wunderbar, Sie kennenzulernen. Sie werden Jimmie doch sagen, daß ich da war?« In seiner Frage schwang etwas wie spöttischer Zweifel mit.

»Ja, natürlich werde ich das tun – und Sie müssen einmal zum Luncheon kommen.

»Luncheon«, er wiederholte genüßlich das spezifisch englische und etwas hochtrabende Wort, »das wird reizend.« Er kniff lächelnd die Augen zusammen und war fort.

Leonora schloß die Haustür und lehnte sich dagegen. Sie stellte fest, daß sie zitterte. Sie hatte dieser schweren Prüfung tapfer standgehalten, fand sie, und es war gewiß ein guter Schachzug gewesen, ein weiteres Treffen vorzuschlagen, aber das Gedicht ging ihr nicht aus dem Sinn. Könnten andere – vielleicht James selbst – ihre Beziehung so sehen? fragte sie sich. Als sie zur Beruhigung vor den Kirschbaumspiegel trat, sah sie, daß sie blaß und angespannt aussah. Sie fühlte sich plötzlich zu alt zum Kämpfen, aber war man je zu alt, um für seine Liebe zu kämpfen – hielt man nicht genauso zäh daran fest wie am Leben selbst? Sie hatte sich immer als schwache Frau gesehen, die sich auf die Hilfe von Männern verließ – besonders von Männern wie Humphrey –, um ihren Alltag zu bestehen, aber wenn es zu einer wirklichen Krise kommen sollte, war sie vielleicht stärker als sie alle. Jedenfalls stärker als James.

James hatte fast den ganzen Nachmittag geschlafen und wachte erst auf, als es schon dunkel zu werden begann. Einmal hatte er gemeint, er hätte die Haustürklingel und Neds Stimme gehört, aber als er zu lauschen versuchte, war alles still, und er entschied, daß er geträumt haben mußte.

Nun stand er auf und zog seinen Morgenmantel an. Er fühlte sich benommen und ausgehöhlt, er brauchte etwas zu essen und zu trinken, er konnte nur nicht entscheiden, was. Er ging zur Tür und öffnete sie in der Absicht, zu Leonoras Wohnung hinunterzugehen, aber es war ganz still im Haus. Vielleicht war sie ausgegangen.

»Leonora!« rief er.

»James, na so was! Ich dachte, du wärst weggegangen. Bist du die ganze Zeit dagewesen?«

»Ja, ich habe mich beim Aufwachen nicht wohl gefühlt und habe fast den ganzen Tag geschlafen. Ich habe Grippe oder so etwas.«

»Mein *armer* James – ich hatte ja keine Ahnung. Hast du irgend etwas zu essen gehabt?«

»Nein, es war mir nicht danach, und ich hatte nicht die Energie, um ...«

»Geh schnell wieder ins Bett, ich bringe dir etwas.«

Als Leonora mit dem dekorativ gedeckten Tablett wiederkam – Suppe, Toast und Rührei und eine blaue Weintraube –, hatte James sich in seine Kissen drapiert und fühlte sich schon etwas besser. Es war die Stunde am Sonntagabend, wenn die Glocken zur Abendandacht zu läuten anfangen, was behaglich oder melancholisch sein kann, je nach der Stimmung, in der man ist.

»Wie bald es jetzt schon dunkel wird«, sagte Leonora ans Fenster tretend, »und der Ahorn läßt alle Blätter fallen – der Garten ist voll davon.«

»Ich reche sie zusammen, wenn es mir wieder besser geht«, versprach James. Er haßte Gartenarbeit, aber vielleicht war das das mindeste, was er für sie tun konnte.

Dann schwiegen sie eine Weile behaglich, James nahm kleine Bissen von seinem Essen, und Leonora saß in einem Sessel an seinem Bett.

»Ach, übrigens«, sagte sie schließlich, »ich hatte heute nachmittag einen Besucher.«

Einen Besucher – er hatte also nicht geträumt.

»Deinen amerikanischen Freund, Ned.«

»Ned? Was macht *der* denn in London?«

»Er arbeitet im Britischen Museum, soviel ich verstanden habe – er sagte, er hätte dich benachrichtigt.«

James spürte, wie er bei dem ruhigen, völlig vorwurfslosen Ton ihrer Stimme rot wurde. Es wäre besser gewesen, wenn sie eine Szene gemacht hätte. Er konnte sich jetzt nicht erinnern, was er ihr über Ned erzählt hatte. Bestimmt nicht viel. Eigentlich konnte man sagen, daß er sie wieder betrogen hatte – erst Phoebe und jetzt Ned. Er wandte sich von ihr weg zum Fenster hin. Er konnte ein paar Blätter vom Ahorn fallen sehen. *Fall* nannte Ned diese Jahreszeit. Er verspürte einen plötzlichen Impuls, hinunterzulaufen und sich in diesen Blättern zu vergraben, in einem Anfall von Exzentrizität seinen Kopf und Körper verschwinden zu lassen, Rückkehr in den Mutterleib, oder wie das hieß. Aber dann stellte er sich Leonoras kaltes Gelächter oder ihr unausgesprochenes »Verständnis« vor. Er würde nie mehr eine eigene Wohnung finden. Es gab kein Entkommen aus so etwas, nie. Jetzt drängte sie ihn, doch ein paar Trauben zu essen.

»Man sollte immer Trauben im Haus haben«, sagte sie, »man weiß nie, ob man sie nicht braucht.«

»Was hat Ned gesagt?« fragte er.

»Oh, er war sehr charmant. Ich denke daran, eine kleine Luncheon-Party zu geben und ihn einzuladen, damit er ein paar unserer Freunde kennenlernt. Er ist wirklich ganz reizend.«

Reizend wohl kaum, dachte James, aber wer weiß, was jetzt, da Leonora ihn übernommen hatte, aus ihm wurde. Sie würde ihn sich zu ihrer Zufriedenheit zurechtstutzen oder bearbeiten, genau wie sie mit Phoebe fertiggeworden war. Ganz zu schweigen davon, wie sie sich James selbst zurechtgestutzt hatte. Doch er hatte ein Vorgefühl, daß Ned nicht so leicht zu handhaben sein würde. Es war etwas grundsätzlich Unlenkbares in ihm, das vielleicht allen »Bearbeitungsversuchen« von seiten Leonoras widerstehen würde...

»Du und ich«, zählte Leonora auf, »und Humphrey und Liz natürlich. Meinst du, wir brauchen noch eine Frau? Wen schlägst du vor?«

»Miss Caton«, sagte James spöttisch.

»Liebster, du bist gemein! Wie schade, daß die arme Miss Sharpe nach Mallorca geflüchtet ist. Ich hätte gerne eine Gelegenheit gehabt, sie besser kennenzulernen, und Ned wäre von ihr entzückt gewesen – diese ganze englische Literatur.«

James streckte die Hand aus und nahm noch eine Traube. Er wünschte, Leonora würde nicht so weiterreden, denn schließlich ging es ihm heute ja gar nicht gut. Er schloß die Augen, und zu seiner Erleichterung hörte sie zu sprechen auf.

19

Für Leonora bestand kein Zweifel, daß wegen Ned etwas unternommen werden mußte, aber rücksichtsloses Vorgehen, selbst wenn es in ihrer Macht lag, brachte Aufregung und Erschöpfung mit sich. Und es könnte kommen wie bei Herkules, der der Hydra den Kopf abschlug, um festzustellen, daß an seiner Stelle nur wieder ein neuer herauswuchs. Es war klar, daß man Ned nicht so leicht los wurde wie Miss Foxe oder Phoebe, die praktischerweise von selbst von der Bildfläche verschwunden war, aber er würde ja nur ein Jahr lang in England sein, so eine kurze Zeit verglichen mit dem ganzen Leben. Mit der Lunch-Party heute angefangen und dann die geplante Besichtigung von Keats' Haus, sie drei – Leonora, Ned und James –, wieviel Spaß könnten sie doch zusammen haben. Aufregende und gefährliche Aussichten erschlossen sich ihr bei dem Gedanken daran. Vielleicht wäre es das Beste, auf einen Kompromiß hinzuarbeiten, durch den Ned so in das Gewebe ihres Lebens verstrickt werden konnte, daß er nur noch ein unauffälliger Strang in dem harmonischen Teppich des Ganzen war. Doch als er ins Zimmer trat, hatte er sofort die Bühne ganz für sich, neben seiner glitzernden Persönlichkeit erschien Leonora nur noch als aufgetakelte alternde Frau, Liz als schrulliges kleines Nichts und James und Humphrey als der unreife junge Mann mit seinem gravitätisch jovialen Onkel.

»Leonora, wie *wunderbar,* Sie zu sehen!« Neds Lippen streiften ihre Wange, während seine weiche kleine Hand einen Augenblick auf ihrem Arm liegen blieb.

Sie hatte nicht erwartet, nach erst einer Begegnung schon von ihm geküßt zu werden, und es kam ihr der Gedanke, daß er vielleicht, wenn es sich darum handelte, andere in das Gewebe des eigenen Lebens zu verstricken, nicht auf sie gewartet hatte.

James, der wie ein still seines Amtes waltender Bedienter oder Lohndiener Getränke herumreichte, war bestürzt und peinlich berührt hinsichtlich der Art, wie die Dinge liefen. Er wünschte jetzt, er hätte Ned in diesem Brief an seinen Onkel nicht erwähnt, denn er hatte nicht daran gedacht, daß Humphrey es Leonora erzählen würde, daß Ned sie in ihrem Haus besuchen oder daß die beiden auf diese unerwartete Weise zusammenkommen würden. Er hätte das alles geheimhalten sollen – wie er Phoebe geheimgehalten hatte –, aber wie hatte er voraussehen können, was sich zwischen Ned und ihm entwickeln würde? Leonora wollte jetzt doch nicht etwa überall mit ihnen mit? Er brütete düster über dieser Aussicht und ging übellaunig in die Küche, um den Braten, ein herrliches Stück Rindfleisch, hereinzubringen.

Humphrey erhob sich, um ihn zu tranchieren. Er gehörte zu den Männern, die mit einem Tranchiermesser in der Hand zu Höchstform auflaufen, und das Fleisch hier war seines Könnens würdig.

»Ein schrecklich *englisches* Essen, fürchte ich...«, wandte sich Leonora entschuldigend an Ned.

»Roastbeef – phantastisch!« Ned lächelte ihr charmant zu. »Und dazu noch Yorkshire-Pudding – Sie müssen gewußt haben, daß das mein Lieblingsgericht ist!«

Leonora freute sich zu sehen, was für einen guten Appetit die Männer entwickelten, aber sie war emotionell zu erschöpft, um selbst viel essen zu können. Es kostete sie große Anstrengung, mit Ned zusammen zu sein, und James hatte kaum ein Wort gesprochen, seit er gekommen war – was war nur mit ihm los? Als Humphrey und James wieder in den Laden zurückmußten und Ned mitnahmen, hoffte sie, daß Liz auch gehen würde. Aber Liz war, wie manche Frauen es an sich haben, nicht davon abzubringen, daß der Abwasch erledigt werden mußte, und drang in die Küche ein, wo sie anfing, jeden einzelnen kleinen Fleischrest für ihre Katzen auf einen Teller zusammenzuschaben.

»James war ja ganz gebannt von seinem neuen Freund«, bemerkte sie.

»Ach? Das ist mir eigentlich nicht aufgefallen«, sagte Leonora beiläufig.

»Ich habe ihn beobachtet, während du dich mit Ned unterhalten hast – sein Gesicht sprach Bände, wie man so sagt.«

»Ja, der arme James, er ist irgendwie aus dem Gespräch ausgeschlossen gewesen. Es ist so schwierig, alle einzubeziehen, findest du nicht auch?«

»Ich würde Ned nicht über den Weg trauen«, meinte Liz ziemlich selbstgefällig.

»Nun, darum dürfte es doch wohl kaum gehen, oder?«

»O nein – darüber sind wir wirklich hinaus, Liebste.« Liz sprach mit der Abgeklärtheit einer Person, die sentimentale Verstrickungen hinter sich hat, und dadurch daß sie Leonora miteinbezog, versuchte sie vielleicht, sie zu mahnen, sich zurückzuziehen, solange noch Zeit war. Doch ein anderer Teil in ihr wollte weitermachen, wollte herausfinden, ob es der kalten, stolzen, so gut eingerichteten Leonora möglich war, zu leiden, wie sie gelitten hatte, und ihr so ein interessantes Schauspiel zu bieten, eine Abwechslung von der Langeweile des täglichen Lebens. »Ich frage mich, was Humphrey davon hält«, setzte sie hinzu, als sie sah, daß Leonora nicht antwortete.

»Das paßt mir aber gar nicht«, sagte Humphrey gereizt. »Du weißt, ich lasse Miss Caton nachmittags nicht gern allein.«

Das klang ja fast, als fürchtete Humphrey, sie könnte von einem möglichen Käufer angefallen oder vergewaltigt werden, dachte James. »Sie kommt so gut zurecht wie ich«, sagte er. »Und ich habe Leonora versprochen, mit ihr und Ned zu Keats' Haus hinauszufahren. Er muß wegen seiner Arbeit dorthin, weißt du.«

Humphrey verstummte angesichts der Überzeugungskraft eines Leonora gegebenen Versprechens und Neds »Arbeit«, obwohl das letztere bei ihm nicht zog, wie er das bei sich ausdrückte. Beim besten Willen konnte er nicht verstehen, was diese neue Wendung der Dinge bedeutete, seit Ned in ihr Leben getreten war. Was fiel James eigentlich ein? Erst eine Geliebte und jetzt ein Liebhaber! Und warum machte Leonora so ein Getue mit Ned? Trotz all seines Charmes war es doch offensichtlich, daß sie ihn nicht mochte. Wieviel vernünftiger wäre es doch gewesen, wenn sie sich geschlagen erklärt und aufgegeben hätte.

»Also gut«, sagte er schließlich. »Ich möchte natürlich nicht, daß du Leonora enttäuschst, aber laß dir das nicht zur Gewohnheit werden. Schade, daß es heute nachmittag so regnet«, setzte er nicht ohne Befriedigung hinzu.

Leonora kam in dem schönen, schillernden Regenmantel zum Auto heraus, den sie getragen hatte, als sie James am Flughafenbusterminal abholen gekommen war. Man war natürlich nicht in Höchstform bei Regen, und sie hatte das jetzt nötiger denn je zuvor. Sie hatte sich einen goldenen Herbstnachmittag für den Ausflug vorgestellt – Zeit der Nebel und reifen Fruchtbarkeit, hieß es nicht so? –, und früher hatten sie und James immer Glück mit dem Wetter gehabt.

»Ich scheine Regen gebracht zu haben«, bemerkte

Ned selbstgefällig, als er ihr die Wange küßte. »*Gestern* war es wirklich großartig.« Er blickte schmunzelnd zu James hinüber, doch James half gerade Leonora in den Wagen, und sie war es, die den Blick auffing.

Gestern war Sonntag gewesen und schönes Wetter, gewiß; sie hatte James bald nach dem Frühstück weggehen und erst am späten Abend heimkommen hören. Sie hatte versucht, sich nicht vorzustellen, wo er gewesen sein mochte, und absichtlich nicht danach gefragt.

»Wir müssen ja nicht im Freien herumlaufen«, meinte James, »es braucht also niemand von uns naß zu werden.«

Trotzdem legten der düstere Himmel und strömender Regen einen Schleier von Traurigkeit über das kleine Haus mit seinen schlichten, kahlen Räumen. Es war niemand sonst zur Besichtigung da, außer einer Frau mittleren Alters in einem Gummiregencape und mit durchsichtigen Plastikgaloschen über den Schuhen. Sie hatte eine Einkaufstasche voller Bücher dabei, auf denen die leuchtend bunte Schachtel eines tiefgefrorenen »Menü für eine Person« lag. Leonora konnte die dekorativ angeordneten Rindsbratenscheiben mit dunkler brauner Soße erkennen, einen kleinen runden Yorkshire-Pudding, zwei Häufchen Kartoffelbrei und giftgrüne Erbsen. Ihre erste Reaktion war wie gewöhnlich Verachtung für jemanden, der so leben konnte, dann, vielleicht weil der wachsende Kummer sie sensibler gemacht hatte, sah sie die Frau in ihre gemütliche Einsamkeit nach Hause kommen, ihr Essen in fünfundzwanzig Minuten erhitzen, ohne sich um die Zubereitung kümmern zu müssen, mit Büchern zum Lesen, während sie aß, und der Erinnerung an die Besichtigung von Keats' Haus, in der sie schwelgen konnte. Und jetzt konnte sie einen Augenblick lang ihr schlichtes, aber strahlendes Gesicht sehen, als sie von einer der Vitrinen aufblickte, in der die rührenden Reliquien ausgestellt waren. Tränen liefen ihr über die Wangen.

Leonora ging weiter, hinüber zu einem kleinen Wintergarten, wo noch ein paar späte Blumen, Begonien und Pelargonien, blühten. Trauben, die an einem Weinstock hingen, erinnerten sie an Phoebes Cottage. Wie einfach das doch gewesen war verglichen mit dem hier! Verzagtheit überwältigte sie, und als sie James und Ned sah, die sich in einiger Entfernung leise miteinander unterhielten, hatte sie das Gefühl, bereits geschlagen zu sein. Sie wollte jetzt, sie wäre nicht mitgekommen. Keats bedeutete ihr nichts außer Neds Stimme an jenem Sonntag, als er diese schrecklichen Verszeilen über das Täubchen aufsagte.

»Fanny Brawnes *Verlobungsring*!« rief er jetzt auf seine exaltierte Art aus. »Und der Stein ist ein Almandin, heißt es hier. Was *ist* das, Jimmie?«

»Ich habe keine Ahnung«, sagte James, dem Keats ebenfalls nichts bedeutete.

»Er sieht wie ein Granat aus«, meinte Leonora, die nun zu ihnen getreten war.

»Ja, ich glaube wirklich, so ist es«, stimmte Ned ihr zu. Er legte seine Hand auf ihren Arm und sah ihr forschend ins Gesicht. »Leonora, ich glaube, Sie brauchen jetzt Ihren Tee. Sie sehen ja völlig *erschöpft* aus«, setzte er freundlich hinzu.

»Hast du genug, Leonora, bist du wirklich müde?« James klang so besorgt und eifrig wie immer, aber jetzt fragte sie sich, ob er etwas bemerkt haben würde, wenn Ned nicht zuerst gesprochen hätte.

»Natürlich bin ich nicht müde«, sagte sie etwas spitz.

»Es *ist* aber ermüdend, in Museen herumzulaufen – ich weiß, Mutter findet das immer«, erklärte Ned, »und ich fühle mich ein bißchen schuldig. Aber wenn Sie wüßten, wieviel mir das *bedeutet*...«

Leonora ertappte sich bei einem Zweifel, ob ihm das

tatsächlich so viel bedeutete. »Natürlich verstehe ich das«, sagte sie, »und es war schließlich meine Idee, hierherzukommen.«

Aber nun beschloß Ned, launisch wie ein Kind, plötzlich, daß er genug hatte. Er verlangte Tee, und sie mußten dazu Muffins oder heißen Toast mit Butter essen. Und danach mußten sie gehen und sich die Wohnung ansehen, die er gefunden hatte, »Neds Bude«, wie er sie nannte.

Neugier und eine gewisse Zähigkeit, die eine zerbrechliche Frau manchmal selbst in den aussichtslosesten Situationen an den Tag legen kann, brachten Leonora dazu, müde wie sie zweifellos war, mit ihnen zu dem Haus in der Nähe des Brompton Oratory zu gehen (»katholische Gottesdienste passen doch so gut zu mir«, hatte Ned bemerkt), in dem er eine möblierte Wohnung gemietet hatte.

Sie betraten das Wohnzimmer, das in Dunkelheit lag. Ned schaltete eine Leselampe an, die gerade nur so viel Licht gab, daß Leonora einen Eindruck von dem dunkelolivegrünen Blattmuster der Wände – fast eine Morristapete – und von Möbeln mit schwarzer Lederpolsterung bekam. Ein großer schwarzer Teppich aus synthetischem Fell bedeckte den halben Fußboden und in einer Ecke stand ein Diwan mit vielen Kissen, die ebenfalls aus einem pelzähnlichen Material waren. Der allgemeine Eindruck war auf unbestimmte Art beunruhigend, vielleicht weil das so ganz und gar nicht die Art Raum war, die Leonora oder sonst jemand aus ihrer Bekanntschaft gewählt haben würde. Es erinnerte sie an das dunkle, unsympathische Kellerlokal, in dem Colin an der Salattheke gearbeitet hatte.

»Es gehört einem Schauspieler, der bei Dreharbeiten ist«, sagte James, als fühlte er, daß eine Art erklärender Bemerkung vonnöten war.

»Dann ist das nicht Ihr Geschmack?« fragte Leonora Ned, die fand, daß es gut hätte so sein können.

»Nicht ganz – aber es ist amüsant, finden Sie nicht? Und das Schlafzimmer, das entspricht mir, meine ich.« Er riß eine Tür auf, durch die ein außergewöhnlich breites, mit lila Samt überzogenes Bett zu sehen war.

»Ist das Bett bequem?« fragte Leonora, idiotisch, wie ihr sofort klar wurde.

»Ich denke schon«, sagte Ned, »obwohl Bequemlichkeit vielleicht nicht alles ist, was ich verlange.«

»Diese Streifentapete ist hübsch«, sagte Leonora, bemüht, ihr Bestes zu tun.

Sie wandten sich wieder dem Wohnzimmer zu, wo nun Getränke angeboten wurden. Es gab Scotch oder Wodka oder Crème de menthe. Leonora akzeptierte ein halbes Glas Tonic Water, aber sie konnte fühlen, daß ihre Kopfschmerzen im Anzug waren, und stellte es nach dem ersten Schluck wieder hin. James nahm Scotch, und Ned machte sich Crème de menthe on the rocks. Es gab ein Riesengetue um das Eis, das auf eine besondere Art zu zerkleinern war, was er und James amüsant zu finden schienen. Leonora war außerstande, zu verstehen, warum, und fühlte sich zunehmend verlegen angesichts der Atmosphäre, die allmählich um die beiden jungen Männer herum entstand. Sie war gerade drauf und dran, vorzuschlagen, daß James sie nach Hause bringen solle, als Ned in seinem reizendsten Ton sagte: »Leonora ist müde, und es war ziemlich egoistisch von uns, sie so lange bei uns zu behalten. Wir hatten einen schönen Nachmittag, und jetzt rufe ich ein Taxi, damit sie nach Hause kommt.«

Er war am Telephon – einem eleganten »antiken« Apparat –, bevor Leonora einwenden konnte, daß natürlich James sie fahren würde. Und James machte auch keinen Versuch, sich anzubieten. Er saß einfach in einem der schwarzen Ledersessel und brütete über den Eiswürfeln, die in seinem Glas zergingen. Als das Taxi kam, begleiteten die beiden sie hinunter. Beide küßten sie, Abschiedsworte und Dank wurden geäußert, und dann gingen sie zusammen ins Haus zurück.

»Nun, Jimmie, meine Gratulation!« Ned wandte sich James zu, und sie sahen einander in der engen Kabine des Aufzugs ins Gesicht. »Du hast es also endlich geschafft.«

»Was geschafft?«

»Leonora abgehängt natürlich! Ich dachte schon, sie würde gar nicht mehr gehen.«

»Ich hatte schon ein ziemlich schlechtes Gewissen, daß ich sie nicht heimgefahren habe«, gab James zu.

»Du meine Güte – wir haben ihr doch ein Taxi gerufen, nicht wahr? Sie hätte mit dem Bus nach Hause fahren können – eine Menge Leute tun das.«

»Nicht Leonora. Vielleicht sollte ich sie später mal kurz anrufen, um zu sehen, ob sie gut heimgekommen ist.«

»Jimmie, *wirklich*! Was sollen wir nur mit diesem fürchterlichen Gewissen von dir machen?«

James lächelte, er war jetzt, da Ned und er allein waren, entspannter. »Soviel Gewissen habe ich eigentlich gar nicht«, sagte er, »aber Leonora hängt an mir.«

»Und *ich* hänge auch an dir. *So* können wir nicht weitermachen. Als erstes mußt du aus ihrem Haus weg.«

»Ich weiß. Ich habe schon angefangen, mich nach einer anderen Wohnung umzusehen. Das bei Leonora war nur vorübergehend.«

»Weiß *sie* das?«

»Ja, natürlich.«

Ned lächelte. Nach einer Weile sagte er: »Nun, das ist doch schon etwas. Wenn du wegziehst, wird es viel leichter sein, sie fallenzulassen.«

James sah ihn bestürzt an.

»Du rufst sie einfach nicht mehr an«, fuhr Ned fort. »Dann wird sie bald merken, was Sache ist.«

James machte eine protestierende Bewegung, aber er fand keine Worte.

»Wird *Sie dich* anrufen?«

»Ich weiß nicht, wahrscheinlich nicht. Sie ist immer so lieb gewesen...« Er zögerte, denn es kam ihm nicht korrekt vor, so über Leonora zu sprechen.

»Ich kann mir das vorstellen. Sie ist der stolze Typ, der lieber in der Stille leidet. Wie ein verwundetes Tier, das sich zum Sterben verkriecht.« Ned lachte leicht und grausam. »Jimmie, sieh mich doch nicht so an – was habe ich denn gesagt?«

Neds Worte hatten James in seine Kindheit zurückversetzt. Sie hatten eine heißgeliebte Katze gehabt, die überfahren worden war. Er und seine Mutter hatten sie im Wald gefunden, wo sie sich verkrochen hatte, nachdem sie von dem Auto angefahren worden war. Sie hatte getrocknetes Blut am Maul gehabt, und ihr schönes Fell war ganz stumpf gewesen.

»Du verstehst nicht«, sagte er.

»Glaub mir, Jimmie, das *tue* ich.« Ned war plötzlich ganz weich, er hatte sogar Tränen in den Augen. Nur ein ganz zynischer unbeteiligter Beobachter hätte einen Hauch Selbstgefälligkeit in seinem Ton wahrnehmen können, als er hinzusetzte: »Das Leben ist grausam, und wir fügen einander *schreckliche Dinge* zu.«

»Ja, das ist das Schlimmste.«

»Man kann einfach nichts dagegen machen – ich habe auch schon andere verletzt und schrecklich deswegen gelitten, ganze Nächte wachgelegen – ach, all das eben.«

»Vielleicht versteht Leonora das«, fing James an, aber jetzt hatte Ned genug von dem Thema.

»Meine Güte, bin ich *hungrig*«, sagte er, stand auf

und ging im Zimmer auf und ab. »Laß uns ausgehen und essen.«

Leonora ging um elf zu Bett, entschlossen, »vernünftig« zu sein. Sie las eine Weile und nickte dann ein, so daß das Buch – ein dicker Band viktorianischer Memoiren – schwer zu Boden fiel. Nach einiger Zeit wachte sie jäh wieder auf – da war irgendwo ein Geräusch gewesen. Sicher James, der in seine Wohnung hinaufging. Oder war es ein Einbrecher gewesen, der vielleicht jetzt die dick mit Teppich ausgelegte Treppe hinaufschlich? Sie zog ihren Morgenrock über und Pantoffeln an die Füße, öffnete ihre Tür und stand lauschend da. Alles war still, totenstill, wie es nur mitten in der Nacht sein kann. Vielleicht *war* es ja James gewesen, der heimgekommen war; sie wollte nur schnell auf Zehenspitzen hinaufschleichen, um zu sehen, ob Licht aus seiner Wohnung fiel. Aber als sie oben war, sah sie, daß ein Päckchen und ein paar Briefe, die sie untertags dorthin gelegt hatte, immer noch vor seiner Tür warteten.

»James«, rief sie leise, aber sie wußte, daß er nicht da war. Es war drei Uhr morgens, und er war mit Ned zusammen. War das besser oder schlimmer, als wenn er bei Phoebe gewesen wäre? fragte sie sich in dem Versuch, ruhig die Lage zu betrachten. Natürlich hatte sie damals, als er seine eigene Wohnung gehabt hatte, nicht gewußt, wo er nachts war. Wäre es vielleicht besser gewesen, das auch jetzt nicht zu wissen?

Plötzlich ertönte ein schriller Schrei. Erschreckt schlüpfte sie unter die Laken, bis ihr klar wurde, daß es nur eine von Liz' Katzen gewesen war. Jetzt war sie zum zweitenmal hellwach, und da war wohl nichts zu machen, außer hinauszugehen und Tee zu kochen, ein Getränk, das sie nicht besonders mochte, weil es immer hieß, es sei so ein Trost für diejenigen, die sie normalerweise verachtete. Trotzdem war es dann durchaus nicht unangenehm, mit der eingeschalteten Heizdecke und einem Teetablett auf dem Nachttisch im Bett zu liegen. Sie setzte sich mit einem Bettjäckchen aus plissiertem Chiffon um die Schultern auf und dachte, sie wollte ein bißchen Browning lesen. »Zwei in der Campagna« vielleicht. Die Erinnerung an die ferne Schönheit und die angenehmen Bilder des Gedichts tröstete sie, obwohl sie nicht die Kraft hatte, das Buch aufzuschlagen und es zu suchen. Nach einer Weile begann sie, die Dinge ruhiger zu sehen; wäre jemand dagewesen, um es zu hören, hätte sie wohl gesagt: »Ich bin Leonora Eyre«, wie damals im Vine Cottage. Am Morgen würde alles »besser« aussehen. Sie beschloß, zu James nichts über sein nächtliches Ausbleiben zu sagen. Sie hatte versucht, in bezug auf Phoebe verständnisvoll zu sein; in bezug auf Ned würde sie das eben noch mehr sein müssen.

20

James legte den Hörer auf und kehrte zu seinem Studium des Katalogs über eine bevorstehende Porzellanauktion bei Christie's zurück, aber er konnte sich nicht konzentrieren. Er hatte gerade Leonora vorsätzlich angelogen, und es war so leicht gewesen. »Sag ihr doch, du fährst übers Wochenende weg«, hatte Ned vorgeschlagen, und sie hatte das ohne Gegenfrage hingenommen, gerade wie sie die anderen Halblügen hingenommen hatte, die er zu sagen gezwungen gewesen war, um ein paar praktische Umstände seines neuen Lebens mit Ned zu verbergen. Natürlich wußte sie, was los war, das konnte er spüren, und sie war diesbezüglich so entschieden »lieb« und »verständnisvoll«, daß er manchmal fast wünschte, sie würde einen Augenblick lang ihre Würde vergessen und eine Szene machen.

»War das Leonora?« fragte Humphrey, als James von sich aus keine Mitteilung machte. »Hast du ihr gesagt, daß du eine neue Wohnung gefunden hast?«

»Sie wußte, daß ich auf der Suche war«, antwortete James, »aber ich dachte, ich wollte lieber warten, bis der Vertrag unterschrieben ist und alles, bevor ich ihr etwas erzähle.«

»Ich esse heute abend bei ihr. Wäre es dir angenehm, wenn ich etwas andeuten würde?«

James zögerte. Er wäre froh gewesen, das Angebot seines Onkels annehmen zu können, da es die einfachste Lösung gewesen wäre, doch er mußte wohl Leonora selbst entgegentreten. Nur, wie sollte er es tun?

»Überlasse es mir«, sagte Humphrey. Er stand auf

und summte eine gerade populäre Melodie. Er war zur Zeit bester Laune, denn er sah Leonora natürlich öfter als gewöhnlich, und obwohl er zu taktvoll war, um ihr gegenüber James und seine neue Beziehung groß zu erwähnen, hatte er doch den deutlichen Eindruck, daß sie ihm dankbar war für die Einladungen zu kleinen Ausflügen aufs Land, Besichtigungen historischer Häuser und besonders köstlichen Mahlzeiten, um sie von dem, was vorging »unter ihrem eigenen Dach«, wie Humphrey bei sich dachte, abzulenken. Denn James' häufige Abwesenheit mußte doch fast so schmerzlich für sie sein, als wenn er Ned tatsächlich in die Wohnung mitgebracht hätte. »Würdest du es für möglich halten«, fuhr Humphrey fort, »daß es jetzt fast ein Jahr her ist, seit wir sie auf dieser Bücherauktion getroffen haben? Es scheint, als wäre es gestern gewesen.«

James kam es sehr viel länger vor, denn sein Jahr war voller Ereignisse und neuer Menschen gewesen, wie es im Leben eines fünfundzwanzigjährigen Mannes im Gegensatz zu dem eines sechzigjährigen auch zu erwarten ist. Leonora, Phoebe, Ned – was für unterschiedliche Erfahrungen –, und er hatte sie alle geliebt und liebte sie auf seine Art noch immer. Doch jetzt beanspruchte seltsamerweise Ned seine Aufmerksamkeit auf eine Weise, wie die Frauen es nie getan hatten.

»Du hast gesagt, du fährst übers Wochenende weg?« fragte Humphrey.

»Ja«, bestätigte James knapp, denn er hatte sich noch nicht darauf vorbereitet, auch seinen Onkel anzulügen, und hatte keine Ahnung, was für weitere Erklärungen er würde liefern können. Zum Glück wurden keine verlangt; Humphrey ging, immer noch seine Melodie summend, weg, und James blieb allein mit Miss Caton zurück.

»Im November kann es auf dem Land noch sehr schön

sein«, bemerkte sie, »und wir haben in den letzten Tagen sehr mildes Wetter gehabt. Aber ich würde für alle Fälle warme Kleidung mitnehmen.«

James stimmte ihr höflich zu, amüsiert bei der Vorstellung, in Neds tropisch zentralgeheizter Wohnung warme Kleidung zu brauchen. Er kehrte zu seiner Arbeit zurück und versuchte, Leonora aus seinen Gedanken zu verdrängen. Er war froh, daß Humphrey heute abend mit ihr aß. Es war die Vorstellung, daß sie allein war und auf ihn wartete, die er nicht ertragen konnte. Er beschloß, Neds Rezept anzuwenden: wenn du es nicht erträgst, an etwas zu denken, dann denke einfach nicht daran; und nach einer Weile funktionierte es.

Humphrey würde nicht vor acht Uhr kommen, und das Essen war fertig, aber Leonora war nicht in der Stimmung für Megs Besuch, die gefragt hatte, ob sie auf ihrem Heimweg vom Büro zu einem kleinen Schwatz vorbeischauen könne. Jeglicher trübe Einfluß war zu meiden, wenn man sich in Höchstform fühlen und präsentieren wollte, und Meg verbreitete sich über ihren gegenwärtigen Gesundheitszustand und die Schwierigkeiten, die Frauen in »ihrem Alter« damit hatten, kein besonders erbauliches Thema. Erst andeutungsweise, dann mit wachsender Vertraulichkeit beschrieb sie ihren eigenen Fall – eine verständnisvolle *Ärztin* hatte ihr soviel dazu erklärt. Alles, schien es, die Müdigkeit, die Depressionen, die Tränen, das Gefühl der Unzulänglichkeit, der Eindruck, sein Leben vergeudet zu haben, ließ sich auf einleuchtende Weise darauf zurückführen.

Leonora hörte mit steigender Empörung zu. *Sie* hatte nie ein Gefühl der Unzulänglichkeit gehabt, und obwohl sie schlecht leugnen konnte, daß auch sie eine Frau war, war es doch unannehmbar, daß sie und Meg das gemeinsam haben sollten.

»Anscheinend ist es richtig gut, sich für einen jüngeren Menschen zu interessieren, eine Art Kinderersatz«, fuhr Meg fort, »jeder *muß* lieben. Man sollte einfach seine Liebe herausströmen lassen, hat Frau Dr. Hirschler gesagt« – hier gestikulierte Meg mit den Armen – »sie nicht zurückhalten oder sich deswegen schämen«.

»Das dürfte aber manchmal etwas peinlich sein«, bemerkte Leonora, die sich fragte, ob sie Meg zuviel zu trinken eingeschenkt hatte.

»Wir müssen uns eben alle auf unsere eigene Art ausleben«, sprach Meg weiter, »und wenn die Dinge manchmal schief zu laufen scheinen, dürfen wir nicht *aufhören* zu lieben, darauf kommt es an, denke ich.«

Leonora fragte sich, ob sie Meg nicht irgendwie den Eindruck vermittelt haben mußte, daß sie James in letzter Zeit nicht mehr so oft sah, denn jetzt schien Meg geradezu mitfühlend werden zu wollen, als ginge es darum, daß James sie irgendwie vernachlässigt hätte. Selbst jetzt konnte sie sich nicht dazu bringen zuzugeben, und am wenigsten ausgerechnet Meg gegenüber, daß etwas zwischen ihr und James »nicht in Ordnung« sei.

»Es war ganz genauso, als Colin Harold kennenlernte«, sagte Meg. »Zuerst war es sehr schwer für mich, aber jetzt, wo sie nicht mehr zusammen sind ...«

»Tatsächlich? Das wußte ich nicht.« Leonoras Ton hellte sich eine Spur auf.

»O ja – ich dachte, ich hätte es dir erzählt. Es ist nicht gelaufen, wie wir gehofft hatten.« Es klang direkt gemütlich, wie sie das sagte: sie drei und ihre Hoffnungen.

»Was ist passiert?«

»Das Übliche. Harold hat jemanden in der Tierarztpraxis kennengelernt – der Mann kam mit einem Pudel – oder war es ein Pekinese ...?« Meg suchte stirnrunzelnd, sich an dieses in Leonoras Augen völlig irrelevante Detail zu erinnern. »Ich weiß, es war ein kleiner Hund, er hatte irgend etwas mit den Zähnen – jedenfalls sind sich

Harold und der Hundebesitzer nähergekommen, und jetzt sind sie zusammengezogen.«

»Wie praktisch«, murmelte Leonora.

»Colin war natürlich schwer geschockt, aber er weiß, daß er immer noch mich hat. Ich bin der einzige Mensch, der sich *nie* ändert«, erklärte Meg wacker, und so sah sie auch aus, dachte Leonora, wie sie so in demselben alten Schaffellmantel dasaß, der ihr einziges Kleidungsstück für den Winter zu sein schien. Andere hätten vielleicht einen Hauch von Pathos, ja selbst Vornehmheit an ihr wahrgenommen, aber Leonora nicht.

»Es tut mir leid, Meg«, sagte sie, »aber ich muß dich jetzt gleich hinauswerfen. Humphrey kommt zum Abendessen, und ich erwarte ihn um acht.«

»Du solltest Humphrey heiraten«, bemerkte Meg, die sich gehorsam zum Gehen anschickte. »Ich kann mir einfach nicht vorstellen, warum du nie geheiratest hast, Leonora.«

Leonora lächelte rätselhaft. Man hatte schließlich genug Möglichkeiten gehabt, das sah Meg ja wohl deutlich.

Sie begleitete sie hinaus und blieb dann vor dem Kirschbaumspiegel stehen. Er warf das übliche schmeichelnde Spiegelbild zurück, und sie wußte, daß sie an dem mit Kerzen beleuchteten Abendbrottisch in dem schwarzen Spitzenkleid, das Humphrey liebte, so schön aussehen würde wie eh und je. Vielleicht würde sie es heute abend zulassen, daß er sie küßte. Sie hatte seine Lieblingsspeisen gekocht: Estragonhühnchen und Schokoladenmousse. Erst als sie letzteres anbot und Humphrey ablehnte, fiel ihr wieder ein, daß er alles Schokoladige haßte. Es war James, der Schokoladenmousse liebte.

»Ein bißchen Käse, Liebste, wenn du welchen hast – das wäre ein perfekter Abschluß für dieses Essen.«

Natürlich hatte man Käse da, mehrere verschiedene Sorten, dachte Leonora, als sie ihn holen ging. In der Speisekammer überkam sie der Katzenjammer. Sie lehnte sich an die Ecke eines Regals und preßte die Stirn an die Konservendosen – Garnelen und Hummer, Spargelspitzen, weiße Pfirsiche –, die sie immer auf Vorrat hatte, für den Fall, daß James unerwartet zum Essen kommen würde. Es war jetzt schon so lange her, daß er es getan hatte. Ach, würde doch, wenn sie jetzt ins Eßzimmer zurückging, James dort sitzen, statt Humphrey!

Humphrey wählte gerade den Augenblick, als sie mit dem Schimmelkäse in den Händen dastand, um ihr mitzuteilen, daß James eine neue Wohnung gefunden habe und binnen kurzem dort einziehen werde.

»Wo ist das?« fragte sie, nun wieder völlig beherrscht.

»Fulham, obwohl sie das ja heutzutage Chelsea nennen. Die Immobilienpreise haben in den letzten Jahren in dieser Gegend bedeutend angezogen, und ich glaube, es ist eine ganz gute Investition für ihn. Wenn James sich schließlich – wie ja anzunehmen ist – eines Tages entscheiden sollte zu heiraten und ein Haus zu kaufen, kann er immer noch eine schöne Ablösung für den Rest seines Mietvertrags bekommen ...«

Sie ließ ihn weiterreden und erklären, wie praktisch es für den Laden sein werde. Dann machte sie sich ans Kaffeekochen.

Humphrey beobachtete sie mit mehr Distanz als sonst. Sie sah müde aus, dachte er, das schwarze Spitzenkleid war heute nicht das Richtige für sie. Frauen aus Leonoras Generation glaubten, daß Schwarz ihnen immer stünde, aber oft täuschten sie sich darin. Er würde bald gehen und ihr einen langen Nachtschlaf gönnen. Er lehnte den angebotenen Brandy ab und stand zu einer in Leonoras Augen ungewöhnlich frühen Zeit auf, um sich von ihr zu verabschieden. Er küßte sie leicht auf die Wange, tätschelte ihr die Schulter und murmelte etwas, was wie »na, na« klang, wie zu einem Kind oder Tier.

Sie fühlte sich nun, als wäre sie um etwas betrogen worden, um eine wärmere Liebesbezeigung, um den Kuß, den sie erwartet und ihm zu gestatten vorgehabt hatte. Vielleicht hätten sie heute sogar miteinander im Bett enden können, und es wäre gemütlich und tröstend für sie gewesen.

»Ich nehme an, James wird seine Möbel wegbringen lassen wollen«, sagte sie, nachdem sie sich gute Nacht gewünscht hatten.

»Nun ja, ich denke schon.« Wirklich, diese Möbel würden bald auseinanderfallen, wenn es in diesem Tempo weiterging, dachte Humphrey. Erst raus aus James' Wohnung in Notting Hill und rein in das Depot, dann raus aus dem Depot und rein in dieses Cottage auf dem Land, dann wieder raus aus dem Cottage und rein in Leonoras Haus und jetzt noch nach Fulham. »Mach dir deswegen keine Sorgen«, setzte er hinzu. »Ich kann das alles in die Wege leiten.«

»Man wird sich doch wohl kaum wegen des Umzugs von ein paar Möbelstücken Sorgen machen«, bemerkte Leonora in ihrem kühlsten Ton.

»Also, Liebste, wenn du mich wegen *irgend* etwas brauchen solltest...«, sagte Humphrey ein bißchen ernüchtert. Wieder tätschelte er ihr die Schulter, und sie ging mit dem Gefühl ins Haus zurück, daß der Abend kein Erfolg gewesen war.

21

»Jimmie«, du hast wirklich wunderschöne *Füße* – hat dir das schon mal jemand gesagt?«

James schüttelte den Kopf; niemand hatte ihm je so ein Kompliment gemacht.

»Gehst du viel barfuß? Das könnte der Grund sein.«

»Nun, in England nicht.«

»Aber das hier fühlt sich nicht wie England an, nicht wahr?« Ned streckte sich auf dem synthetischen schwarzen Fellteppich aus.

»Nein, es fühlt sich überhaupt nicht wie irgendwo an«, stimmte James zu.

»Und doch ist es *überall.*« Ned wollte schon Donne zitieren, doch dann fiel ihm wieder ein, daß James in englischer Literatur völlig ungebildet war und er sich mit ihm das Vergnügen versagen mußte, einander Zitate an den Kopf zu werfen.

»Weißt du«, sagte James nach einer Weile, »ich glaube, ich sollte schon zu ihr gehen und mit ihr reden.«

»Ach, du meinst Leonora. Aber sie weiß es doch jetzt, nicht wahr? Dein Onkel hat es ihr doch sicher erzählt.«

»Ja, das hat er. Aber ich kann doch nicht einfach die Möbel abtransportieren lassen und nichts zu ihr sagen. Schließlich habe ich sie immer noch sehr gern, und ich will sie nicht mehr verletzen als unbedingt nötig.«

»Oh, Jimmie, schon wieder dein Gewissen! Du hast sie natürlich immer noch gern – aber was *heißt* ›gernhaben‹? Du verletzt sie natürlich – aber das *ist* Liebe eben, verletzen und verletzt werden. Glaube mir, ich *weiß* das.«

Sie hatten dieses Gespräch schon öfter geführt, und

mehr als einmal hatte James sich bei der Frage ertappt, ob Ned wohl je selbst verletzt worden war oder ob er immer derjenige gewesen war, der das Verletzen besorgt hatte.

»Ich habe schon so *oft* jemand verletzen müssen«, fuhr Ned fort. »Oh, Jimmie, es reißt einen in Stücke!«

»Es wird wohl auch die andere Person in Stücke reißen«, bemerkte James mit bei ihm ganz ungewöhnlichem Zynismus. »Morgen gehe ich und besuche sie.«

Einen Augenblick lang sah Ned fast ängstlich aus, aber der Schatten verschwand bald wieder von seinem Gesicht. James würde keine Ausnahme der Regel darstellen, daß niemand Neds müde wurde, bevor nicht Ned selbst seiner müde war.

James war nervös, als er auf der Türschwelle stand und wartete, daß Leonora öffnete. Er hatte seine Schlüssel im Laden gelassen, sonst hätte er in die Wohnung hinaufschleichen und etwas trinken können, um sich Mut zu machen. Aber es war vier Uhr nachmittags, und es wäre ihr vielleicht seltsam vorgekommen, wenn sie gemerkt hätte, daß er um diese Tageszeit schon etws getrunken hätte.

»James, Liebling!« rief sie aus.

»Oh, Leonora ...« Sie hatten nur den Bruchteil einer Sekunde gezögert, bevor sie sich umarmten, und einen Augenblick lang schien es, als wäre alles wieder gut.

Doch als sie anfingen zu sprechen, wurde deutlich, daß die Dinge nicht mehr so waren wie früher. Die Konversation war zäh. Leonora erkundigte sich höflich nach Ned und wurde davon unterrichtet, daß es ihm gut gehe; sie fragte nach dem Fortschritt seiner Doktorarbeit, worüber James weniger zu sagen wußte. Dann sprach James die Vermutung aus, daß Leonora gehört habe, daß er eine neue Wohnung gefunden habe, und das hatte sie natürlich. Sie vermutete auch, er sei gekommen, um mit ihr auszumachen, wann seine Möbel geholt werden könnten.

Während dieses ganzen Gesprächs sahen sie einander kaum an. James konnte sehen, daß Leonora sich gerade das Haar hatte legen lassen und ein dunkelblaues Kleid trug, das ihm neu war. Eine georgianische, straßbesetzte Email-Brosche – sein letztes Geschenk – war an den Kragen gesteckt. Leonora bemerkte, daß James' Haar geschnitten werden mußte – oder trug er es jetzt länger? – und daß er einen Seidenschal um den Hals geschlungen hatte, den sie ihm in den frühen Tagen ihrer Freundschaft geschenkt hatte. Das alles hatten sie mit schnellen, fast verstohlenen Seitenblicken vom einen zum andern hin festgestellt. Sie hatten einander nicht in die Augen geblickt, um zu sehen, was dort zu sehen war. Keiner der beiden schien dazu den Mut zu haben.

»Humphrey hat gesagt, er würde die Sache in die Hand nehmen«, sagte Leonora, »wenn der Tag einmal feststeht, heißt das.«

»Ich bin durchaus imstande, meinen Umzug selbst zu organisieren«, sagte James, froh, seine Schuld auf seinen Onkel abladen zu können.

»Ich habe vor einiger Zeit deine Milch abbestellt«, sagte Leonora, »aber am Anfang, als sie immer noch kam, wußte ich nicht, was ich tun sollte.«

»Es tut mir leid, ich hätte dich benachrichtigen sollen oder so etwas ähnliches«, murmelte James. Nur eine Frau, fand er, konnte wohl an so etwas Triviales wie das Milchabbestellen denken, wenn man mitten in einer Liebesaffäre war.

»Ach, das war schon in Ordnung. Liz kann immer jede Menge Milch für die Katzen brauchen. Sie hat mich dafür bezahlt.«

»Du mußt bald einmal kommen und dir die neue Wohnung ansehen«, sagte James.

»Ja, natürlich«, sagte Leonora mit abgewandtem Gesicht.

Dann herrschte ziemlich lange Schweigen. James hatte schreckliche Angst, daß sie anfangen würde, zu weinen oder irgendeine Szene zu machen.

»Oh, Leonora«, hob er an, »du darfst nicht denken, daß ich dich nicht liebe...«

Leonora blickte verdutzt zu ihm auf. Das Wort »Liebe« war zwischen ihnen noch nie gefallen.

»Ich werde dich immer lieben«, fuhr James fort, was die Sache auch nicht besser machte, denn »immer« hatte so einen endgültigen Klang; er hätte genausogut auch »nie« sagen können.

»James, Liebster, du bist wirklich ziemlich dumm«, sagte sie in kühlem Ton. »Du weißt doch, daß ich dich nie daran hindern wollte, deine eigenen Freundschaften zu haben, man ist ja schließlich kein Ungeheuer. Du hast Phoebe geliebt, und jetzt liebst du Ned. Und wenn Ned nach Amerika zurückgeht, wie es ja zweifellos geschehen wird, wirst du jemand anderen lieben.«

»Aber Leonora, *so* bin ich doch nicht. Wenn ich doch nur erklären könnte...« James drehte verzweifelt den Kopf hin und her.

»Und jetzt, James, muß ich dich wirklich hinauswerfen – ich esse heute mit einem alten italienischen Freund zu Abend und möchte mich vorher noch ein wenig hinlegen.«

Sie sah ihm nicht nach, als er wegging, sondern wartete, bis sie seinen Wagen wegfahren hörte, bevor sie hinaufging, um Kraft zu schöpfen und sich für den Conte elegant zu machen, der immer Steak und Nierenpudding essen und Guinness trinken wollte, wenn er in London war. Die Erinnerung an den verletzten Ausdruck auf James' Gesicht war nur eine ganz leise Befriedigung, aber sie war doch ziemlich von sich angetan, daß sie den Mut gehabt hatte, ihn so zu behandeln, wie sie es getan hatte. Das Wort »Liebe« tatsächlich ausgesprochen zu hören, hätte für jemand anderen, zum Beispiel für die arme Meg, wohl zuviel sein können.

Am Tag vor James' Umzug nutzte Leonora eine schon seit langem ausgesprochene Einladung der Murrays, ein paar Tage mit ihnen in ihrem Landhaus zu verbringen. Sie hatte sie immer ziemlich von oben herab betrachtet, und natürlich war November keine ideale Zeit, um aufs Land zu fahren, aber sie wußte, daß sie allen modernen Komfort hatten, und Joan hatte für Freitagabend eine Party geplant, die ja vielleicht ganz amüsant werden konnte. Humphrey und James würden am Samstag den Abtransport der Möbel überwachen, und Liz hatte versprochen, herüberzukommen und nachzusehen, ob alles in Ordnung war, nachdem sie gegangen waren.

Die Fahrt in Richtung Westen in einem bequemen Erster-Klasse-Abteil wirkte wohltuend auf Leonoras Gefühle. Es fuhren nur drei andere Reisende mit, zwei gediegen wirkende Männer, die damit beschäftigt waren, Papiere aus ihren Aktentaschen hervorzuholen und sie wieder zurückzustecken, und eine junge Frau, die völlig von einem Taschenbuch mit einem pornographischen Umschlagbild in Anspruch genommen war. Leonora war die einzige, die der Aufforderung zum Teetrinken im Speisewagen nachkam, und wurde an einen kleinen Fenstertisch geführt, an dem bereits eine andere Person saß.

Sie setzte sich mit niedergeschlagenen Augen, wie manche Frauen das zu tun pflegen, wenn sie sich einem fremden Mann gegenübersehen. Leonora traute der Sorte Männer, die man in Zügen kennenlernt, nicht besonders, obwohl sie in ihren jüngeren Jahren darin kühner gewesen war. Sie hatte ein Buch dabei – Tennysons *In Memoriam* in einer recht schönen ledergebundenen Ausgabe –, das sie sofort aufschlug und zu lesen versuchte, aber es war schwierig, sich zu konzentrieren, zum einen weil sie dabei versuchen mußte, gegen die Schleuderbewegung des Zuges Tee einzuschenken, und zum anderen weil *In Memoriam* vielleicht nicht die geeignetste Begleitlektüre für eine Mahlzeit unter so erschwerten Bedingungen war. Sie hatte eigentlich vorgehabt, es im Bett bei den Murrays zu lesen, falls sie in der Nacht nicht schlafen können sollte.

Es gelang ihr, sich als erste aus dem gemeinsamen Milchkännchen einzuschenken und ihren Tee erfolgreich in die Tasse zu praktizieren. Dann wurde heißer Buttertoast gebracht, und es stellte sich die Frage, was sie dazu essen wollte.

»Möchten Sie etwas Marmelade?«

Der Fremde gegenüber bot ihr die erste Wahl unter den kleinen Marmeladentöpfchen an, die er ihr ermutigend auf einem Tablett unter die Nase hielt. Als sie die Augen aufschlug, sah sie, daß er ein äußerst gutaussehender Geistlicher war.

»Ich weiß nicht…« Leonora war an Männer gewöhnt, die ihr in Restaurants die Speisen vorschlugen oder für sie aussuchten, aber vielleicht war das hier jetzt nicht ganz dasselbe.

»Gelb, hellrot, grün oder purpur?«

»Welche würden *Sie* denn empfehlen?«

»Das kommt darauf an. Vielleicht würde jemand, der Tennyson liest, purpur den Vorzug geben?« meinte er mit einer gewissen Galanterie.

»Ja, purpur, denke ich; hellrot und gelb würden sich nicht damit vertragen.« Sie lächelte und sah ihn an. Bei Geistlichen, so stattlich sie auch aussehen mochten, durfte man sich *sicher* fühlen, fand sie, obwohl das vielleicht eine altmodische Einstellung sein mochte. Es war bestimmt in Ordnung, ein wenig mit ihm zu flirten, so wie eben heutzutage nur Leute mittleren Alters miteinander flirteten.

Es stellte sich heraus, daß er nach Malvern fuhr – sein Bruder war dort Direktor einer Schule. Ohne es direkt zu sagen, ließ er durchblicken, daß es sehr schade war, daß Leonora nicht auch nach Malvern fuhr.

»Ich steige in Moreton-in-Marsh aus, wo meine Freunde mich abholen«, erklärte Leonora.

»Leider...« Er lächelte.

»Zusammen?« Der Speisewagenkellner stand vor ihnen, bereit, die Rechnung zu schreiben.

»Nein, *getrennt*«, sagte Leonora schnell.

Er war zu taktvoll, um zu versuchen, ihr den Tee zu bezahlen; das wäre auch sehr aufdringlich gewesen, fand Leonora. Als sie den Gang zurücktaumelte – er war vor ihr in ein Zweiter-Klasse-Abteil eingeschwenkt –, fühlte sie sich durch die kleine Episode ermutigt. Sie war immer noch schön, immer noch »begehrenswert«, wenn das nicht zu stark ausgedrückt war. Auf der Autofahrt mit Joan nach ihrer Ankunft konnte sie etwas aus der Begegnung machen.

Aber im Auto redete Joan unablässig und langweilig von einer Teestube, deren Besitzerin versprochen hatte, für die Party Pasteten zu backen, die aber nicht fertig gewesen waren, als sie sie vorhin hatte abholen wollen. Und Dickie wollte noch Kaviar mitbringen, der auf Kekse gestrichen werden mußte. Und es mache doch Leonora nichts aus, aber sie habe noch keine Zeit gehabt, ihr das Bett zu richten.

Leonora saß ziemlich steif im Wagen und fragte sich, warum sie nur gekommen war. Es war bedenklich, daß ihr Bett noch nicht gemacht war, als wäre sie eigentlich gar nicht erwartet worden. Dabei brauchte sie dieses Wochenende doch viel Aufmerksamkeit und Zuwendung.

Als sie das Cottage erreichten, wurde sie wieder zuversichtlicher. Dickie machte eine Flasche Champagner auf, um sie nach der Reise zu erfrischen, und das Zimmer, das sie ihr gegeben hatten, war ruhig und ging auf den Garten hinaus. In Joans Abwesenheit hatte jemand das Bett gemacht, und auf dem Nachttisch standen Blumen in einem rosa glasierten Krug. *In Memoriam* paßte wunderbar zu den hübschen viktorianischen Sächelchen, die den Kaminsims und den Toilettentisch schmückten. Während sie sich umzog, kam Joan herein, angeblich, um sich den Reißverschluß ihres Kleides hochziehen zu lassen, aber in Wirklichkeit, um Leonora über James auszufragen.

»Ach, Liebste, uns sind ja tolle Sachen zu Ohren gekommen – ist es denn *wahr*?«

Zum Glück schellte es an der Haustür, bevor Leonora auf das Thema James eingehen konnte. Es hatte ihr nie etwas ausgemacht, sich in eine Party zu stürzen, und sie betrat den Raum mit gewohnter Selbstsicherheit. Aber die Freunde der Murrays stellten sich als außergewöhnlich uninteressant heraus, und Leonora merkte nun, daß sie zu müde war, um jene Anstrengung zu machen, die eine sprühende Konversation erfordert, selbst wenn sie gewollt hätte. Nachdem die Party schon eine Weile im Gange war, fand sie sich auf einem Sofa gestrandet in Gesellschaft einer unbegleiteten Frau in einem knalligblauen Kleid, die sich irgendwie an sie geheftet hatte und sie kritisch zu mustern schien.

»Ich bin sicher, *Sie* kommen aus London«, sagte sie. »Sie sehen so ausgelaugt aus.«

Das konnte man allerdings von dem roten Gesicht der Frau mit dem Pferdegebiß nicht sagen; ein Blick überzeugte Leonora, daß sie lieber »ausgelaugt« aussehen wollte, was immer das auch bedeuten mochte.

»Was machen Sie denn so?« fragte die Frau. »Hat mir Joan nicht erzählt, Sie seien bei der BBC? Ich wollte, sie würden nicht immer dieses gräßliche Popzeug bringen.«

Leonora informierte sie kühl, daß sie nicht bei der BBC sei und keinem Beruf nachgehe.

»Wollen Sie sagen, Sie tun *nichts*?«

»Man lebt eben sein eigenes Leben.«

»Aber Sie könnten doch sicher irgendwo freiwillig mitarbeiten?«

Die Frage verdiente keine Antwort, aber Leonoras Schweigen gab der Frau Gelegenheit, alles aufzuzählen, was sie machen könnte – im Krankenhaus arbeiten, sich um alte Menschen kümmern, um geistig behinderte Kinder, um die Einsamen, es gab so viele Einsame ...«

»Na, wie ist's, Ba?« erlöste Dickie sie endlich. »Es gehen jetzt alle. Wenn du dich beeilst, können dich die Fosdykes im Auto mitnehmen.«

»Meine Güte, ist es schon so spät?« Die Frau, die jetzt als »Ba« identifiziert worden war, stand auf und rannte fast in die Diele hinaus.

Plötzlich waren alle weg.

»Die gute alte Ba«, sagte Dickie, »immer die erste, die kommt, und die letzte, die geht. Tut mir leid, daß du mit ihr festgesessen hast, Leonora.«

Leonora schenkte ihm ein schwaches Verzeihungslächeln, aber in ihrem Herzen vergab sie ihm nicht. Wie hatte er das nur zulassen können?

»Die arme alte Leonora«, sagte Dickie, als er mit Joan sehr viel später die Gläser abwusch. »Sie scheint nicht ganz in Form wie sonst.«

»Aber sie ist immer so elegant, und das Kleid war *wunderschön*«, meinte Joan loyal. »Es war eben einfach Pech, daß Ba sich an sie gehängt hat.«

»Sie ist irgendwie so kalt und unmenschlich«, sagte Dickie. »Ich muß immer denken, ich würde gern mal...«

»Aber Liebling, werd mir jetzt beim Thema Leonora nicht unanständig«, erhob Joan mit entzücktem Kichern Einspruch.

»Aber nimm doch einmal an, man *würde*... Genau das ist es nämlich, was sie braucht. Meinst du, Humphrey hat je?«

»Stell dir die beiden bloß vor – nein, ich kann *nicht*...« Joan schüttelte es jetzt vor unterdrücktem Lachen, so daß Leonora, die im Zimmer darüber im Bett lag, aus der Küche etwas hörte, was fast wie Schluchzen klang. Dann wurde ihr natürlich klar, daß es Gelächter war – Joan und Dickie waren wieder einmal, wie so oft, in alberner Stimmung wegen irgendwas. Sie wünschte jetzt, sie wäre nicht gekommen, aber es war ihr eben besser erschienen, fort zu sein, wenn James' Sachen abtransportiert werden würden. Doch würde sie heute nacht schlafen können? Das Bett war zwar bequem, aber es war nicht ihr eigenes, und wenn sie aufsah, war Dunkelheit, wo das Fenster hätte sein sollen.

Am nächsten Tag hatte Leonora einen ihrer Migräneanfälle. Sie konnte nichts machen, außer in dem fremden Bett zu liegen und unruhig vor sich hin zu dämmern, sich zu übergeben und dann wieder weiterzudösen, während in ihrem schmerzenden Kopf James' Möbel die Treppe hinauf- und hinuntergetragen wurden, jedes einzelne Stück in eine Art Gespinst eingewoben, das sich wuchernd von innen an ihre Hirnschale drückte, bis sie glaubte, sie müßte zerspringen. Ab und zu kam Joan auf Zehenspitzen die Treppe hinaufgeschlichen, schob ihr schuldbewußtes Gesicht zur Tür herein und fragte, ob sie irgend etwas wünsche. Einmal hörte sie Dickie singen und sofort scharf von Joan zum Schweigen gebracht werden. Sie wußte, daß sie schwer auf der Stimmung im Haus lastete und nie wieder eingeladen werden würde, aber sie fühlte sich zu krank, um sich darum zu scheren.

Erst gegen Abend ließen Schmerz und Übelkeit nach, und sie setzte sich versuchsweise im Bett auf, um festzustellen, daß ihr der Kopf nicht mehr weh tat und sie imstande war, eine Tasse schwachen Tee zu trinken. In ihrer Erleichterung, sich wieder wohl zu fühlen, erschienen ihr auch andere Dinge wieder in besserem Licht. Dickie hatte versprochen, sie am nächsten Tag nach London zurückzufahren; fast freute sie sich darauf, ihr gewohntes Leben wieder aufzunehmen.

22

Nun war es schon fast wieder Weihnachten. Unerbittlich stand das Fest bevor, mit allen Verlegenheiten, die es zu begleiten pflegten und die in diesem Jahr sogar noch zahlreicher zu sein schienen als sonst. Ned mußte nach Oxford, um mit seinen Freunden dort zu feiern, die ziemlich beleidigt waren, daß er sie so vernachlässigt hatte. Am Abend, bevor er fuhr, lud ihn James zum Abendessen in ein Lokal in Chelsea ein, um ihm sein Weihnachtsgeschenk, ein Paar teure Manschettenknöpfe, zu geben. Darauf zu kommen, war vergleichsweise leicht gewesen, denn alles, was Ned von einem Geschenk verlangte, war, daß es den Geber eine Menge Geld gekostet hatte. Leonoras Geschenk auszusuchen war schwieriger gewesen. Die Tiefdruckbeilagen der Sonntagszeitungen brachten keine Ratschläge, was man einer älteren Frau schenken könnte, der gegenüber man sich wissentlich schlecht benommen hatte. Etwas wie die viktorianischen »Liebesgaben« der Vergangenheit kam ihm unpassend vor, und so wählte James schließlich einen Bildband mit Reproduktionen viktorianischer Malerei. Er wußte, daß Leonora enttäuscht sein würde; selbst wenn ihrer Miene nichts anzumerken wäre, würde es doch, wenn sie ihm dankte, der Ton ihrer Stimme verraten, wie es bei Miss Caton gewesen war, als er den Gedichtband ausgepackt hatte, den Phoebe ihm zum Geburtstag geschickt hatte. Bücher waren eben irgendwie nicht aufregend oder romantisch als Geschenk. Er war erleichtert, als er erfuhr, daß Humphrey ein Paar Amethystohrringe für sie hatte, und hoffte, das Geschenk seines Onkels würde irgendwie seine Unzulänglichkeit wieder wettmachen, obwohl er in Wirklichkeit natürlich ja wußte, daß es nicht so sein konnte. James selbst würde zum Wintersport fahren wie gewöhnlich, mit einer »Clique junger Leute«, wie Humphrey das nannte, so daß es sehr weit ab von allem klang, was ihn und Leonora betraf.

»Was machst du am ersten Weihnachtsfeiertag?« fragte er. »Wir könnten ihn zusammen verbringen, wenn du magst.«

»Danke, Humphrey, Liebster – aber ich habe immer ein etwas schlechtes Gewissen wegen Liz bei diesen Anlässen. Ich empfinde es als eine Art Pflicht, sie zum Weihnachtsessen einzuladen. Sie ist doch die ganze Zeit allein, nur mit diesen Katzen und ihren unglücklichen Erinnerungen an diesen Schuft von einem Ehemann, da meint man eben ...«

Humphrey hatte immer gefunden, daß Liz auf ihre Art völlig zufrieden wirkte, aber er war erleichtert, daß er Leonora nicht zu unterhalten brauchte; er verbrachte gern diesen Tag ruhig in seinem Club mit Schlafen und Bridgespielen.

Am Weihnachtsabend war Leonora zum Essen bei Meg eingeladen. Es gab kaltes Hähnchen, und Colin, der derzeit keinen Liebhaber hatte und sich von seiner besten Seite zeigte, hatte einen speziellen Salat gemacht, ganz wie an der Snackbar, wo er arbeitete.

»Was für ein Unterschied zu *letztes* Jahr«, flüsterte Meg Leonora zu, als Colin einmal nicht im Zimmer war. »Diese entsetzliche Zeit ... ich dachte, er würde nie wieder zurückkommen, aber dann tat er's doch.«

Leonora hätte bestätigen können, daß dieses Weihnachten auch für sie sehr verschieden war, aber sie hatte nicht den Wunsch, ihre Situation mit Meg zu besprechen. Bald würde ein neues Jahr beginnen, in dessen Verlauf Ned nach Amerika zurückmußte.

Der Januar war düster und trostlos, und das Warten stellte sich als weniger leicht heraus, als Leonora gemeint hatte. Jeder Tag, der verging, brachte den Zeitpunkt von Neds Abreise näher, schien aber gleichzeitig die Kluft zwischen ihr und James nur noch zu vergrößern. Im Verlauf des Monats wurde klar, daß James sie völlig aus seinem Leben gestrichen hatte. Humphrey erwähnte seinen Namen jetzt kaum mehr; es war, als wäre er tot oder hätte nie existiert. Die Tage kamen ihr lang und hoffnungslos vor, und Leonora fing an zu wünschen, sie hätte nicht aufgehört zu arbeiten, denn eine Routineberufstätigkeit hätte doch wenigstens den größten Teil des Tages ausgefüllt. Es fehlte ihr jedoch an Energie und Initiative, um sich nach einer Beschäftigung umzusehen; sie dachte an diese schreckliche Frau, der sie auf der Party bei den Murrays begegnet war – »Ba« hatte sie doch geheißen? –, und an die unverschämten Vorschläge hinsichtlich nützlicher freiwilliger Arbeit, die sie gemacht hatte. Aber als Leonora sich daran im einzelnen erinnerte, war bei jeder ein Haken: wie konnte sie kirchliche Arbeit leisten, wenn sie nie auch nur in die Nähe einer Kirche ging, oder alte Menschen pflegen, wenn sie sie langweilig und körperlich abstoßend fand, oder sich um behinderte Kinder kümmern, wenn schon der bloße Gedanke daran sie entsetzte?

Humphrey, der ihre Niedergeschlagenheit spürte, schlug vor, daß sie wieder einen Mieter für ihre Wohnung suchen solle; offensichtlich würde James ja nicht mehr zurückkommen, und es wäre doch weniger einsam für sie, wenn noch jemand im Haus wohnte. Vielleicht könnte es sogar auch einen neuen Lebensinhalt für sie bedeuten. Er stellte sich eine nette Frau in ungefähr ihrem Alter vor oder eine junge Studentin oder sogar ein junges Paar, aber Leonora hatte nicht das Gefühl, sich auf so etwas einlassen zu können. Eine andere Frau konnte ihre Unabhängigkeit einschränken, und man wußte nie, was einer »Studentin« womöglich alles einfiel. Und was ein junges Paar betraf, so würde es wahrscheinlich ein Baby bekommen, und *das* war ihr nun doch wirklich nicht zuzumuten.

Mit der Zeit dachte Leonora nicht mehr an die leere Wohnung und ging nicht mehr hinauf, wie sie es manchmal getan hatte, nachdem James ausgezogen war. Sie hatte immer tote Gegenstände genauso geliebt wie Menschen und verbrachte jetzt Stunden damit, ihre Besitztümer zu pflegen, fast zwanghaft das Porzellan zu waschen und das Silber zu polieren und es in ihren Räumen neu zu arrangieren. Der Schock bei der Feststellung, daß James den Kirschbaumspiegel mitgenommen hatte, hatte sie ganz unverhältnismäßig aus der Fassung gebracht, und Humphrey hatte überall gesucht, um einen anderen für sie aufzutreiben. Empfindsame Frauen waren manchmal wirklich etwas lästig, hatte er gedacht; dabei war der Spiegel ja nicht einmal ein besonders wertvolles Stück gewesen. Schließlich war es ihm gelungen, einen einigermaßen ähnlichen wie den von James zu finden, er hatte eine hübsche Form, war aber schlimm vernachlässigt. Leonora hatte sich viel Mühe gemacht, ihn zu polieren und mit liebevoller Pflege seine Schönheit wiederherzustellen. Aber wenn sie hineinsah, war das Spiegelbild, das er ihr zeigte, anders als in James' Spiegel, in dem sie alterslos und faszinierend erschienen war. Jetzt gefiel ihr ihr Bild nicht, ihr Gesicht kam ihr eingefallen und fast alt vor. Oder fing sie etwa wirklich an, so auszusehen?

Ihre Liebe zu schönen Dingen brachte sie wieder dazu, einsame Ausflüge in die Auktionshäuser zu machen. Sie sah sich Blumenbücher bei Sotheby's Bücherauktion an, konnte sich aber nicht dazu durchringen, für irgend etwas zu bieten; sie konnte ja nicht mehr hoffen, wieder solches Glück zu haben wie jenes erste und einzige Mal. Dann ging sie zu Christie's, um zu sehen, was dort ausgestellt war. Das alles hielt sie vor Humphrey geheim, sie wählte Zeiten, in denen es unwahrscheinlich war, daß sie ihm begegnen würde, denn ganz leise war da im Hintergrund die Hoffnung, daß sie unversehens einmal James über den Weg laufen würde. Doch das geschah nie.

An einem besonders kalten Vormittag in dieser Zeit des Jahres, wenn es scheint, als wolle der Winter ewig dauern, sah sie sich gerade bei Christie's Schmuck an – schöne Steine in Fassungen der eduardianischen Ära und der zwanziger Jahre, die Art Sachen, über die sie und James so oft gelacht hatten, wenn sie sich ihre Besitzer vorstellten, wie sie sie zu höchst prunkvollen Anlässen trugen –, als plötzlich das volle Bewußtsein ihres Unglücks sie traf. Ihre Kehle brannte und Tränen schossen ihr in die Augen, nicht nur über sich selbst, sondern auch über die Besitzer des Schmucks, die jetzt alternd oder alt waren und einige wahrscheinlich tot. Sie konnte gerade noch einigermaßen gefaßt aus dem Raum hinausgehen, das weite Treppenhaus hinunter und auf die Straße. Dort fühlte sie sich verloren, unsicher, was sie tun oder wohin sie sich wenden sollte, und begann ziellos zu laufen. Sie mußte, ohne es zu merken, mit jemandem zusammengestoßen sein, denn sie hörte, daß eine Frau sich in höflichem Tonfall entschuldigte, in dem eine Spur Überraschung lag, als benähme Leonora sich merkwürdig. Sie mußte um jeden Preis vermeiden, ein Schauspiel zu bieten, dachte sie, gab sich einen Ruck und ging weiter, bis sie zu einem Café kam.

Erst als sie bereits ein paar Minuten an einem Tisch gesessen hatte, wurde ihr klar, daß das ein Lokal mit Selbstbedienung war und daß sie schon einmal mit James hier gewesen war. Natürlich hatte er ihr immer den Kaffee gebracht, aber jetzt mußte sie zur Theke gehen und ihn sich selbst holen. So etwas tat Leonora ganz und gar nicht gern, obwohl es ihr nichts ausgemacht hatte, gelegentlich mit Meg in Colins Snackbar zu essen, und als sie ihre Tasse bekommen hatte und an ihren Tisch zurückkehrte, bemerkte sie noch andere Dinge, die sie bestürzten.

Die ältere Frau, die das benutzte Geschirr abräumte, kam ihr noch älter und zerbrechlicher vor als damals, als sie mit James hier gewesen war. Er hatte sie »die polnische Gräfin« genannt, erinnerte sich Leonora; sie hatte verlebte, aristokratische Züge und murmelte beunruhigend in einer fremden Sprache vor sich hin. In Leonoras Vorstellung stellte sich eine Verbindung zwischen der alten Frau und dem Schmuck, den sie gerade gesehen hatte, her. Um die Sache noch zu verschlimmern, knallte sie jetzt ein schweres Tablett auf Leonoras Tisch, auf dem sich nicht nur schmutzige Tassen, Untertassen und Teller stapelten, sondern auch alle möglichen Essensreste – Brotrinden, zerquetschte Salatblätter, Tomatenstückchen, übriggelassene Bissen Sahnetorte und sogar ausgedrückte Zigarettenstummel –, es war wirklich zu ekelhaft.

»Bitte, nehmen Sie das Tablett hier weg«, sagte Leonora mit eisiger Stimme.

»Ich muß es irgendwo abstellen, Madam«, brummte die alte Frau.

Es folgte feindseliges Schweigen, in dessen Verlauf sich Leonora bewußt wurde, daß auch sie hierhergehörte, zusammen mit dem Schmuck und der alten Frau und der ganzen Atmosphäre von Dingen, die bessere Tage gesehen hatten. Selbst die verschmähten Brotkrusten, die Reste von Sahnetorten und die Zigarettenstummel hatten ihre Bedeutung. Dann nahm die immer noch brummende Frau das Tablett weg und stellte es auf einem anderen Tisch ab, wo ein Mann, der sich anschickte, einen Krapfen mit Messer und Gabel zu bearbeiten – vermutlich war das das Handwerkszeug, das man hier bekam –, Leonora erschaudern ließ. Sie wandte den Kopf ab und kauerte sich in ihrem Pelzmantel zusammen, sie fühlte sich erniedrigt, kleingemacht, umgerannt, in den Boden getreten, ja, »im äußersten Stadium des Verfalls«. Sie war ganz und gar allein, dachte sie.

Zum Glück ist der Zustand, »ganz und gar allein zu sein«, ein seltener. Leonora glaubte, ihn auf sich beziehen zu können, weil James sie verlassen hatte. Sie wollte die Freunde nicht zählen, die sie immer noch hatte, Humphrey und ihre älteren Verehrer, die sie in teure Lokale ausführten, und auch nicht ihre Freundinnen und Bekannten. Auf *die* hätte sie lieber verzichtet. Daher war sie ganz und gar nicht angenehm überrascht, als eine Frau mit einer Kaffeetasse sich an ihren Tisch setzte und ausrief: »Na so was, Leonora!«

Leonora konnte schlecht so tun, als würde sie ihre Kusine Daphne nicht wiedererkennen, obwohl sie einander selten sahen. Ganz schicker Tweedmantel und Pelzhut, aber die Schaffellstiefel wirkten plump und provinziell, war Leonoras automatische Reaktion.

»Wie nett, dir so über den Weg zu laufen«, fuhr Daphne fort. »Ich bin nur den Tag über in der Stadt, um mir die Ausstellung in der Akademie anzusehen.«

Was für eine gewissenhafte Bildungsbürgerin sie doch war, um aus so einem Grund in die Stadt zu fahren, dachte Leonora, mit einem Anflug ihrer gewöhnlichen Verachtung. Trotzdem, Daphne war eine freundliche Frau, und wenn man älter wurde, war das ja vielleicht ganz schätzenswert. Leonora stellte fest, daß sie nicht ungern die Einladung annahm, mit ihr in ihrem Club zu Mittag zu essen.

Es war dann ein bißchen entnervend, so eine Menge Frauen an einem Ort versammelt zu sehen. Daphne entschuldigte sich nicht – und warum sollte sie auch? – für die Abwesenheit von Männern; im Restaurant waren sogar ein oder zwei und sahen in dieser Umgebung sichtlich unglücklich aus.

»Die Geschlechtertrennung gilt jetzt als altmodisch«, sagte Daphne auf eine Bemerkung von Leonora hin, »aber es ist eben doch so, daß man den Ort lieber für sich hätte.«

Gegen Ende der Mahlzeit verspürte Leonora einen absurden Wunsch, sich Daphne anzuvertrauen. Der Wein hätte womöglich ihre Zurückhaltung gelockert, aber sie achtete darauf, sparsam zu trinken, da sie die Wärme, die sie ihrer Kusine gegenüber zu empfinden begann, als ein Gefahrensignal erkannte.

»Hast du diesen Winter Grippe gehabt?« fragte Daphne fröhlich. »Die hat ja grassiert.«

»Ja, mir war nicht besonders gut«, sagte Leonora ausweichend.

»Vielleicht brauchst du etwas zum Aufmöbeln«, meinte Daphne. »Sanatogen Stärkungswein, ich habe in der U-Bahn ein Plakat gesehen, als ich auf den Zug gewartet habe. Das ist mit Eisenzusatz, weißt du.«

Leonora blickte sie erstaunt an, aber es war ihr keine Spur von Spott anzumerken.

»Oder Wincarnis«, fuhr sie fort, »wie unsere Mütter es genommen haben.«

Daphnes Mutter – Tante Hilda –, aber gewiß nicht Leonoras Mutter mit ihrem jungen italienischen Liebhaber, hinsichtlich dessen man geglaubt hatte, Leonora sei noch zu sehr ein Kind, um etwas zu merken.

Es war noch ein Rest in der kleinen Flasche Chablis, die sie zu ihrem Hühnchen getrunken hatten. Daphne goß ihn in Leonoras Glas. Er sah sehr blaß und schwach aus verglichen mit der mutmaßlich kräftigen Farbe des Stärkungsweins.

Die Bedienung brachte ihnen die Speisekarte für den Nachtisch. Wie zu erwarten war, schüttelte Leonora – fast angewidert – den Kopf. Daphne, die vielleicht auf die Marmeladenrolle gehofft hatte, die hier im Club so gut war, schüttelte ebenfalls bedauernd den Kopf und murmelte: »Wir möchten nur Kaffee, danke.«

»Du lebst allein, nicht wahr?« fragte Daphne, als sie sich in einem der ledernen Polstersessel niederließ, wohl um jetzt ein behagliches Nachmittagsschwätzchen zu halten, wie Leonora den Eindruck hatte. Sie nickte zur Antwort.

»Und findest du es nicht manchmal einsam?«

»Nein, das ist mir nie so gegangen.«

»Du hast natürlich eine Menge Freunde im Ausland, nicht wahr, du hast ja so lange dort gelebt. Ich frage mich, warum du nicht versuchst, dem englischen Winter zu entkommen.«

Leonora sah sich »im Ausland« mit einem kühlen Getränk an einem Marmortischchen sitzen und durch ihre dunklen Brillengläser die Leute beobachten. Oder nach einer Siesta die Fensterläden öffnen und auf einen Balkon hinaustreten mit dem Blick auf Dächer und vielleicht in der Ferne ein Stückchen Meer dazwischen. Oder Freunde ihrer Familie besuchen, die jetzt alt waren und sich an ihre Eltern und an sie als junges Mädchen erinnerten. Da war sie doch in ihrem eigenen Haus besser dran, wo sie ihre schönen Sachen umstellen und auf James warten konnte.

»Ich finde das Leben in London amüsanter«, sagte sie.

»Ah, gut...« Das Gespräch begann offensichtlich zu erlahmen. Leonora dankte Daphne für das Mittagessen und stimmte sogar in deren zum Ausdruck gebrachte Hoffnung ein, daß »sie das doch einmal wieder tun könnten«. Sie trennten sich auf der Straße ohne Gewißheit, sich je wieder zu begegnen.

Leonora, die in Richtung Fortnum und Mason davongegangen war, fand sich plötzlich in diesem Nobel-Kaufhaus wieder. Sie hatte Lust, weichen Teppichboden unter den Füßen zu spüren und sich zwischen Töpfen von Foie gras und Flaschen mit Pfirsichen in Weinbrand zu bewegen. Ein Frauenclub – obwohl es ja nett von Daphne gewesen war, sie dorthin einzuladen –, wie konnte man einen solchen Ort nur aushalten? Sie fühlte sich in einer solchen Umgebung doch wirklich sehr fremd.

»Taxi, Madam?« Der livrierte Portier hielt eifrig, wie solche Leute Leonora gegenüber immer waren, einen Schirm über sie, denn es fielen jetzt ein paar Schneeflokken.

»Danke schön, *ja.*« Leonora lächelte zu ihm hinauf.

Es schneite jetzt ganz dicht, und als sie nach Hause kam, war der kleine Innenhof fast weiß. Leonora trat hinaus, um ihn zu betrachten, und als sie draußen stand, kam eine von Liz' Katzen laut miauend zu ihr und rieb sich an ihren Beinen. Wie war sie von drüben hereingekommen? fragte sie sich. Sie versuchte, sie über die Mauer zurückzuscheuchen, aber das Tier wollte nicht fort und strich weiter unter klagendem Miauen um sie herum. Was wollte es bloß? Sie hatte den Eindruck, daß sie etwas zu ihm sagen sollte, aber sie konnte Liz' Katzen nie namentlich unterscheiden, und »Mieze« erschien ihr als Anrede zu dümmlich und unbestimmt. Während sie noch überlegte, kam Liz auf ihre gewöhnliche überbesorgte Art zur Mauer. »Ach, *da* ist er«, rief sie. »Ich konnte mir gar nicht erklären, wo er abgeblieben ist.«

Nein, so wie die Menschen, die die Leere ihres Lebens mit einem Tier ausfüllen, wollte man wirklich nicht sein, dachte Leonora, als sie ins Haus zurückging.

23

Ned fühlte sich gelangweilt. Es war amüsant gewesen, zu sehen, ob er James Leonora ausspannen konnte – obwohl der Ausgang nie zweifelhaft gewesen war, denn wann war ihm ein solches Unternehmen je mißlungen? –, aber was sollte er jetzt, da es gelungen war, bloß mit ihm anfangen? Jimmie war ein süßer Junge, aber mit der Zeit wurden die Unschuld und Naivität, die Ned anfänglich angezogen hatten, langweilig und sogar beklagenswert, und sie schienen immer weniger gemeinsam zu haben. Jimmie war nicht sehr intelligent, hatte wenig Sinn für Humor und war auf eine Weise dauernd verfügbar, die allmählich lästig wurde.

Eines Abends waren sie im Theater, und in der Pause ging James zum Büfett, um etwas zu trinken zu holen. Während Ned auf ihn wartete, schweifte sein Blick über die Menge und blieb schließlich an einem dunkelhaarigen jungen Mann haften, der ebenfalls allein dastand und darauf wartete, daß man ihm etwas zu trinken brachte. Ihre Blicke trafen sich, sie traten aufeinander zu und verabredeten sich für den nächsten Tag, und es war passiert. Es war eine einfache romantische Begegnung gewesen, ganz nach dem Muster, wie Ned James in dem spanischen Postamt begegnet war. Von da an hatte sich Ned gezwungen gesehen, James mit kleinen Täuschungsmanövern hinzuhalten – er nahm das Telephon nicht immer ab, sprach manchmal mit fremdländischem Akzent oder verstellte sonstwie seine Stimme. Es war erstaunlich, wie leicht Jimmie darauf hereinfiel, aber Ned kam allmählich sowieso zu dem Schluß, daß er vielleicht überhaupt ziemlich dumm war. Zum Beispiel, daß er Leonora so *völlig* hatte sausen lassen – so hatte Ned das ja eigentlich nicht beabsichtigt. Frauen, mit denen man befreundet war, mußten manchmal sanft, aber bestimmt aus dem Weg geräumt werden, wenn es nötig war, aber es mußte geschickt gemacht werden.

»Aber, liebster Jimmie«, sagte er, als sie eines Abends zusammen waren, »du willst doch nicht etwa behaupten, daß du sie *nie* anrufst?«

»Du hast doch gesagt, es wäre das beste«, verteidigte sich James gekränkt, »und unsere letzte Begegnung war so peinlich, wir wußten uns einfach nichts mehr zu sagen. Ich habe sie natürlich gelegentlich mit Humphrey zusammen noch gesehen, aber seit Weihnachten habe ich mich nicht mehr bei ihr gemeldet.«

»Seit *Weihnachten* nicht? Oh, Jimmie, wie *konntest* du nur! Leonora hat *so* an dir gehangen, und dann sagst du, *ich* wäre grausam!«

»Nun, *sie* hat ja auch nicht versucht, mit *mir* Kontakt aufzunehmen«, verteidigte sich James, »und mein Onkel sieht sie ziemlich oft. Er würde es mir sagen, wenn es ihr nicht gut ginge oder sonst etwas mit ihr wäre.«

»Und was würdest du dann machen?«

»Ich weiß nicht. Es ist sowieso unwahrscheinlich, daß es dazu kommt.«

»Ich finde, du solltest das *irgendwie* ändern.« Neds blaue Augen waren ernst und besorgt. »Es sieht dir einfach nicht ähnlich, unfreundlich zu sein, Jimmie.«

»Gut, was schlägst du vor?«

Ned zögerte, dann sah er auf seine Uhr. »Jimmie, im Augenblick kann ich *gar nichts* vorschlagen, ich erwarte nämlich diese Freundin von meiner Mutter, von der ich dir erzählt habe.«

»Schon gut, dann gehe ich jetzt. Sollen wir morgen zusammen zu Mittag essen wie gewöhnlich?«

»Ich bin nicht ganz sicher, ob es zu Mittag geht – ich rufe dich an.«

»Ich nehme an, du mußt mit ihr den Londoner Tower besichtigen«, bemerkte James, mit einem Anflug von Sarkasmus.

Ned lachte. »Wohl eher die Wallace Collection«, sagte er. »Die Freundinnen meiner Mutter sind *särr* gebildete Damen.«

Als James aus dem Aufzug trat, stand da ein dunkelhaariger junger Mann, der darauf wartete hinaufzufahren. Ihre Finger berührten sich einen Augenblick lang, als sie sich beim Ein- und Aussteigen die Tür in die Hand gaben.

James ging zu seinem Wagen und fuhr mit einem unklaren Gefühl der Beunruhigung weg. Als er nach Hause kam, machte er sich etwas zu trinken, setzte sich hin und sah sich um. Die Zimmer in seiner neuen Wohnung waren größer als die in seiner alten, und seine Möbel und Sachen kamen darin besser zur Geltung, aber so richtig mochte er sie nicht. Der Abend dehnte sich vor ihm aus, und er hatte nichts vor, da er angenommen hatte, er würde ihn mit Ned verbringen.

»Miss Eyre hat sich in letzter Zeit so selten blicken lassen«, stellte Miss Caton mit Bedauern fest. »Vielleicht wird sie uns jetzt bei diesem schönen Wetter einmal besuchen, es ist heute morgen ja richtig frühlingshaft.«

»Ja, Miss Caton, das ist gut möglich«, sagte Humphrey freundlich.

James, der einen Katalog studierte und sich Sachen, die er ansehen wollte, anstrich, sagte nichts. Er hatte über Neds Vorschlag, mit Leonora Kontakt aufzunehmen, nachgedacht, sich aber nicht in der Lage gesehen, etwas zu unternehmen. Eines Morgens neulich hatte er sie in der Bond Street gesehen, aber zum Glück – so empfand er das jetzt – hatte er noch in eine Seitenstraße einbiegen können, bevor es zu einer Begegnung kam. Er hätte schwören können, daß sie ihn nicht gesehen hatte, aber natürlich konnte er nicht absolut sicher sein, und noch ein paar Stunden nach dem Vorfall verfolgten ihn Zweifel. Es war ja nicht so, daß er sie nicht sehen *wollte,* aber die Vorstellung einer solchen Begegnung war irgendwie schmachvoll und peinlich – er hätte einfach nichts zu sagen gewußt.

»Dieser kleine Rockingham-Korb«, schwatzte Miss Caton weiter. »Ich weiß, der würde Miss Eyre gefallen. Ganz genau ihr Stil, dachte ich, als ich ihn gesehen habe. Sie ist immer so schick«, setzte sie hinzu, »so schön angezogen.« Miss Caton hatte das selbstlose Interesse einer unscheinbaren Frau an den Kleidern eleganterer Vertreterinnen ihres Geschlechts. Jetzt fragte sie sich, was wohl Miss Eyre sich dieses Frühjahr gekauft hatte, welche »Grundfarbe« sie gewählt hatte. »Man würde ja meinen, sie müßte verheiratet sein, so jemand wie sie«, fuhr sie kühn fort, denn gewöhnlich redete sie nicht so mit Humphrey oder James, und es wurde ihr bewußt, daß sie vielleicht dachten, sie gehe mit ihren Bemerkungen über Leonora etwas zu weit.

»Viele Frauen bleiben unverheiratet«, sagte Humphrey, »daran ist nichts Ungewöhnliches. Ledig zu sein hat seinen eigenen Status – nun, Sie wissen das ja selbst«, fügte er mit zerstreuter Galanterie hinzu und brach dann, verdattert über das, was er gesagt hatte, ab. Aber Miss Caton schätzte sich selbst zu gering ein, um das versteckte Kompliment auf sich zu beziehen, und der Augenblick verstrich ohne Peinlichkeit. Humphrey versprach, daß er Leonora einmal in den Laden mitbringen würde, damit sie die neuen Erwerbungen sehen konnte, und Miss Caton zeigte sich zufriedengestellt.

Humphrey und James wollten sich an diesem Nachmittag die Posten ansehen gehen, die James in dem Katalog markiert hatte. James würde zeigen, wofür er es der Mühe wert hielt, zu bieten, und wie hoch es ihm angeraten schien zu gehen, während Humphrey ihm sagen würde, wieso er nicht seiner Meinung war. Es war ein Spiel, das sie beide genossen, aber an diesem Nachmittag wirkte James lustlos und abwesend.

»Wohnt da nicht dein amerikanischer Freund?« fragte Humphrey, als die Kuppel des Brompton Oratory in Sicht kam.

»Ja, er wohnt hier, in diesem Häuserblock«, bestätigte James und sah in die andere Richtung. In letzter Zeit hatte er sich ab und zu gefragt, was Ned zu bestimmten Stunden wohl tat, während er das früher doch immer gewußt hatte.

»Ich nehme an, er wird bald nach Amerika zurückgehen?«

»Ja, vermutlich.«

»Leonora findet ihn ganz reizend – sie hat das oft gesagt.«

»Ältere Frauen scheinen eine Schwäche für Ned zu haben.«

»Daran ist doch nichts Erstaunliches. Schließlich war – ist – Leonora doch auch von *dir* sehr angetan.«

Sie gingen eine Weile schweigend weiter. Humphrey hatte den Eindruck, James etwas über Leonora sagen zu müssen, aber er konnte sich nicht entscheiden, welche Worte er wählen sollte. Unterschwellig spürte er, daß er einen Groll gegen seinen Neffen hegte. Als Phoebe damals auf der Bildfläche erschienen war, hatte Humphrey gehofft, Leonora würde sich nun ihm zuwenden; als Ned Phoebe abgelöst hatte, war er sich sicher gewesen, daß es nun soweit war. Doch das Gegenteil war eingetreten, und nun war selbst die angenehme frühere Beziehung, die er zu Leonora gehabt hatte, gefährdet.

Humphrey fühlte sich jetzt auf irgendeine Weise verantwortlich für James' Verhalten, es hatte sich etwas wie ein Schuldgefühl eingeschlichen, so daß seine Geschenke für Leonora teurer und die Blumensträuße üppiger wurden, als müßten sie etwas, wofür er doch gar nichts konnte, gutmachen.

»Was ist eigentlich passiert?« fragte er schließlich. »Was ist zwischen dir und Leonora schiefgelaufen?«

James sah seinen Onkel überrascht an. Er mußte doch die Antwort auf diese Frage kennen? Wenn das nicht so war, konnten sie auch nicht darüber reden. Er zuckte mit den Schultern, als wollte er das Thema abschütteln, und dann gingen sie in das Auktionshaus hinein.

24

Leonora hatte den Mai so gern – es war eigentlich ihr Lieblingsmonat, wenn in ihrem Patio Tulpen und Iris blühten und überall Tupfer von Flieder und Goldregen über fernen Gartenmauern zu sehen waren. Dieses Jahr hatte sie nach alter Gewohnheit neue Kleider gekauft und ihr raffiniertes Winterparfüm mit leichterem Maiglöckchenduft vertauscht. Und obwohl es ihr vorkam, als wäre ein Teil von ihr in diesem harten, grausamen Winter, der ihr James fortgenommen hatte, gestorben, hatte der Frühling sie irgendwie wiederbelebt, so daß sie sich fast so fühlte wie damals, als sie noch ein junges Mädchen jener Generation gewesen war, die in den späten dreißiger Jahren immer noch in der – allerdings sich selten erfüllenden – Erwartung aufwuchs, dem Phänomen der »romantischen Liebe« zu begegnen. In jenen Tagen war sie im gespannten Vorgefühl einer solchen Erfahrung herumgegangen, aber immer wenn sie an der Schwelle dazu zu stehen schien, hatte sie einen Rückzieher gemacht; unweigerlich hatte irgend etwas nicht ganz gestimmt. Jetzt natürlich erwartete man etwas derartiges nicht mehr oder eigentlich gar nichts mehr, aber an schönen Abenden ging sie manchmal doch in eins der Zimmer im Obergeschoß hinauf und sah hinaus auf die Straße.

Eines Abends stand sie in dem Zimmer mit den Gitterstäben am Fenster – diesen Gitterstäben, über die sie und James so unbeschwert gescherzt hatten, als er eingezogen war –, als sie einen jungen Mann erblickte, der auf das Haus zuging. James war nie zu Fuß zu ihr gekommen, und sie stellte traurig fest, daß sie nicht einmal wußte, wie sein neues Auto – das er sich laut Humphrey dieses Frühjahr gekauft hatte – aussah.

In die Ferne sah Leonora ausgezeichnet, und sie erkannte den jungen Mann bereits lange, bevor er das Haus erreichte. Es war Ned. Die Wirkung, die sein Anblick auf sie hatte, bestürzte sie – alles Erlebte kam auf einmal zurück. Einen Augenblick lang dachte sie daran, so zu tun, als wäre sie nicht zu Hause, doch dann ergriff ihre natürliche Courage wieder von ihr Besitz. Ned war immer noch ein zu bekämpfender Feind. Sie ging in ihr Schlafzimmer und tat das Nötige für ihr Aussehen, dann setzte sie sich hin und wartete.

Ned hatte sich ausgemalt, wie er im frühen Abendsonnenschein diese baumbestandene Straße hinuntergehen und Leonora die gute Nachricht, die es ja für sie sein mußte, bringen würde. Er hatte überlegt, was für Blumen er ihr überreichen sollte, und hatte sich schließlich für einen schlichten Strauß Maiglöckchen entschieden, weil er so die Einfachheit der Blumen gleichsam in sich selbst widergespiegelt sehen konnte, fast als hätte er, immer noch der kleine Junge im neuenglischen Garten seiner Mutter, sie eigenhändig gepflückt.

»Na so etwas, *Ned* ...« Leonoras Überraschung klang fast echt, aber auch Ned sah ausgezeichnet in die Ferne, und er hatte sie von weitem Ausschau halten sehen, als er auf das Haus zuging.

»Leonora, Liebste ...« Ihre Wangen berührten sich flüchtig, und einen Augenblick lang vermischte sich ihr Maiglöckchenduft mit seinem Mitsouko.

»Das sind ganz offensichtlich *Ihre* Blumen«, sagte er und streckte ihr mit schüchterner Gebärde den Strauß hin, fast wie ein Kind, das einem Mitglied der königlichen Familie Blumen überreicht. »Aber wahrscheinlich ist Ihr Garten voll davon – ich hätte daran denken sollen.«

»Durchaus nicht – ich habe keine im Garten, und ich liebe sie doch so. Darin werden sie wunderhübsch aussehen.« Leonora stellte die Blumen in eine viktorianische Glasvase, die mit Vergißmeinnicht bemalt war.

»Irgendwie fühle ich, daß James Ihnen die geschenkt haben muß«, sagte Ned sanft.

Leonora antwortete nicht, sondern machte sich mit dem Anbieten und Einschenken von Getränken zu schaffen.

»Es hat zum Teil mit Jimmie zu tun, daß ich Sie besuche.«

»Ach?« Leonora hatte sich noch nicht gefragt, *warum* Ned gekommen war; natürlich mußte es wohl auf irgendeine Art mit James zusammenhängen.

»Sie haben die Möbel in diesem Zimmer umgestellt, nicht wahr, Leonora? Es gefällt mir. Und Sie tragen ein *äußerst* hübsches neues Kleid, jedenfalls habe ich es noch nie an Ihnen gesehen.« Neds Blicke ruhten wohlwollend und abschätzend auf ihr wie bei seinem ersten Besuch.

»Was wollten Sie wegen James sagen?« fragte Leonora, als sie seine Musterung nicht mehr ertragen konnte.

»Ach, Jimmie...« Ned schien nicht deutlicher werden zu wollen. »Vielleicht verstehen Sie, wenn ich Ihnen sage, daß ich gekommen bin, um mich zu verabschieden.«

»Sie gehen nach Amerika zurück?«

»Ja, meiner Mutter geht es nicht besonders gut, und ich glaube wirklich, ich sollte in ihrer Nähe sein.«

Ned saß geziert da, schaute in sein Glas hinein, das er fest in seinen kleinen Händen hielt, und wartete auf Leonoras Reaktion. Sein Leben in London war in letzter Zeit so kompliziert geworden – die Begegnung mit dem jungen Mann im Theaterfoyer war nämlich nur der Anfang zahlreicher weiterer gewesen –, daß er keine andere Lösung mehr sah, als die Flucht zu ergreifen. Er würde sich so verschiedener Leute, unter denen James der wichtigste war, mit einem Schlag entledigen, denn keiner war ja in der Lage, ihm zu folgen oder die Behauptung, daß seine Mutter ihn brauche, in Frage zu stellen.

»Sie ist also ernstlich krank?« fragte Leonora.

Neds Zögern, das nur den kleinsten Bruchteil einer Sekunde währte, genügte ihr als Antwort. »Das tut mir sehr leid«, sagte sie förmlich, »aber ich hoffe, Ihr Aufenthalt in London hat sich gelohnt – ich meine, daß Sie mit Ihrer Forschungsarbeit weitergekommen sind ...« Die Erinnerung an den Nachmittag im Keats-Haus stieg wieder vor ihr auf und sie brach ab. »James wird Sie vermissen«, sagte sie schließlich.

»Nein, Leonora, das wird er nicht.« Ned beugte sich nach vorn und schickte sich an, ihre Hände zu ergreifen, aber sie wich ihm aus. »Darüber wollte ich doch mit Ihnen reden. Ich hatte einfach keine Ahnung ... ich war *entsetzt,* als ich erfahren habe, daß er Sie gar nicht mehr getroffen hat.«

Leonora war einen Augenblick lang wie betäubt. »Aber, das müssen Sie doch gewußt haben?«

»Ich schwöre Ihnen, *nein.* Ich hätte mir doch nie träumen lassen, daß Jimmie so ...« Ned schienen die Worte zu fehlen, und Leonora kam ihm nicht zu Hilfe. »Aber sehen Sie denn nicht, *jetzt,* wenn ich weg bin, kann doch alles wieder werden wie früher. Glauben Sie mir, Leonora, wenn ich nur *geahnt* hätte ... Als Jimmie es mir erzählt hat, konnte ich nächtelang nicht schlafen bei dem Gedanken, wie Sie gelitten haben müssen.«

Leonora sagte nichts dazu.

»Ich weiß, Jimmie liebt dieses Zimmer«, fuhr Ned fort und ließ den Blick rundum schweifen. »Alle diese schönen Sachen von Ihnen ... er hat Sie ja so vermißt, und ich nehme an, Sie ihn auch.«

Leonora versuchte, etwas zu sagen, aber es gelang ihr nicht. Sie brauchte ihre ganze Stärke und Selbstbeherrschung, um ihre Tränen zurückzuhalten.

Ned beobachtete sie mit leidenschaftslosem Interesse, er war gespannt, ob sie sich gehen lassen würde, und bereit, sie zu beruhigen, falls sie es tat. Tränen, die von manchen für die stärkste Waffe einer Frau gehalten werden, rührten ihn natürlich nicht, aber er war gut darin, schluchzende Frauen zu trösten. Es hatte in seinem Leben eine ganze Anzahl von ihnen gegeben, seine Mutter und ältere Frauen und junge Mädchen, die so närrisch gewesen waren, mehr von ihm zu erwarten, als er zu geben bereit war. Er hatte voller Abscheu schon so manches zuckende, tränenverschmierte rote Gesicht gesehen, ganz wie Leonora Meg gesehen hatte, als sie wegen Colin schluchzte. Vor allem ältere Frauen taten nicht klug daran, zu weinen, es ruinierte ihr Aussehen.

Leonora zeigte sich jedoch in der Lage, so elegant mit der Situation fertigzuwerden, wie sie alles übrige tat. Falls er gehofft hatte, sie zusammenbrechen zu sehen, wurde er enttäuscht. Oder war es am Ende möglich, daß ihr Jimmie nicht mehr am Herzen lag?

»Liebste, Sie brauchen auf mich keine Rücksicht zu nehmen«, sagte er fast liebevoll. »Wahrscheinlich werden wir uns nie mehr begegnen. Ich möchte nur denken dürfen, daß Sie und Jimmie in Ihrer *wunderbaren* Freundschaft miteinander glücklich sind.« Er fühlte sich großzügig und gut, als er das sagte, und jetzt wünschte er es sich auch wirklich. Aber sein Glas war leer; er hoffte, Leonora würde ihm nachschenken und ihm danken, daß er ihr James zurückgab, doch sie tat weder das eine noch das andere. Ihr Schweigen machte ihn ratlos. »Sie müssen ihm vergeben«, sprach er weiter. Das war es doch, was Frauen tun sollten und seiner Erfahrung nach auch wirklich taten; sie übersahen die Dinge, sie nahmen einen wieder auf, und vor allem vergaben sie einem.

»Aber James hat mich nicht gebeten, ihm zu verzeihen.«

»Hat er nicht?« Wirklich, Jimmie hätte ihm die Dinge ein bißchen leichter machen können. »Er wird es aber sicher tun, denke ich, und Sie dürfen nicht zu hart zu ihm sein. Wenn er auf Knien zu Ihnen käme, würden Sie ihm doch vergeben, nicht wahr?«

Leonora sagte nichts.

»Sie denken, er könnte an Ihre Tür kommen, und Sie würden sie nicht öffnen – Sie würden ihn wieder weggehen lassen? Wie in der Szene am Schluß von *Washington Square?* Leonora, ich bin sicher, Sie haben Henry James gelesen, der muß Ihnen als Romancier doch so liegen.«

»Natürlich habe ich James gelesen.« Leonora steckte das bestickte Taschentuch, das sie in der Hand zerknüllt hatte, in ihren Ärmel und stand auf. »Leben Sie wohl, Ned. Ich hoffe, es geht Ihrer Mutter schon wieder viel besser, bis Sie nach Hause kommen.«

»Meiner Mutter? Ach ja, danke, das glaube ich schon. Und dabei fällt mir ein, ich muß noch zu Liberty's und Geschenke für meine weibliche Verwandtschaft besorgen. Was empfehlen Sie mir? – Coupons Kleiderstoff, denke ich, aber ich wollte immer schon eines dieser Ledernilpferde für eine besonders ungeliebte Tante kaufen...« Ned schwatzte in gewohntem Stil weiter. »Es war ganz *wundervoll* in London, und es war *großartig,* Sie kennenzulernen, Leonora. Ich bin sicher, mit der Zeit werden Sie und Jimmie...« Er sah zum Fenster hinaus, als hoffte er, James mühselig auf seinen Knien auf das Haus zurutschen zu sehen wie ein einfacher südamerikanischer katholischer Pilger.

In der Diele blickte er siegesgewiß zu der Stelle hin, wo James' Kirschbaumspiegel gestanden hatte, aber die

Stelle war leer, und er mußte sich das Vergnügen, sich zu spiegeln, versagen. Er wandte sich Leonora zu und küßte sie, dann eilte er hinaus. Ein Taxi kam die Straße entlanggefahren, und er stieg ein.

Leonora sah ihm nach; sie fand, sie hatte sich ganz gut gehalten, vielleicht sogar eine Art Sieg errungen, aber das schien jetzt kaum mehr von Bedeutung zu sein.

Die Abendsonne ließ ein paar Staubspuren auf ihren Porzellan- und Glassachen hervortreten, daher beschloß sie, sie zu waschen. So hatte sie doch etwas zu tun, und das Ergebnis würde befriedigend sein. Als sie einen mit Blumen verzierten Miniaturkrug in die Hand nahm, bemerkte sie, daß ein Blütenblatt eines Vergißmeinnichts abgeschlagen war. Wieso hatte sie das zuvor nie gesehen? Sie konnte es nicht ertragen, etwas nicht ganz Vollkommenes in ihrem Zimmer zu haben, und sie war gerade im Begriff, den Krug in einem Schrank verschwinden zu lassen, als das Telephon klingelte.

Es war Meg. Sie wollte wissen, ob sie kurz bei Leonora vorbeikommen könne; sie wolle sie etwas fragen. Etwas, über das es sich leichter von Angesicht zu Angesicht reden lasse als am Telephon.

Unter den Dingen, die Leonora durch James verloren hatte, war der Genuß am Alleinsein, den sie gehabt hatte, bevor sie ihn kennenlernte. Jetzt begrüßte sie Liz' Störungen oder Megs gemütliche Schwätzchen über Colin fast. Es war ihr bewußt, daß es sich ganz begeistert anhörte, als sie Meg sagte, sie würde sich freuen, sie zu sehen.

»Du hast etwas in dem Zimmer verändert, nicht wahr?« sagte Meg, als sie hereinkam. »Das Sofa ist umgestellt, stimmt's?«

Leonora schenkte Drinks ein und sie setzten sich. Als sie einen Schluck von ihrem Gin nahm, erinnerte sie sich, daß sie bereits ein großes Glas mit Ned getrunken hatte.

Sie hatte es zu dem Zeitpunkt auch gebraucht; jetzt fühlte sie sich ein bißchen benommen und unwirklich, als bewegte sie sich in einem Traum.

»Und was macht James?« fragte Meg geschwätzig. »Ich war eigentlich sicher, daß du mit ihm ausgegangen wärst oder er hier wäre, als ich angerufen habe. Ist er verreist? Macht er wieder so eine Einkaufsreise auf dem Kontinent, um Sachen für den Laden zu kaufen?«

»James ist ...«, fing Leonora an, war aber nicht imstande, weiterzusprechen. Die Tränen, die sie vor Ned zurückgehalten hatte, strömten los, und ihr Körper wurde auf peinlichste Weise von heftigen Schluchzern geschüttelt. Hilflos wie sie war, empfand sie doch noch Scham über das, was jetzt mit ihr vorging. Es schien die Krönung der Ironie des Schicksals, daß sie ausgerechnet vor Meg zusammenbrechen mußte. Nach ihrem Taschentuch fingernd, versuchte sie, sich wieder in den Griff zu bekommen und eine Erklärung für dieses höchst uncharakteristische Benehmen zu geben, doch Meg kam ihr mit beruhigenden Worten zuvor. Sie eilte zu dem Sessel hinüber, in dem Leonora saß, und legte die Arme um sie. Leonora, der die Berührung widerwärtig war, versuchte, sie abzuschütteln, aber sie war machtlos und konnte sich nicht rühren.

»Liebste, ich weiß doch, wie das war«, murmelte Meg. »Ich habe etwas geahnt – wegen James. Du hast dich Weihnachten so tapfer gezeigt, aber *mir* hast du nichts vormachen können. Er ist weg, nicht wahr...«

Leonora brauchte nicht zu antworten.

»Genau wie Colin«, fuhr Meg fort. »Ich habe das alles so oft durchgemacht. Aber schließlich kommen sie immer zurück, du wirst sehen.«

»*Nein* ...« Leonora war selbst über ihre Heftigkeit überrascht. »Das würde nie mehr dasselbe sein.«

»Das meinst du jetzt«, sagte Meg, »aber du wirst

sehen – es wird wieder gut. Du kannst nicht erwarten, daß alles vollkommen ist, Leonora, das ist es nie.«

Leonora, die jetzt ihre Fassung wiedergewann, wurde allmählich bewußt, wie lächerlich Meg aussah, wie sie da auf dem Fußboden kniete, auch wenn sie so edle und selbstlose Ansichten verkündete, wie die Notwendigkeit, die Menschen zu akzeptieren, wie sie eben waren, und sie zu lieben, gleich was sie taten.

»In diesem Zimmer scheinen sich mit der Zeit eine ganze Menge tränenreicher Szenen abzuspielen«, bemerkte sie fast schon wieder auf ihre gewohnte kühl amüsierte Weise. »Ob es am Gin liegt oder so? Laß dir noch mal einschenken, Meg. Ich bin sicher, du kannst es brauchen.«

»Gut, aber nur einen ganz kleinen mit viel Tonic.« Meg stand auf und ging zu ihrem Sessel zurück.

»Du bist gekommen, um mich etwas zu fragen«, sagte Leonora, »worum handelt es sich denn?«

»Ach, ja. Weißt du, die Wohnung bei dir oben – ich hätte gern gewußt, ob du sie schon vermietet hast, seit ... sie frei geworden ist. Colins Bruder sucht nämlich eine, *so* ein netter junger Mann, ich bin sicher, er würde dir gefallen, und er wäre ein *vorbildlicher* Mieter.«

»Oh, Meg, ich fürchte, das ist unmöglich«, sagte Leonora so nett, wie sie nur konnte. »Ich denke wirklich nicht, daß ich einen jungen *Mann* ertragen könnte.«

»Aber er wäre vielleicht eine Ablenkung für dich«, fing Meg an, »ich meine ... Oh, Leonora, was wird jetzt aus James – und aus dir –, hast du dir das nicht überlegt?«

»Mit mir ist schon alles in Ordnung, danke, Meg, und James – wer weiß? Vielleicht heiratet er sogar eines Tages.«

»Meinst du? Ich bin sicher, *heiraten* würde Colin nie«, sagte Meg mit einem Anflug von Überlegenheit.

25

Als es soweit war, trennten sich James und Ned eigentlich ganz freundschaftlich, in Anbetracht der schrecklichen Szene, zu der es zwischen ihnen gekommen war. Sie hatten einander unverzeihliche Dinge gesagt und mit Gegenständen geworfen, mit den Pelzkissen zum Beispiel und sogar mit einem schweren venezianischen Glasbriefbeschwerer, der ganz knapp nicht nur Ned, für den er bestimmt gewesen war, sondern auch den riesigen Spiegel, der die eine Wand ausfüllte, verfehlt hatte. Neds Augen hatten gefunkelt – offenbar genoß er das Ganze ungeheuer. So eine Szene war natürlich nur eine von vielen, deren Protagonist er gewesen war. James, der durch Neds Untreue und die Sachen, die er gesagt hatte, verletzt war, hatte sie weniger genossen, vor allem, da es ja *seine* Eifersucht und *sein* verletzter Stolz gewesen waren, die sie vom Zaun gebrochen hatten. Danach, als es vorbei war, schien Ned fast wieder der alte zu sein, so daß sich James ziemlich blöd vorkam. »Liebster Jimmie, das ist das *Leben* – du darfst die Dinge nicht so *schwer* nehmen...« Wenn Ned geblieben wäre, dachte James – aber er mußte ja zu seiner Mutter zurück, die, wenn sie vielleicht auch nicht gerade an der Schwelle des Todes stand, ihn wirklich *brauchte,* und nichts würde seinen Entschluß ändern. Es war lustig gewesen, bei Liberty's die Kleiderstoffe für seine weiblichen Verwandten auszusuchen, ganz zu schweigen von dem Ledernilpferd – »Tante Hetty wird *sterben,* wenn sie das Paket aufmacht« –, aber schließlich war der Augenblick des Abschieds gekommen, so unweigerlich wie die letzte Szene eines dramaturgisch guten Theaterstücks.

Jetzt war James auf dem Weg, um Leonora zu besuchen. Das erschien ihm jetzt als das einzige, was ihm noch zu tun übriggeblieben war, und er hatte das Gefühl, daß sie ihn erwartete. So ziemlich als letztes hatte Ned ihn noch geradezu beschworen, zu Leonora zu gehen. »Jimmie, sie *braucht* dich«, hatte er gesagt, und James hatte den Eindruck, daß er vermutlich recht hatte wie gewöhnlich. So schlecht er sich auch benommen haben mochte – und James war bereit, zuzugeben, daß er zweifellos die Sache ungeschickt angepackt und sie verletzt hatte –, Leonora würde immer da sein, wie ein vertrauter Orientierungspunkt, ja, wie eine Mutter.

Es hätte wohl nicht gerade von bestem Geschmack gezeugt, ihr ein Geschenk oder einen Blumenstrauß mitzubringen. James hoffte, es würde reichen, sich selbst gebracht zu haben.

»Na, so was, James ... und was für ein elegantes neues Auto – *weiß* ...« Obwohl sie sich diesen Augenblick ausgemalt hatte, war Leonora überrascht, als sie die Tür öffnete und ihn da stehen sah.

Sollte er sie küssen? fragte er sich. Sie hatten sich früher immer geküßt, aber sie machte keine Bewegung auf ihn zu, und so folgte er ihr ins Wohnzimmer, wo alles verändert aussah. Er machte die übliche Bemerkung darüber, daß sie offenbar die Möbel umgestellt hatte.

»Ich nehme an, Ned ist jetzt abgereist«, sagte sie. »Du vermißt ihn sicher.«

Wie verständnisvoll sie war; doch James mußte, wie früher schon so oft, wieder denken, daß es leichter wäre, wenn sie ein kleines bißchen ärgerlich wäre. Er war eigentlich nicht hergekommen, um über Ned zu reden.

»Ja, anfangs habe ich ihn vermißt«, sagte er, »aber die Dinge sind gegen Ende zu irgendwie schiefgelaufen.

Ned ist ziemlich ...« Er hatte »unbeständig« sagen wollen, aber das Adjektiv kam ihm zu naiv und altmodisch vor.

»Armer alter James, das war mir natürlich klar. Ich meine, wie Ned war.«

Leonora lehnte sich völlig entspannt in den samtbezogenen Sessel zurück. Die Abendsonne beschien die feinen Linien auf ihrer Haut, und sie sah älter aus, als James sich an sie erinnerte, aber auf ihre Weise immer noch schön.

»Oh, Leonora, ich wußte, daß du es verstehen würdest. Du warst immer so ...« James suchte nach dem Wort, das Leonoras Verhalten in bezug auf Phoebe und natürlich auch auf die viel ernstere Sache mit Ned zusammenfassen konnte.

»Armer James.« Das klang aufrichtig mitfühlend. »Die Zeit heilt vieles«, setzte sie in leicht scherzendem Ton hinzu, »aber du bist immer noch *viel* zu jung, um das zu wissen.«

»Spotte jetzt nicht über mich.«

»Das tu ich doch nicht«, protestierte sie. »Ich denke doch, daß du und Ned euch in gutem Einvernehmen getrennt habt?«

»Ja, gewissermaßen schon. Aber wir hatten einen furchtbaren Krach, bevor er ging.«

Als James ihr diesen letzten Streit beschrieb, war Leonora versucht zu lachen. Sie erkannte jetzt, daß Ned in vielerlei Hinsicht ein komischer Charakter war, aber die Erkenntnis war zu spät gekommen. Doch hätte das irgend etwas geändert, wenn sie ihn von Anfang an so gesehen hätte?

»Aber Leonora, er *wollte* am Schluß zurückgehen. Er interessierte sich einfach nicht mehr für mich.«

Leonora war nicht mehr ganz so entspannt, sie spürte, daß sie dadurch, daß James sie ins Vertrauen zog, mehr von ihm bekam als je zuvor, war aber außerstande, so darauf einzugehen, wie er es offensichtlich erwartete. Sie und James waren beide verletzt worden, doch das schien kaum ein Band zwischen ihnen zu schaffen – es stand eher wie eine trennende Wand oder ein Keil zwischen ihnen.

»Die Menschen verändern sich«, sagte sie. »Das sieht man immer wieder.«

»Aber *wir* nicht, Leonora. Es tut mir leid, daß ich dich verletzt habe. Willst du mir nicht verzeihen?«

»Ja«, antwortete sie. »Ja, ich verzeihe dir«, wiederholte sie, als wäre sie sich nicht ganz sicher. Man vergab James natürlich; man war ja so oder sah sich zumindest so. Warum machte sie dann aber keine großzügige Geste, tat keinen impulsiven Schritt auf ihn zu, so daß alles in einer innigen Umarmung vergessen werden konnte? Offenbar erwartete James das, denn er stand auf und trat zu ihr und blieb dann stehen, als sie nicht reagierte.

»Ja, dann«, sagte er, »was machen wir jetzt?«

»Ich weiß nicht«, sagte Leonora.

Sie fragte sich, wie oft wohl schon Meg so eine Szene mit Colin gespielt hatte, der immer wieder hatte zurückkehren dürfen, so daß es mit der Zeit leichter wurde und keine Erklärungen mehr nötig waren. Die Flasche jugoslawischer Riesling – sein Lieblingswein, der immer im Kühlschrank stand – wurde entkorkt, und wenn sie dann ausgetrunken war, war alles wieder gut. Meg würde nach einiger Zeit, oder vielleicht sofort, wieder eine Flasche kaufen und für das nächste Mal bereithalten. Aber es war etwas Demütigendes an der Vorstellung, James auf diese Weise zurückzulocken wie ein Tier, das wieder in seinen Käfig soll. Selbst wenn er einen Lieblingswein gehabt hätte, glaubte Leonora nicht, daß sie sich hätte dazu entschließen können, ihn anzubieten. Doch der Sherry, den sie nun tranken, kam ihr in seiner

Trockenheit geradezu feindselig vor, als hemme er das Sprechen und töte die Gefühle ab. Wenn sie etwas Festlicheres gewählt hätte, etwas Süßes oder Prickelndes oder Warmes – vielleicht auch eine späte Tasse Tee –, wäre dann irgend etwas anders gewesen?

James stand auf, als wollte er gehen. Er wußte nicht, was er jetzt tun sollte. Hoffnungsvoll blickte er zu dem Tischchen hinüber, wo das kleine viktorianische Blumenbuch, jeden Tag auf einer anderen Seite aufgeschlagen, zu liegen pflegte, aber es war nicht da. Hatte sie es weggeräumt, als sie die Möbel in dem Zimmer umgestellt hatte?

»Humphrey führt mich zum Abendessen aus«, sagte sie. »Er hat irgend so ein neues Lokal entdeckt.«

Lohnte es sich, es noch einmal zu versuchen? fragte sich James, der nicht wußte, wie er sich verabschieden sollte. Was würde Ned ihm geraten haben? Er trat ans Fenster und sah den Wagen seines Onkels vor dem Haus vorfahren. Humphrey stieg aus, mit einem großen Strauß, einer wahren Garbe von Pfingstrosen beladen. Es war ein bißchen lächerlich, wie ausladend der Strauß war und wie Humphrey ihn stur an sich preßte, als er pedantisch an jeder Wagentür probierte, ob sie auch verschlossen war.

»Leb wohl, James«, sagte Leonora. »Es war lieb von dir, zu kommen.«

Der Anblick Humphreys mit den Pfingstrosen erinnerte sie daran, daß er am nächsten Tag mit ihr die Blumenschau in Chelsea besuchen wollte. Zu so etwas ging man gerne, und der Anblick solch großer, makelloser Blüten, von so erlesenen Farben und absolut bis ins kleinste Detail perfekten Formen, war ein Trost und eine Befriedigung für jemanden, der die Vollkommenheit liebte, wie sie es tat. Doch wenn man es näher bedachte, waren wohl die einzigen wirklich vollkommenen Blumen jene, die – wie diese Pfingstrosen, die so vorzüglich zu ihrem bezaubernden Zimmer paßten – den zusätzlichen Reiz besaßen, für einen selbst bestimmt zu sein.

»Barbara Pyms Prosa bewegt sich auf dem schmalen Grat zwischen Tragik und Komik und ist dabei überraschend unterhaltsam.«
Hamburger Abendblatt

Barbara Pym
Vortreffliche Frauen
Roman. 288 Seiten. Geb.
(Auch in der Serie Piper 11288 lieferbar)

»Hier erzählt sie witzig und in perfekter englischer Mischung aus Ironie und Sanftheit von jenem Typ der ›vortrefflichen Frau‹, die aus lauter Sorge um andere, vor lauter Hilfsbereitschaft einerseits unersetzlich, andererseits unerträglich wird. Und sie beschreibt darüber hinaus sehr genau die Lebensbedingungen und Gefühle jener Mittelschicht, die weder durch Kriege noch durch Liebesleiden zu erschüttern ist.«
Die Zeit

Quartett im Herbst
Roman. 207 Seiten. Leinen

»Es ist die erzählerische Kraft, die diesen leisen, an äußeren Ereignissen armen Roman zu einer Horrorgeschichte macht, die man nicht mehr aus der Hand legen kann. An diesen vier Einzelgängern, die in der ständigen Furcht leben, bei irgendwelchen Regungen erwischt zu werden, enthüllt die Pym nicht etwa die Tragödie des Alters – es geht ihr um die unbarmherzige Bloßlegung der Kräfte, mit denen der Mensch sich selbst in die Vereinsamung führt.«
Die Weltwoche

Die Frau des Professors
Roman. 164 Seiten. Serie Piper 1447

PIPER

Affe und Wesen
Ein Roman aus der Zeit nach dem Atomkrieg.
Aus dem Englischen von Herbert Schlüter.
151 Seiten. Serie Piper 337

Die ewige Philosophie
Texte aus drei Jahrhunderten.
Aus dem Englischen von H. R. Conrad.
414 Seiten. Serie Piper 563

Das Genie und die Göttin
Roman.
Aus dem Englischen von Herberth E. Herlitschka.
123 Seiten. Serie Piper 1142

Eine Gesellschaft auf dem Lande
Roman. Aus dem Englischen übertragen und mit einem Nachwort versehen von Herbert Schlüter.
248 Seiten. Serie Piper 1297

Der kleine Mexikaner
Erzählungen.
Aus dem Englischen von Herberth E. Herlitschka und Herbert Schlüter.
180 Seiten. Serie Piper 456

Kontrapunkt des Lebens
Roman.
Aus dem Englischen von Herberth E. Herlitschka.
623 Seiten. Serie Piper 946

PIPER

Die Kunst des Sehens
Was wir für unsere Augen tun können.
Aus dem Englischen übertragen und mit einem Nachwort von Christoph Graf.
167 Seiten. Serie Piper 216

Narrenreigen
Roman.
Aus dem Englischen von Herbert Schlüter.
295 Seiten. Serie Piper 310

Parallelen der Liebe
Roman.
Aus dem Englischen von Herberth E. Herlitschka.
367 Seiten. Serie Piper 1682

Die Pforten der Wahrnehmung – Himmel und Hölle
Erfahrungen mit Drogen.
Aus dem Englischen von Herberth E. Herlitschka.
134 Seiten. Serie Piper 6

Schöne neue Welt – Dreißig Jahre danach
Roman der Zukunft – Wiedersehen mit der Schönen neuen Welt.
Aus dem Englischen von Herberth E. Herlitschka.
369 Seiten. Geb.

Die Teufel von Loudun
Roman.
Aus dem Englischen von Herberth E. Herlitschka.
399 Seiten. Serie Piper 1510

Wiedersehen mit der Schönen neuen Welt
Aus dem Englischen von Herberth E. Herlitschka.
128 Seiten. Serie Piper 670

Zeit muß enden
Roman.
Aus dem Englischen von Herberth E. Herlitschka.
385 Seiten. Serie Piper 1046

PIPER